TOブックス
聖女だけど闇堕ちしたら
ひよこ
になりました！
雪野ゆきの
illust. 麻先みち

contents

illust. 麻先みち　design. AFTERGLOW

プロローグ

――どうして。

好かれてないのは分かってた。

でも、殺したいほど憎まれてるなんて思わなかった。

背中が焼けるように熱くて痛い。

今、背中が痛いのは勇者に後ろから切りかかられたからだ。背中から血が噴き出すのが分かる。もう傷を治癒する力も残ってない。

……まさか、魔王じゃなくて仲間に殺されるなんて思ってもみなかったなぁ。

薄れゆく意識の中で、誰かの声が聞こえてくる。

『聖女、奴らが憎いか？』

ああ、いつもの声だ。きっと、惹かれてはいけない声。

『憎いか？』

――憎いよ。すっごく憎い。この世界の全部が憎い。叶うことなら復讐したい。

『だがお前はもう死ぬ』

――うん、わかってる。

『望みはないのか？　我の眷属になるなら、我がその願いを叶えてやろう。奴らへの復讐でもなんでも言うがよい』

……私の願い……。なんだろう……。意識が朦朧《もうろう》として頭が働かない。

でも、もし、もし本当に願いが叶うなら、もっと早くこの声に耳を傾けていればよかったなぁ。今さら後悔してももう遅いけど。

——ほんとうはね、もっと自由に生きたかった。聖女の役目なんかに縛られないで、勇者達なんかの言うことなんか聞かずに生きる人生が欲しかった。だけど、もう遅いね。

——もう、限界みたい。

霞《かす》んでいた視界がゆっくりと闇に覆われる。

そして、聖女だった私はあっさりと息を引き取った。

『……その願い、確かに聞き届けた——』

「……ぴよ？」

◇◆◇

ついに、最大の敵である聖女を我が眷属にすることに成功した。聖女がいなくなれば勇者パーティーなど屁にもならない。

勇者達がアホだったおかげでそこまでは順調だったのだ。我は聖女に誘いを掛けることしかしていない。

そう、そこまでは順調だった。だが、聖女を眷属にする際、ほんの五十年前に死んでしまったペットのひよこが頭を過《よぎ》ったのが悪かったのかもしれない。

気付けば、美しくもかっこいい女魔族にするはずだった聖女は——ひよこになっていた。

直前まで聖女が纏《まと》っていた衣服の中から黄色い毛玉が出てきた瞬間、我は自分の失敗を悟った。やばいミスった、と。

聖女は魔族をも凌駕《りょうが》する程の魔法の使い手だ。そんな聖女が闇堕ちをすれば強く美しい魔族が誕生すると誰もが思っていた。だが、実際に誕生したのはヒヨコだ。素体が聖女であるし、能力は変わっていないから強いのは間違いないのだが、いささか威厳に欠ける。

「ぴよ？」

我の手のひらの中で首を傾げるひよこは大変かわいらしい。

……うん、かわいいからいいか。我の影響を受けて配下達も愛らしいものは好きだからな。

そのうち聖女は我の手の上で毛繕いを始めた。ここで我は「ん……？」と引っかかりを覚える。

あまりにも行動がひよこ過ぎはしないだろうか。聖女は元々人間だ。いくら体がひよこになったからといって急に嘴《くちばし》で毛繕いなどできるものなのだろうか……。

そこで、ある可能性に気付いて我の背中に冷や汗が滲《にじ》んだ。

もしかして、中身までひよこになっているのか……？

だとすると先程から聖女が一言も話さない理由が説明できる。こんな失態今までしたことないぞ……！

我はとりあえず眷属作りが一番上手い部下の許へとかつて聖女であったひよこを持って走った。普段なら呼び寄せるのだが、混乱した我の頭にはそんな選択肢は浮かばなかったのだ。

「――魔王様がいらっしゃるのがあと数分遅ければ魔力を持ったただのひよこになっているところでしたよ」

「そうか……」

どうやら最悪の事態は防げたようだ。数百年振りに全力ダッシュをした甲斐があったな。

我はその説明をソファーに横になりながら聞いた。久々のダッシュは中々体にきたのだ。

我が頼ったのは、魔界の宰相をしているドラゴンのゼビスだ。見た目は白金色の髪を後ろで束ねている青年だが、ゼビスにはすでに孫もいる。ドラゴンらしく、そのこめかみの辺りからは黒い角が生えているが、年齢に相応しい立派な角をしている。

眷属化に一家言《いっかげん》あるこのゼビスが言うには、あと少し遅ければ聖女は体だけでなく心もひよこになっていたところだったらしい。我ながらとんでもない失態をやらかしたものだ。

「なんでこんなことをやらかしちゃったんです?」

「いや、予想以上に簡単に最大の脅威である聖女をこちら側に引き込めたことで気が抜けてな。ぼんやりピヨ吉のことを考えていたらこうなった」

「……魔王様ともあろうお方がなんという……」

頭痛を堪えるように片手で額を押さえるゼビス。我とて普段はこんな失敗はしない。今回は特別だ。

「……ぴ……?」

お、聖女が起きたようだ。

ゆっくりと開かれたその瞳には、先程とは違い理知的な光が宿っている。

「ぴ？」

ひよこになった聖女がこちらを見上げて首を傾げる。何も答えないでいると再び反対方向へ首を傾げる。どうやら何かを尋ねているようだ。

「おいどういうことだゼビス」

「何がですか？」

「まるっきりひよこの鳴き声じゃないか」

聖女はぴっぴぴっぴ鳴くだけで一向に言葉を話さなかった。

「腐っても魔王様の施した眷属化ですからね。私の力では聖女の自我を残すので精一杯です。これも貴方が大雑把だからこうなったんですよ？」

「ぐぬ……」

何も言い返せぬ。

ゼビスが言うには、これから徐々に術を施していくらしい。長期戦にはなるがそのうち人型にもなれるようになるとのことだ。うむ、とりあえず一安心だ。

「ただ一時は思考までひよこになった影響で今の聖女の情緒は子どもに戻っています。このままだと自分の思うままに行動するので戦力にするのは厳しいですね。精神年齢の操作は難しいので普通に情緒を育てるのが安パイだと思います」

「――つまり？」

こいつが何を言いたいのか分かってきた気がするが、一応問いかける。

「つまり、子育てがんばれ、でございます」

配下の目には自分のケツは自分で拭け、と書いてあった。

「……分かった」

「分かっていただけて良かったです。差し当たっては名前を付けたらどうです？」

そうだった、まだ眷属化の過程である『名付け』が終わっていなかった。人間から闇堕ちして誰かの眷属になるものはその主から新しい名前をもらって正式に眷属化が完了する。

我はとりあえず聖女を取り囲むように名付けの陣を出現させた。

ふむ、どうするかな……。

暫《しばら》くはひよこの姿のままらしいし、ひよこらしくかわいらしい名前がいいだろう。ひよこ……ひよこ……。

「ヒヨコ……」

「うえ？」

「え？」

ゼビスが聞いたことのないような声を出したので我は驚く。一体何があったんだ？

「魔王様……」

ゼビスの視線を追う。

「──あ」

やらかしていたのは我だった。ゼビスが変な声を出すのも無理はない。

魔法陣がスゥッと聖女の中に入っていく。

「ぴよ？」

名付けの魔法陣にはしっかり『ヒヨコ』と刻まれていた。

つまり、ひよこになった聖女の名前は、正式に『ヒヨコ』に決定してしまったのだ。

目が覚めたら、黄色の毛玉になっていた

勇者に後ろから斬りかかられ、目が覚めたらひよこになっていた。……どういうこと？

文章にするとより一層意味が分からない。

そして、私の目の前には魔界の親玉――魔王がいる。

艶のある漆黒の髪はスッキリと切り揃えられていて、鋭さを感じる瞳はルビーのごとく紅《あか》い。どっからどう見ても美形の魔王は、ひよこ視点から見てるからかもしれないけど、人界じゃ中々見ないくらいの長身だった。

「ぴ？　ぴぴ？」

やっぱり、いくら言葉を話そうとしてもひよこの鳴き声しか出ない。

そんな私を申し訳なさそうに見ながら、魔王はこれまでの経緯を説明してくれた。

「――というのが、そなたが色んな意味でヒヨコになってしまった経緯だ。全面的に我が悪い。そなたのことは我が責任をもって育てよう」

魔王は、なぜか私を育てる決意をしていた。

ちょっと前までは敵対していた相手だけど、不思議と全然悪い人には見えない。やっぱり話してみ

ないと人って分からないよね。

「……聞いているか？　人の話を聞く時は毛繕いをするものではない」

「……ぴ？」

あれ？　いつの間にか毛繕いしてたみたい。おかしいなぁ、自分の本能のままに体が動いちゃう。人間だった頃はこんなことなかったのに。

だけど、魔王は私を注意しつつも怒る気はなさそうだ。人間だった頃ならながーいお説教をされて一食抜かれるところなのに。

なんか調子狂う。

怒鳴られると思い、身を硬くした私を見て魔王がほんの少しだけ眉尻を下げる。

「そんなに怯えずともよい。魔族は人間とは違い基本的に寛容だ。それに、そなたは今思考も幼児退行しているからな」

そうなのか。

魔王に人差し指で頭を撫でられる。

「そなたは人界にいる時は随分窮屈そうだったからな。こちらでは自由に過ごせばいい」

「ぴ……（じゆうに……）」

「そうだ。やりたいことがあったら我慢しなくていい。そなたの力も存分に振るえばいい」

魔王はそう言い募る。

そんな……そんなのって……。

——さいっこーじゃないですか!!

なんてことだ。魔界はもしかして天国だったのかな⁉

私は思わず両翼をパタパタさせる。

こんなかわいいひよこにしてもらって、しかも自由にしていいなんて。魔王はもしかして神様だったのかもしれない。

私は今まで信仰する神を間違えてたみたいだ。

急にふんすふんすとテンションが上がった私を見て魔王が首を傾げる。

教会で散々矯正されたから控えめで清廉潔白な聖女をやっていたけど、私は元々やんちゃっ子だったのだ。本当は喧嘩も戦闘も大好きだし、弱い勇者を後ろからちまちまサポートするよりも自分が前線に出て戦いたかった。

魔界なら強者もたくさんいるし、もしや力試しし放題⁉

ワクワクと羽をはためかせる私を見て魔王が呟く。

「――なんか嫌な予感がしてきたな」

「ぴ？」

私を右掌《みぎてのひら》に乗せていた魔王は、左手をそっと私の上に被せてきた。ミニミニサイズの私はいとも簡単に魔王の手の中に閉じ込められる。

魔王は一体、何がしたいんだろう……？

「……はぁ、かわいい……」

「……」

ひよこを愛でていただけだった。そういえば私を眷属にする時に前飼ってたひよこのことを思い出してたんだっけ。

この魔王、意外と俗っぽいというか、魔王に言うのもなんだけど人間味がある。ひよこ好きだし、私の眷属化で失敗するし。

魔王は私の上から手をどけると、そのまま流れるように私を懐に入れた。魔王なのに温《ぬく》いね。

やっぱり、人は接してみないと分からないもんだなぁ。人じゃないけど。

その日は、魔王が用意してくれた寝床で眠りについた。全然寝付けないかなと思ったけどぐっすりだったね。我ながら適応力の高さにビックリだ。


「ぴ」

ぴょこんと飛んで籠《かご》から脱出する。

私のために用意された寝床は綿の敷き詰められた籠だった。本来は大きなベッドが用意されてたんだけど、ひよこの姿では逆に寝づらいだろうということで急遽この寝床が用意されたのだ。ちなみに寝心地は抜群。

さて、これからどうしよう。

好きに過ごせとは言われたけれど、その前にこの体に慣れなければ何もできない。

――そうだ、散歩がてら挨拶回りに行こう。

私も正式に魔族の一員となったからにはいろんな魔族と関わることもあるだろう。魔族と直接戦うこともしばしばあったのでもしかしたら顔見知りの人もいるかもしれないけど、とりあえず挨拶はしておいた方がいいよね。

私はその旨を朝食の席で魔王に伝えてみた。魔王は私の育児を担当するから朝と夜は一緒に食事を摂るんだって。

「挨拶回り……まあいいだろう。城内は好きに歩いていいからとにかく踏みつぶされないように気を付けるのだぞ?」

「ぴ!(は~い)」

魔王の注意に素直に返事をし、私は用意された朝食を小さな嘴でつついた。私の食事はひよこ用のものではなく、人間だった時に食べていたのと同じようなものだ。

「……」

「ぴ?(なに?)」

魔王がなにやら私の食事風景をジッと見つめてくる。

「あ、いや、そなたが目玉焼きを食べているのが違和感というか、なんだか落ち着かなくてな……なるほど。ひよこが目玉焼きを食べている光景……うん、たしかに奇妙だ。傍からはあんまり見たくない。

まあ、私はただのひよこじゃないから美味しく食べるんですけどね。

お腹も満たされたので、私は魔王に向かって右翼を振り、挨拶をする。

「ぴ!(いってきま~す)」

「くれぐれも気を付けて行くのだぞ。遅くなっても夕食の時間までには帰ってくるように」

「ぴ(は~い)」

魔王は二日目にして既《すで》に父親ポジションが板に付いている。

「踏まれぬようにできればずっと鳴いておけ。そなたは普通に歩いていたら気付かないくらい小さいからな」

「ぴ」

過保護かて。

魔王の忠告にお返事をし、私は部屋を出た。

「ぴっぴっぴ、ぴっぴっぴ」

とりあえず保護者の言うことは聞いておくが吉。私は鳴きながらてちてちと廊下を歩いていた。

未だに誰とも遭遇していない。

「ぴっぴっぴ」

ひよこになってしまった私の歩幅は小さく、中々前に進めない。ちまちまと歩いてお散歩するのも悪くないんだけど、このペースだと誰にも会えないんじゃ……。

……ちょっとズルしちゃお。

「ぴぴぴぴぴぴぴぴぴ」

爆速で廊下を駆け抜けるひよこ。もちろん魔法を使用している。

人間だった頃とちょっと勝手が違うから、加減を間違えた気がしなくもないけど……まあ問題ないよね。

ブオンブオンと風を切る音を立てながら爆走していると、ついに人影が見えた。

「ぴ！」

私は急ブレーキをかけてその人影の前に止まる。爆走していたところで急に止まったから、ブオンと突風が吹いた。

人影は男性だった。鋭い牙が出ているのできっと吸血鬼だろう。

「ぴ！　ぴぴぴ！（こんにちは！　ヒヨコです！　きょうからよろしくおねがいします！）」

「？」

吸血鬼は首を傾げるばかりで返事をくれなかった。まあ、私はつい昨日まで魔界勢力と敵対していた聖女だから無視されてもしょうがない。

よし、次いこう。

私は再び走り出した。もちろん私は賢いひよこ、魔王の言いつけも忘れない。

「ぴぴぴぴぴぴぴぴぴ！」

私は階段を颯爽と駆け下りて次のフロアへと向かった。


「魔王様、報告という名の苦情が届いております」

「む、なんだ？」

我に苦情だと？

「ソニックブームを起こす勢いで廊下を爆走するひよこが、遭遇した一人一人の前で止まってはぴっぴと鳴いてくる。そこまではいいが、誰もひよこの言葉が分からず返事ができないので後半になるとひよこがしょぼくれていっている気がする。可哀想だから何とかしてほしいとの苦情が」

「……すまん」

うちのヒヨコがすまない。そして我もすまん。

ヒヨコは我直属の眷属だから、我はなんとなく思っていることが分かる。だが、他の者はそうではないからな。我とは普通にコミュニケーションがとれるから、ヒヨコは魔族とは鳴き声だけでも会話が通じるものだと思ってしまったのだろう。

「割と落ち込んでるみたいですよ？」

「……回収してくる」

まだ仕事は残っているが、ゼビスも見逃してくれるらしい。

我は席を立つと、急いでヒヨコの許へと向かった。


「……」

厨房の卵の列に紛れる私。卵のケースは中々私の大きさにぴったりだった。ちょっと前までは卵だったもんね。……違った、ちょっと前までは聖女だったわ。ひよこの自覚が芽生えすぎてるね。

だけど、卵ケースは私にぴったりフィットしていた。居心地も悪くないし、ここなら誰も私が元聖女のひよこだとは思うまい。

私は今、うっかり卵が一つ孵化しちゃった状況を演出してるのだ。

なんなら優しい料理人の誰かがペットとして飼ってくれないかなぁとすら思ってる。

——つまり、私は今優しさに飢えてるのだ。

「ぴ……」

私は卵ケースの中でもぞりと丸くなる。

別に分かってたけどね、そんな簡単に受け入れられないことなんて。でも、まさかみんながみんな、ちょっと困った顔して無視するとは思わないじゃん。

今だって料理人さん達が困った顔してこっちを見てることも気付いてる。お仕事邪魔してごめんね。だけどどこかへ行く気力も、今の私にはないのだ。

「――ヒヨコ」

小さくなっていじけていると、大きな手が不意に私を摘まみ取った。

「ぴ……」

私を摘まんで持ち上げたのはもちろん魔王だ。

魔王はぴょこんと摘まみ取った私を自分の手のひらの上に乗せた。

「ぴ……？」

「ヒヨコ、落ち込んでるな」

「ぴ……」

魔王の言葉に私は小さく頷く。

ちょっとだけだよ。魔界も人界もそんなに変わらなかった。

ただ、期待した分、ほんのちょっとだけ落胆が大きかっただけだ。

私は魔王の手のひらの上で下を向き、ぺしょんと座り込む。

「……ヒヨコ」

「ぴ？」

魔王に名前を呼ばれて上を向いたら、魔王も眉を下げた情けない顔をしていた。

「ヒヨコ、なにもやつらはお前のことを無視したわけではない。ただ単に言葉が分からなかっただけだ」

「ぴ？」

「我はお前の言っていることがなんとなく分かる。だが、他の者にはただのひよこの鳴き声にしか聞こえてない」

我も失念していた、と魔王。

つまり、私は挨拶をしていたつもりだったけど、誰もそれを理解していなかったと。

……な〜んだ。

「言葉は分からないがお前が落ち込んで可哀想だと我のところまで報告が上がってきたのだぞ。皆心配していたから、今度また元気良く挨拶してやれ」

「——ぴ！（わかった！）」

どうやら私の心配は取り越し苦労だったみたいだ。

「分かったな。じゃあ今日のところは一旦引き上げるぞ」

「ぴ〜（は〜い）」

魔王は私を手のひらに乗せたまま歩き出した。その際、ずっと私達の様子を窺ってた料理人さん達と目が合う。

「ぴ！」

通じないのは分かったので、お邪魔しましたという意味を込めて元気よく鳴いておく。すると料理人さん達もおずおずとだけど手を振ってくれた。

それが嬉しくて私も両翼をブンブンと料理人さん達に向けて振った。

またくるね～。

魔王は執務室に戻って来ると、私を自分の執務机に置いた。机でかいな。私何羽分だろ。

ひよこの姿で歩き回って疲れたので私はごろんと横になった。この小ささの生物が横になったところで邪魔にはならないでしょ。

「……」

「？」

魔王がジッとこちらを見てくる。

「ぴぴっ」

ゆっくりと魔王の手がこちらに伸びてきたと思ったら、人差し指でうりうりっと頭を撫でられた。

魔王はこのまま仕事に戻るらしい。お仕事を中断してまで私を回収しに来てくれたのか。もう立派な保護者だね。

魔王は私を机の上に放置したまま書類に向き合い始めた。それを見ていると、私も何か手伝わねばという気になる。

私は書類の右上部分に座った。

「……もしかして文鎮《ぶんちん》代わりのつもりか？」

「ぴ！（うん！）」

今の私にできることなんてそれくらいしかない。

「……ヒヨコはいい子だな」

「ぴ！」

魔王に褒められると、さらにやる気が出る。

そのまま暫くは文鎮の役目を全うしてたけど、今の私は精神年齢も子どもに戻ったひよこ。

私はいつの間にか、書類の上でぴよぴよと寝息を立てていた。

◇◆◇

ヒヨコは挨拶回りでしっかりと城の者達の心を掴んだようだ。

それもそうだろう、このような小さくて愛らしい生物は我が城にはいなかったからな。それこそピヨ吉以来だ。

特に料理人達は、卵に紛れて丸まっていたヒヨコに胸を撃ち抜かれたようだ。我がヒヨコを迎えに行った頃には皆悶えていた。ヒヨコの食事にはさぞ力を入れることだろう。

しょんぼりと項垂《うなだ》れたヒヨコを見ているだけで、言いようのない罪悪感に胸を締め付けられる。

ヒヨコを摘まむと、何の抵抗もなくぷらーんとぶら下げられた。……かわいいな。このぬいぐるみは商品化したら間違いなく売れるんじゃないか？

ヒヨコを手のひらに乗せ、誤解を解く。するとしぼんでいたヒヨコはみるみるうちに元気になっていった。

ふっくらと元気になったヒヨコは、皆に惜しげもなく愛嬌《あいきょう》を振りまく。元気よく鳴いて片翼まで振ってやるなんてお前はあいつらをどうしたいんだ。

我はまだ仕事が残っているので執務室に戻り、とりあえずヒヨコを机の上に置く。寝床の籠を取りに行ってやった方がいいだろうか……。

そんなことを考えているとヒヨコがこてんと横になった。うん、かわいいな。

あまりに愛らしかったので、人差し指でうりうりと頭を撫でておく。きょとんとしてるが、さてはこやつ、自分のかわいらしさを分かっていないな？

今度鏡を見せてやろう。

寝転がったまま我の仕事を見ていたヒヨコは、ふと何かを思いついたように起き上がった。そして、てちてちと歩いてくると、書類の上に座り込む。

「……」

むふんとこちらを見てくるヒヨコ。もしやこれは文鎮代わりになっているつもりなのだろうか。

ヒヨコが動かない様子からして多分そうなのだろう。

我の眷属はなんていい子なんだ……。感動でペンを動かす手が止まると、ゼビスに睨まれた。自分だってチラチラとヒヨコのことを見ているくせに。

我が書類を捌《さば》いていくのをぼーっと見ていたヒヨコはいつの間にかうつらうつらと舟をこいでいた。暇だったのだろうな。

ついに座っていられなくなったのか、ヒヨコはうつ伏せに寝転がり本格的に寝息を立て始めた。

小さいから邪魔にはならないが集中力が削がれる。起こすのも忍びないからヒヨコの乗っている書類を動かすこともできない。

どうしたものかと腕を組んで悩んでいると、ゼビスから呆れの視線が飛んできた。

「魔王様……」

「ゼビス、お前はこの愛らしいヒヨコを我に起こせと言うのか」

「保護者なら仕事の邪魔しないようにちゃんと躾《しつ》けてください」

「この子は邪魔をする気でここにいたわけではないだろう。そこまで言うならお前がヒヨコを動かせ。そうすれば我は仕事を再開する」

我の言葉にゼビスは「はぁ？」と言わんばかりの顔を披露した。

「そんなことしたら私がヒヨコに嫌われるじゃないですか」

「お前……」

ゼビスに対してこんなに腹が立ったのは久々だ。というかこやつもしっかりヒヨコの愛らしさにやられていたのか。

仕方ない、我はヒヨコの保護者。

我は魔法でヒヨコの寝床である籠を召喚した。

「……魔王様？」

ゼビスが訝《いぶか》しげに我を呼ぶ。

「静かにしろ」

我は禁忌魔術を扱う時のような慎重さでヒヨコを両手に掬い取った。そして綿の上にそっと乗せ、起こさないようにヒヨコの下からそっと手を抜く。ヒヨコはこの間、一度も起きずにすぴすぴと寝息を立てていた。

ヒヨコを起こさなかったことで、謎の達成感が我を包む。

「ふぅ……」

ヒヨコを無事に移し替えて一息ついた我を、ゼビスが何とも言えない目で見ていた。

「魔王様の威厳も何もあったもんじゃないですね」

「……言うなゼビス」

これでも自覚はあるのだ。

馴染んでいくヒヨコ

どうも、闇堕ちした元聖女のヒヨコです。

闇堕ちしたけど体毛は黄色だよ。

絶望の末に闇堕ちをしたひよこの私だけど、今は喜びにぱさぱさの毛をぶあっと広げている。

そう、なぜなら私の前には『おこさまらんち』という夢みたいな食べ物が用意されているからだ。

目の前でほかほかと湯気が立っている『おこさまらんち』に興奮が止まらない。

「ぴぴぴ！（まおう！　なんか旗がささってる！）」

「そうだな」

ケチャップライスの上には魔界の旗が刺さっていた。ウインナーなど、色とりどりのおかずも食べやすいように小さく切られている。

料理が乗ってるプレートも、ひよこのイラストが描いてあってかわいい！

「ぴぴ！（まおう、このごはんすごいね！）」

「そうだな。後でシェフ達に礼を言うんだぞ」

「ぴ！（は～い）」

こんなごはん初めて見た。きっとコース料理なんか目じゃないくらい最上級のごはんに違いない。

ふと、魔王のお皿が目に入る。

魔王の前に置かれているのは普通におしゃれで高そうな料理だ。

「ぴぴ？（まおうは『おこさまらんち』じゃないの？）」

「ああ」

魔王だけ『おこさまらんち』じゃないなんて可哀想だ。

「ぴぴ？（まおう、わたしの『おこさまらんち』分けてあげようか？）」

「ん？　我はそんな年では……あ、いや、我は自分の分だけで十分だからヒヨコはお子様ランチを堪能するといい」

「ぴ！（わかった！）」

じゃあこれは私が一人で全部食べちゃお。

この手ではナイフやフォークなどの食器は使えないから、嘴で直接ウインナーをつつく。

おいしい。

勢いに任せてちょっと詰め込みすぎちゃったから、ほっぺたがプクッと膨らんじゃった。

魔王は頬を膨らませるひよこが珍しいのか、自分の食事もそこそこにこちらを観察してばかりいる。

こんなにおいしいごはんなんだからもっと味わって食べればいいのに。

食後、私はパンパンに膨らんだお腹を上にしてテーブルの上に寝ころんだ。

「けぷっ」

おなかいっぱい。

こんなにおいしいごはんを毎日食べてたら、あっという間にまるまると太ったひよこが出来上がっちゃいそう。

……ひよこなら太ってても別にかわいいね。

食事の前よりも丸っとしたお腹を撫でていると、私と同じように食事を終えた魔王が立ち上がった。

「ぴ？（まおうおしごと？）」

「ああ。ヒヨコはどうする？　ついてくるか？」

「ぴ（うん）」

特にやることも思いつかないので、仕事に行く魔王について行くことにする。

毎回魔王に運ばせるのも悪いと思い、私はぴょこんとジャンプして魔王の肩に飛び乗った。肩乗りひよこだ。ここなら邪魔にはならないでしょ。

魔王の真っ黒な毛先がちょこちょこと頭に当たる。手入れが行き届いてるからかさらっさらだ。

魔王の執務室は魔界のトップってだけあって重厚な扉がついている。内装もシンプルだけど高そうな家具ばっかりだし。お金ってあるところにはあるんだね。私は人間だった頃は聖女として清貧な生活を強いられてたから調度品の良し悪しはあんまり分からないけど。

ソファーとかは魔王らしく大体黒で統一されてるし、センスも悪くないんじゃないかと思う。

魔王は私を肩に乗せたまま革張りの椅子に座った。

「ぴぴ？（ぶんちんいる？）」

そう聞くと魔王は「ふっ」と笑った。

「途中で寝ない自信があるなら文鎮として使ってやってもいいのだがな」

「ぴっ（やめとく）」

寝ちゃう自信しかないもん。

「――そうだ、暇ならちょっとしたおつかいに行ってみるか？」

「ぴ？」

「ちょっと書類を受け取ってきてほしいんだが、できるか？」

「ぴ！（できるよ！）」

書類を受け取るくらいちょちょいのちょいよ！


ゼビスさんが私の体に書類を入れる用の袋を括《くく》り付けてくれた。この体じゃ持てないもんね。

「いいですか？　このフロアから二階分下りたら左にずっと歩いて行って突き当たりの部屋です。そこに品のないドラゴンがいるので書類を奪ってきてください。はい、復唱してみてください」

「ぴぴぴぴ（このふろあからにかいぶん下りたら、左にずっとあるいていってつきあたりのへや。ひんのないドラゴンからしょるいをうばう）」

「おいゼビス、ヒヨコに余計なこと教えるな」

魔王がゼビスさんのことを睨んだ。それから二人で何か言い合いをしている。

……いつ行けばいいのかな。

私ってばもう扉の前に待機して準備万端なんだけど。足踏みまでしちゃうよ。

私の育児方針について議論してた二人は同時にソワソワする私に気付いた。

「あ、すまん。待たせたな」

「ヒヨコにはつまらない話でしたね」

「ぴ（もういっていい？）」

ヒヨコは待つのが苦手なんです。

その場でぴよぴよと足踏みをする私を見て魔王の視線が生暖かいものになる。

「ああ、行っておいで」

「気を付けてくださいね」

「ぴ！（は〜い！）」

魔王が執務室の重たそうな扉を開けてくれたので、廊下へと出る。

「ぴ！（いってきます！）」

私は片翼を挙げた後、廊下を走り出した。

「ぴぴぴぴぴぴぴぴぴぴぴ」

誰かに踏まれないよう、ちゃんと鳴きながら廊下を走る。賢いヒヨコは魔王の言いつけを忘れないのだ。

長い螺旋《らせん》階段を下りていけば目的のフロアに着いた。

ここを左！

ぴぴっと左を向き、てててててっと廊下を走って行く。すると、突き当たりに大きな扉が見えた。きっとここだ。

「ぴぴっ（ごめんくださ〜い）」

ふわふわの手でノックしてもなんの音も鳴らないので嘴で二回つっつく。すると中から男の人の「は〜い」という声がした。

内側から扉が開かれて男の人が顔を出す。

「お？　誰もいねぇ。コンコンダッシュか？」

男の人から私は見えていないようだ。身長差がありすぎるもんね。

「ぴ！」

元気に一鳴きすると、男の人が私に気付いた。

「お、お前噂のひよこだな。ほんとにちっちぇ〜」

「ぴ」

男の人がしゃがんでその大きな手を差し出してきたので私はその上にぴょこんと飛び乗った。

短髪の青年のこめかみからは、金髪をかき分けるようにして二本の立派な角が生えていた。この人が品のないドラゴンさんか。

「ぴ（しょるいちょうだい）」

両手をドラゴンさんに向けて突き出す。

「おう、ジジイから連絡きてるぜ。一人でおつかいできて偉いな〜」

「ぴぴっ」

ドラゴンさんが褒めるように指で頭を撫でてくれる。がさつかと思えば意外にも繊細な力加減。

「ちょっと待ってろな〜」

ドラゴンさんは私を机に置いて山盛りの書類を漁り始める。

少し待っていると、ドラゴンさんは何枚かの書類を私に差し出してきた。

私のふわふわした羽では受け取ることはできないので、背負っている風呂敷をドラゴンさんに見せる。

「ん？　お前が背負ってるこの風呂敷に入れればいいのか？　って、これ亜空間式無限収納機能付いてんじゃねぇか。たかだか城内で書類を受け取ってくるだけなのにこんな高価なもの持たせんなよな。あのジジイどんだけお前のことかわいがってんだ……」

「ぴ？」

何を言ってるのかよく分からないけど、もしかしてジジイってゼビスさんのことかな。ゼビスさん全然若そうだけど……。外見だけならこのドラゴンさんとそんなに変わらなさそうに見える。もしかしてゼビスさんって、実は年取ってるのかな。

「じゃあここに入れとくな――って、これ提出期限まであと一分じゃねぇか！　ひよこ、お菓子も出さねぇで悪いがちょっと急ぎめで陛下に届けてくれるか？」

「ぴ！（わかった！）」

ドラゴンさんには私の言葉は伝わらないので敬礼して答える。

ドラゴンさんに部屋の扉を開けてもらい、片翼を振って私はまた走り出した。

「ぴぴぴぴぴぴぴぴぴぴぴ」

ドラゴンさんの書類を間に合わせるために私は魔法を使って走る。

階段を駆け上がり、廊下を疾走する。もう道はばっちりだよ。

　バキッ！

「ぴ？」

何か変な音はしたけど、私は無事に魔王の執務室に辿り着いた。目の前には目を見開いた魔王とゼビスさん。

……？　なんだろう、何かがおかしい気がする。というか、何かを忘れてるような……。

魔王がはぁ、と大きく溜息を吐いた。

「ヒヨコ、後ろを向いてみろ」

「ぴ？」

私はくるりと後ろを見た。

「ぴ……（あ……）」

魔王の執務室の扉の下の方には、ひよこ型の穴が開いていた。そういえば身体強化をかけたままだった気がする。

この扉、多分高いよね……。

「その扉のことは一旦置いておいて、とりあえず書類をくれるか？」

「ぴ……（はい……）」

私は風呂敷を魔王に渡した。

魔王は風呂敷から書類を取り出すと、パラパラとめくって確認する。

「うん、確かに受け取った。ありがとうなヒヨコ」

魔王に頭を撫でられる。

「ぴぴ！（えへへ）」

「さて、じゃあ次はお小言の時間だ」

「ぴ……」

それから、私は魔王にきちんと前を向いて歩くこと、無闇に物を壊さないことなどをこんこんと言い聞かされた。

怒られはしなかったけど、魔王の小言はとっても長かった……。


魔王の小言が終わって一息ついていると、執務室の扉がコンコンとノックされた。

魔王が返事をすると、扉が開かれて一人の男性が入室してくる。

「入るぜ〜。お、ひよこいるな」

「ぴ？」

入ってきたのはドラゴンさんだった。

「ははは、この扉随分かわいい穴が開いてんなぁ」

先程私が開けた穴を見て、ドラゴンさんが笑う。それ話題に出すの止めてよ。また魔王の小言が始まったらどうするの。

「なんの用だ？」

魔王がドラゴンさんに問いかける。

「ひよこが無事におつかいを達成できたみたいだからご褒美をあげに来たんすよ。こんなちびっちぇ

～のにしっかりおつかいができるなんてたいしたもんだ」

「ぴぴっ」

ドラゴンさんは私を手のひらに乗せ、片方の手の人差し指で頭をうりうりしてくれた。

「ぴ？」

ドラゴンさんの持っている手提げからなにやらいい匂いがする。なんだろ。

鼻をひくつかせる私にドラゴンさんが気付いた。

「お、これが気になるか。お目が高いひよこだ」

ドラゴンさんは私を一旦机の上に置く。そして、これはお前に持ってきたんだぞ～と手提げに入っていた包みを開封していった。

「ぴぃ？」

「かわいいだろ。あ、陛下もよかったらどうぞ」

「もらおう」

ドラゴンさんが持ってきたのはひよこの形をしたクッキーだった。結構私に似てるかもしれない。

ひよこに個体差なんてあんまりないから当たり前かもしれないけど。

ドラゴンさんは勝手知ったる様子で棚からお皿を取り出し、クッキーをその上に盛り付けていった。

意外に几帳面というかなんというか……。

「ひよこのご褒美に持ってきたんだから遠慮せずにいっぱい食えよ～」

「ぴ」

香ばしい匂いを漂わせるクッキーに齧《かじ》りつこうとしたけど、そのまま食べるにはちょっと大きかった。

嘴でクッキーをつつくばかりで中々食べない私を見て、魔王が首を傾げる。

「？　ああ、そのままだと食べ辛いか。割ってやるからちょっと待て」

「……」

そう言って魔王はひよこのクッキーを一つ手に取り、真っ二つに割った。私はついついその様子を見詰めてしまう。

……なんか……なんか……。

「何を複雑そうな顔をしているんだ？　……あ」

魔王も私が微妙な気持ちになっている原因に気付いたようだ。その手には真っ二つになったひよこ（クッキー）。

魔王が私そっくりのひよこクッキーを真っ二つにしてる光景は、ちょっぴり悲しいというか、……なんか複雑な気持ちになる。

私の悲しげな視線と魔王の視線が交わった。

「──クッ、我にはもうこれ以上このひよこ（クッキー）を割くことはできん！　我の代わりに割ってくれ！」

「ああ。えっと、なんか二人とも悪かったな……」

ちょっと気まずそうな顔になったドラゴンさんがクッキーを割って私の食べやすいサイズにしてくれた。

「ほら、このサイズなら食えるか？」

「ぴ！」

私はドラゴンさんに返事をしてクッキーの小さな破片を食べた。うん、おいしい。

「ぴぴ！」

「ん？　うまかったのか？　そうかそうか」

ドラゴンさんがニカッと笑って頭を撫でてくれる。

そこで、席を外していたゼビスさんが戻って来た。

「――ただいま戻りました……って、なんでいるんですかオルビス」

「あ？　おつかいができた偉いひよこにご褒美をあげにきたんだよ。子どもは褒めてあげねーとな」

「ああ、お前は子ども好きでしたね」

「あんたも大概だろ」

顔を合わせて早々に睨み合う二人。仲悪いのかな？

「ぴぴ？（まおう、この二人はどういうかんけいなの？）」

「ん？　ああ、あの二人は祖父と孫の関係だぞ。ゼビスが祖父でオルビスが孫だ」

「ぴ⁉」

なんと。びっくりだ。まさか血縁者だったとは。

「驚いただろう。あそこまで仲の悪い祖父と孫も珍しいからな」

「ぴ（うん）」

ゼビスさんはドラゴンさん――オルビスさんのことを品のないドラゴンとか言ってたし。祖父母は孫を溺愛するものって人間だった時に聞いたことあるからちょっと意外。魔族だと違うのかな……？

そんな私の考えを読んだのか、魔王が補足説明してきた。

「魔族の祖父母も大抵は孫溺愛だぞ。あのドラゴン共の関係が例外なんだ」

魔王の発言を耳聡《みみざと》く聞きつけたゼビスさんが魔王に反論した。

「失礼ですね。私も昔はこのクソ孫のことをかわいがってましたよ」

「ぴぃ？（どうしてなかわるく《仲悪》なっちゃったの？）」

「ヒヨコが、何故仲が悪くなったのかと聞いてるぞ」

魔王が私の質問を通訳してゼビスさんに伝えてくれた。ゼビスさんは嫌な記憶を思い出したのか顔を顰《しか》め、オルビスさんは気まずそうに目を逸らした。

「ああ、このクソガキが私の財宝洞窟を破壊しやがりましたので、その時から不仲ですね」

「あれは事故だったし謝っただろうがクソジジイ。なのに大人気《おとなげ》ねぇこのクソジジイは俺の一番デケェ財宝洞窟にやり返しやがったんだ」

財宝洞窟ってなんだろうって思ったらドラゴンが収集した財宝を集めておく洞窟のことで、ドラゴンにとってはかなり大事な場所だって魔王がこっそり教えてくれた。

……話を聞く限り、どっちもどっちな気がするけどなぁ。

「まあこやつらのことは放っておけ。ヒヨコが気にしてやることでもない」

「ぴぴっ（わかった～）」

家族の問題に首を突っ込んでもいいことないって、人間だった時の記憶が言ってる。ここは大人しく傍観を決め込もう。

そう考え、私は魔王が差し出してきたクッキーの欠片を、ぱくんと口に含んだ。

魔法の実力は相変わらずです

ひよこの姿にも大分慣れた私は、魔王の膝の上で魔王に背中をカリカリとかかれる。

「ぴぴ（あ～そこそこ）」

「ん？　ここか？」

「ぴぴ（そこ～）」

魔王と共にまったりと休憩時間を過ごす。

このひよこの体も板に付いてきたなぁ。視点の低さにも慣れたし。とってもかわいがられて私は満足。順風満帆なひよこ生活を送っている。

次はお腹をかいてもらおうと転がって仰向けになろうとした時――

ドガァァァァアン！！！

「ぴっ⁉」

急な轟音に全身の毛が逆立つ。飛び起きたことで膝から落ちそうになった私を魔王は難なく片手で受け止めてくれた。ノールックキャッチだ。

魔王は窓の外でモクモクと上がった煙を見て「また来たか……」と呟いた。

「ぴぴ？（また？　なにがきたの？）」

「偶《たま》に魔王の座を寄越せと訪ねてくる無法者がいるのだ」

「ぴ？（魔王ってそうやって決まるの？）」

「いや？　魔王は魔界の神に定められたものがなるから、たとえ我が挑戦者に敗れたところで我が魔王でなくなることはない」

魔王は逆立った私の毛並みを直しながらそう説明してくれた。

ぶわっと広がった私の毛を撫でながら、魔王がぽつりと呟く。

「……このぽさぽさ具合もいいな……」

逆立った毛並みも気に入ったみたい。

「ぴぴぴ？（ちょうせんにきた人は、まおうがあいてしなくてもいいの？）」

「もちろんだ。アポイントも取れない者を我が直々に相手してやる必要はない。大概は門番に叩きのめされているが……どうやら今日のは門を突破したようだな」

魔王が窓の外を見ながらそう言う。私の位置からは窓は見えないけど、侵入者さんが門を突破した様子が見えてるんだろう。

「ぴぴ？（まおうはしんにゅうしゃさんがきたら、こまる？）」

「……まあ、騒がしいし対応する者の仕事が滞るから困るといえば困るな」

「ぴ！（わかった！）」

「？」

魔王が首を傾げる。

「ぴぴ！（ヒヨコ行ってくるね！）」

「ん？　ああ、気を付けて行くのだぞ」

魔王に向けて片翼を挙げると、魔王がぎこちなく手を振って見送ってくれる。

私はこの間自分で開けた扉の穴から外に出て走りだした。

「……ヒヨコはどこに行ったんだ……？」

部屋にポツンと一人残された魔王の呟きは、私の耳には届かなかった。


「ぴぴぴぴぴぴぴぴぴぴぴぴぴぴぴ！」

私は侵入者さんのいる所に向かって走る。ヒヨコの気持ち的にはルンルンだ。だって、ヒヨコがお役に立つ時がやっときたんだもん！

軽快な足取りで廊下を疾走する私を歩いている人達は勝手に避けてくれる。魔族の人達の反射神経がよくてよかった。この魔法を使って走ってる状態でぶつかっちゃったら、たとえぶつかっちゃったのがひよこだとしても怪我しちゃうからね。

うっかりヒヨコを踏み潰すといけないから、ヒヨコを見つけたら避けるべしっていうのが魔王城での常識になりつつあるらしい。ありがたや。


外に出ると侵入者さんはすぐに見つかった。

フードを被ってるから見えないけど、暴れているのは人型の魔族っぽい。それに対して、魔王城の制服を着た数人の魔族が応戦している。

侵入者さんが強いのか、結構苦戦してるみたいだ。

「ぴぴぴ!!」

「え⁉　ヒヨコちゃん⁉　なんでこんな所に！」

侵入者さんに応戦しているうちの一人が、私に気付いた。

「ぴぴ！（どいて！）」

あ、今は魔王以外には通じないんだった。

それに気付いたのは、詠唱を終わらせた後だった。

『ぴぴ！（爆撃！）』

ドゴォォォォォォォォン‼‼

その瞬間、侵入者さんを中心に炎がゴォッと燃え上がる。うっかり威力を間違えちゃったせいで、熱風が私のことをも吹き飛ばす。

「ぴぴ⁉」

私は慌てて自分と、侵入者さんに応戦していた人達に防御結界を張った。

あぶないあぶない。

「ヒヨコ！！！」

「ぴ？」

あ、魔王だ。

爆撃が収まった後、私の名前を呼んで駆けつけて来たのは魔王だった。なんかちょっと怒ってる
……？

魔王は私の所まで走って来ると、私の項部を摘まんで持ち上げた。

「こらヒヨコ、城の敷地内で『爆撃』なんていうS級魔法を使うんじゃない」

「ぴ（は〜い）」

「魔王様甘すぎるっす……。俺ら巻き込まれて死ぬとこだったんすけど……」

せっかくすぐにお説教が終わったっていうのに、制服を着た門番らしき魔族が水を差してきた。

お説教が伸びたらどうするの!!

「ピィ!!」

私は威嚇をするように鳴いた。

「なんでひよこが睨んでくるんすか！　うっかり俺らまで巻き込みやがって!!」

赤髪の魔族がズイっと顔を近付けて抗議してきた。ちゃんと防御魔法展開したもん！

ただ、巻き込んじゃったのは事実だから文句も言えない。私はぷくぅ〜っと頬を膨らませた。

「お、不満そうっすね。なんか文句あるんすか？」

「ピィィィ！！！」

むかつく!!　この自分が優位に立った時特有のにへらぁっとした顔むかつく！

私がぴいぴい鳴きながら腹を立てていると、制服を着たもう一人の魔族が近付いてきた。侵入者さんを捕縛し終えたらしい。赤髪の魔族とは対照的に、こっちの魔族の髪は青色だ。

「おいやめろよ、ひよこ相手に大人気ない。第一、お前が勝手に席を外してたから門を突破されたんだろう」

「魔王様の前でそういうこと言うんじゃねぇよ！　あいつが普通に強かったのもあんだろ！」

やいのやいの言い合いを始める二人。この二人は門番さんなのかな？

未だに私を摘まんでいる魔王をちらりと見たけど、呆れるばかりで叱りつける気はないみたい。

「――てか、あのクラスの魔族を一撃で沈めるひよこ強すぎじゃね⁉　さっすが元最凶の聖女」

赤髪の門番さんが興奮したようにそう言ってきた。さっきまでヒヨコに対して怒ってなかった？

というか、私魔族の中で最凶の聖女って呼ばれてたの……？

なんかちょっとショックだよ……。


幸いにも、S級魔法をぶっ放したことに対してそれ以上怒られることはなかった。むしろその後は「よくやったな～」と褒められたくらい。密かに思ってたけど魔王は親バカの素質があるよね。

魔法のランクはE～SS級に分けられ、SS級に近付くにつれ難易度や必要魔力量、威力が上がっていく。さっき私が使ったのはS級だから、上から二番目に分類される。まあつまり、常識的に考えるとこんな所でぶっ放す魔法じゃないってことだね。ヒヨコってばうっかり。

そんなことを考える私を手のひらに乗せ、縄で縛られた侵入者を引きずる門番二人と並んで歩く魔王。

「巻き込まれたのはちょっと腹立つっすけど、あのタイミングから防御魔法が間に合うのはさすが最凶の聖女っすよね～。味方になったら心強いことこの上ないっす！　あの聖魔法が使えなくなっちゃったのはもったいないっすけど」

「ぴぴ？（え、まぞく《魔族》になるとせいまほう《聖魔法》ってつか《使》えなくなっちゃうの？）」

え。うそ。

目を丸くして魔王を見上げると、コクリと頷いて肯定された。

「……」

「あれ？　ひよこ知らなかったんすか？　魔族は闇属性の神様の加護を受けてるから闇魔法は使える

けど聖魔法は一切使えないんすよ。逆に人族は聖属性の神の加護があるから、聖属性の魔法は使えるけど闇属性の魔法は使えないっす。まあそれぞれの種族の中でも得意不得意はあるんすけど」

「ぴ……」

赤髪の門番さんが説明してくれたことは全て初耳だった。誰も口を挟まないあたり、嘘ではないんだと思う。

どうしよう……。私は手足の先が冷えていくような感覚に襲われた。

そんな私の異変に、魔王がいち早く気付く。

「ん？　どうしたヒヨコ？　具合でも悪いのか？」

「ぴ……（なんでもない）」

そう答えたけど、明らかにテンションの下がった私を魔王は怪訝《けげん》な顔で見ている。

少し不穏な色を帯びてきた雰囲気を赤髪の門番さんの明るい声がぶった切ってきた。

「もしかしておねむじゃないっすか？　ちびっこってのは突然眠くなって突然不機嫌になるもんすよ」

「確かにな。お前んとこの弟達もみんな急に寝たり泣き出したりしてたもんな」

青髪の門番さんも赤髪の門番さんの意見に同意する。

「そうか。では我はヒヨコを寝かしつけてくる。そいつの始末は頼んだぞ」

「「はっ！」」

そこから私達と門番二人は別れ、魔王は私を連れて執務室に戻って来た。

執務室には寝室のとは別に私用の籠が設置されている。魔王は籠の中に入ってる綿の上に私を置いた。もぞもぞと綿の中に埋もれるとほっとする。

「ヒヨコ、何に悩んでいるかは知らんがとりあえず眠れ。悩み事は気が向いた時にでも話せばいい」

「ぴ……」

ヒヨコに元気がないと調子が狂うからな、と言って魔王が私の頭から背中にかけてを撫でてくれる。

全然眠くなかったけど、撫でられているうちに気付けば夢の世界に旅立っていた。


「――む」

「どうしました魔王様？」

「指を切った」

魔王とゼビスさんの話し声で私の意識は浮上した。どれくらい寝てたかはわかんないけど、まだねむい……。

「ぴ……」

「お、起きたか」

魔王が癖で私の頭を撫でようとしてきた。だけど指から血が出ているのに気付いて、魔王が手を引っ込めようとする。私の毛に血が付いちゃうからだろう。

まおう、ちがでてる……なおさなきゃ……。

寝ぼけていた私は何の躊躇《ためら》いもなく血の滲んだ魔王の指に治癒魔法を使った。すると、みるみるうちに魔王の傷が塞がっていく。

「っ！　これは……治癒魔法か……？」

魔王が目を見開いてる。

ん？　なんでそんなにおどろいてるんだろ……？

私が今使ったのは聖魔法の中でも初級編と言われる極々簡単な治癒魔法だ。

……ん？　聖魔法……？

私の意識は一気に覚醒した。ぱっちりと目を開くと、私と同じように真ん丸になった魔王の瞳と目が合った。

今、私聖魔法使えた……？　魔族になった私は聖魔法が使えなくなってるはずなのに……。

まだ聖魔法を使える予感があったから、誰の目にも触れない所で試そうと思ってたのに……。まさか、寝ぼけて魔王とゼビスさんの前で聖魔法を使っちゃうなんて。

スゥっと全身から血の気が引いていくのが分かる。

魔王がなんて言うのか怖くて、魔王が言葉を発そうと口を開いた瞬間、私はビクリと体を震わせてしまった。

「――ヒヨコ！　お前は天才だったのだな！」

「……ぴ？（え？）」

予想と真逆過ぎる反応に私は驚き、一瞬思考が停止した。

魔王は傷の塞がった人差し指で私の頭をよしよしと撫で、話し続ける。その表情はやっぱり満足そうな笑みを浮かべたままで――

「人間だった時から只者ではないと思っていたが、まさか魔族になってなお聖魔法が使えるとはな。どうだゼビス、うちのヒヨコは天才であろう」

「そうですね。かわいくて強い最強のひよこが誕生しましたね」

「そうだろうそうだろう」

ゼビスさんの言葉に魔王は何度もうんうんと頷いている。

頷いていた魔王はふと、何かに気付いたような顔をして首の動きを止めた。

「――もしかしてヒヨコは人間だった時にも闇魔法が使えたのか？」

「ぴ」

私は素直に頷く。人間だった時はおおっぴらに使ったことはなかったけど、普通に闇魔法は使えた。使えないことが当然だったから誰も人間が闇魔法を使えないことは教えてくれなかったのだ。

「そうかそうか、ではヒヨコは生まれつき特別な魔力を持っているのかもしれぬな」

「さすがヒヨコですね」

おお、ほめごろし。ヒヨコ照れちゃう。

私はふわっふわの両翼で自分の頬を挟んだ。するとゼビスさんが少し目を見開いてこちらを見る。

「おや、かわいいことをして」

ゼビスさんも親バカだよね。いや、爺バカかな？

なんにせよ、親バカさん達のおかげで私の悩みは一瞬で解決した。

スッキリした頭でゼビスさんの診察を受ける。よちよちと頭を撫でられ、胸毛をさわさわと擽《くすぐ》られる。これほんとに診察？　ただひよこを愛でてるだけじゃないよね？

「――うん、身体的に問題はありませんね。魔力回路も正常ですし」

「いつ頃話せるようになりそうだ？」

「う～ん、予想以上にヒヨコとひよこの体の親和性が高すぎるので、暫くかかるかもしれませんね」

……つまり、私がひよこの体に馴染み過ぎちゃったから話せるようになるのに時間がかかるってこと？　なんてこった。私のひよこ適性がそこまで高かったとは。

でも、そこまで残念に思ってない自分がいる。今のところそこまで困ってないからなぁ。

そんなふうにケロリとしている私を見てゼビスさんは得心がいったように頷いた。

「なるほど、ヒヨコがひよこである自分を受け入れているから、中々人に戻る過程が進んでいかないんですね」

「ヒヨコが無意識にお前の干渉を拒んでいるということか？」

「そうですね。ヒヨコはまだひよこでいたいんでしょう。まあ、今までのヒヨコの境遇を考えたら無理もないですね」

少し哀れむような表情になったゼビスさんは、そう言って私の頭を撫でた。

……つまりどういうことだ？

私は首を傾げた。

「つまり、ヒヨコが話せるようになりたいと思ったら話せるタイミングが早まるということです。もしかしたら人型に戻りたいと強く思えばすぐに戻れちゃうかもしれませんね。最初から異常に干渉が上手くいかないなとは思ってたんです」

なるほど、人型に戻してくれようとしてたゼビスさんの干渉を無意識に私が妨害しちゃってたのか。なんか罪悪感。

「そんなに申し訳なさそうな顔しなくてもいいんですよ、ヒヨコ。私達が勝手にヒヨコは人型の魔族がいいだろうと思っていただけですから。人型をとらない魔族もたくさんいますし、ひよこのままでいたいならそのままでいればいいんです」

私にはヒヨコの言葉は分かりませんから話せるようになってくれると嬉しいですけどね、とゼビスさんは言ってくれた。さすがオルビスさんのおじいちゃんというか、包容力がちがう……。

うっかりゼビスさんの指に頭を擦りつけちゃった。

「おいゼビス点数稼ぎか？」

「人聞きが悪いですよ魔王様。大体、自分だけはヒヨコの言葉が分かるからって優越感に浸らないでもらえます？」

「我はそんなこと一言もいってないであろう」

「態度に出てるんですよ」

これに関しては完全にゼビスさんの言いがかりだと思う。付き合いが長いと些細《ささい》な態度の違いも分かるのかもしれないけど。

とりあえず、二人の言い合いを見ていたら、早く話せるようにはならなきゃと思った。

だけど、そうは思っても、具体的に私は何をすればいいんだろ。

「ん？　お前はとりあえず健やかに過ごしてくれればいい」

何をすればいいのか魔王に聞いたところ、こんな感じのふわっとした回答が返ってきた。理想的な父親みたいなこと言うね。

「ぴぴ？（まおうがわたしをまぞくにしたのは、なにかやらせたいことがあるからじゃないの？）」

「いや？　特にやらせたいことがあったわけではないぞ。こちらが滅ぼされないために聖女の無力化は必要だったがな」

「ぴ？（じゃあなんでわたしをまぞくにしたの？）」

私はぴよっと首を傾げる。私を戦闘不能にするだけならわざわざ脳内に語り掛けたりなんてめんどくさいことしなくても、いくらでも方法はあったはずなのに。

そう思ってたのが顔に出てたのか、魔王は呆れたような溜息を吐いた。

「あのなぁ、そなたは自分で思っているよりも遥かに厄介なのだぞ。そなたが我の眷属になってどれだけの魔族が胸を撫でおろしたことか」

「ぴ（そうなんだ）」

「そうなんだって……。まあ、ヒヨコの言う通り他にも手立てがなかったわけでもない。だが我らの神から神託があったのだ」

「ぴ？（しんたく？）」

魔王が我らの神って言うってことは邪神様だ。

「ああ、人族の聖女を我の眷属、つまりは魔族にしろといった内容だった」

なるほど、それで魔王は私を眷属にしたんだ。でもなんで邪神様はそんな神託したんだろう。全く心当たりないんだけど。

「かの方は、稀《まれ》にではあるが気まぐれで神託を下すこともあるからな。今回もその類いなのだろう。だが、我としては幸運だった」

「ぴ？」

なんで幸運？

私がまたもや首を傾げると魔王はフッと笑って私の頭を撫でた。

「我はゼビスらによって長らく眷属を作ることを禁じられてたからな、今回の神託はまさに渡りに船だった。さすがのやつらも神託には逆らえん」

「ぴぴ？（なんでけんぞくつくっちゃダメだったの？）」

「我はどうも自分の眷属をかわいがり過ぎるきらいがあるらしい。『眷属への特別扱いが激し過ぎるし眷属が死んだ時に使い物にならなくなるから貴方は今後一切眷属を作らないでください』とゼビスには言われた」

わお。なんて威厳のない理由。というかゼビスさん仮にも魔王にそんなこと言えちゃうんだ。力関係どうなってるんだろう。

「ぴぴ？（そんなにけんぞくのことあまやかしてたの？）」

「ああ、我にはゼビスのように血を分けた家族はいないから眷属を我が子だと思って目一杯甘やかしていたな。そのせいでゼビス達にはよく怒られたものだ」

懐かしむように腕を組んでうんうんと首を振る魔王。ちなみに、今は一生懸命私を甘やかさないようにしてるらしい。分かるよ魔王、怒られるのやだよね。

私も家族はいなかったから、なんか魔王に親近感が湧いた。周りはみんな当たり前のように家族がいるのに自分だけ誰も家族がいないというのは結構寂しいし悲しい。あの性格が終わってる勇者にすら村に家族がいるって言ってたし。……嫌なこと思い出しちゃった。もう勇者達のことは忘れよう。精神衛生上よくない。

私はブルブルと頭を振り、嫌な思い出を振り払った。

急に頭を振り始めた私の顔を魔王が覗き込んでくる。

「どうした？」

「ぴ（ううん、なんでもない）」

「そうか、毛並みが乱れてしまったな。我が毛繕いをしてやろう」

「ぴ！（やったぁ！）」

そして、どんどんひよこの扱いが上手くなっていく魔王の毛繕いによって、私は再び眠りに落とされた。

ヒヨコ、おでかけをしたいのです

私は的に向けて次々に魔法を打ち込んでいく。

『ぴ（氷結）』

『ぴ（爆撃）』

『ぴ（水撃）』

的には自動修復機能が備わっているらしいけど、修復し終わる前に私が魔法を打ち込んじゃうので一時的に的はボロボロになってしまっている。だけどまあ、そのうち勝手に直るから問題ない。

ここは魔王城にある訓練施設の一つで、私は魔王、ゼビスさん、オルビスさん、そして門番さん二人の前で魔法を披露している。といっても魔法の発表会みたいなことではない。これはちゃんとしたテストなのだ。

私はくるりと振り返る。

「ぴぴ？（どうだった？）」

「うん、問題ないな。どうだゼビス」

「S級魔法をこれだけ連続で打てたら問題ないでしょう。発動速度、威力ともに魔界でもトップクラスなんじゃないですか？」

おお、とっても褒められてる……！

「いやこえぇわ。ひよこがぴよぴよ鳴いただけでS級魔法がどんどん発動してくのなんて一種のホラーでしょ。夢に出てきたらどうしてくれんの」

「お前が勝手に見に行きたいって言ったんだろ」

両手で自分を抱いている赤髪の門番さんに青髪の門番さんが突っ込む。赤髪がイグニさんで青髪の方がクリスさんって名前らしい。

ふふん、ヒヨコ魔法は得意なんだよね！　みんなが褒めてくれるので両手を腰に当てて胸を張っちゃったりする。

ゼビスさんは、褒めると同時にどこからか取り出したお菓子をくれた。ゼビスさんは私をおでぶちゃんにする気だね？　どのお菓子もおいしく食べちゃうけど。

あ、そうだ、本題を忘れるところだった。

「ぴぴ？（まおう、これなら一人でお出かけしてきてもいい？）」

そう、これは私が一人で出かけても大丈夫かという試験だったのだ。ひよこの体でも十分戦えるかという確認だね。魔界は弱肉強食なところがあるから、人界ほど秩序は保たれていない。街中で急に戦闘が勃発することも決して多くはないけど、ゼロではないそうだ。

私は別に魔王と一緒にお出かけでもいいけど、魔王は割と忙しくて一緒だと好きな時にお出かけできなそうだから一人で出かけることにしたのだ。

ヒヨコってば、魔法を使っての戦いは負け知らずだから心配はいらないよって言ってるのに魔王がなかなか信じてくれないんだもん。こんなに小さくてかわいいひよこが強いって言われても信じられないのは無理もないと思うけど。

テストの結果はもちろん合格で、晴れて私は一人でお出かけをする権利を勝ち取ったのだった。


体に括り付けられた風呂敷型のマジックバッグにはお昼ごはんとおやつ、その他もろもろが入れられ、首には魔王特製の魔道具《マジックアイテム》が装着された。

「ぴ？（これはどんな効果があるの？）」

「重傷を負ったら自動的に我の許に転送されるようになっている。あとヒヨコには必要ないかもしれぬが、任意で防御魔法が発動するようになってるぞ」

「ぴぃ……！（おお……！）」

魔道具なんて初めて着けたけど、二つも機能がついてるなんてこれ絶対高いよ！　なんかきれいな石ついてるし。

私が初めての魔道具に感動してると、魔王は何かをブツブツ呟き始めた。

「重傷ではなく、掠《かす》り傷を負ったら転送に条件を変更した方がいいか……？　防御魔法も任意ではなく自動《オート》にすべきだろうか……」

「そうするとお出かけの難易度が一気に跳ね上がりますね」

「ぴ」

ゼビスさんの言う通り、魔王が条件を変更しちゃったら私のお出かけは掠り傷を負ったら強制終了になっちゃう。それはさすがにきつすぎるよ。うっかり転ぶこともできない。

私は首に着けている魔道具を魔王から隠した。

「ぴぴ（このままでいいよ。じゃあいってきま～す）」

「はい、いってらっしゃい」

「……気を付けて行ってくるのだぞ」

「ぴ～（は～い）」

私は見送ってくれた二人に手を振りながら、魔王城を後にした。


ぴっこぴっこと歩いて魔王城から離れる。

暫く歩き、周囲に緑が多くなってきたところで私は風呂敷から地図を取り出した。この辺一帯の観光地などが描かれた紙の地図だ。

地面に地図を広げ、目的地の位置を確認する。

よし、こっちの方角だね。

日が暮れる前に帰らないと魔王が心配しちゃうから急がないと。

風呂敷を背負い直し、私は猛然と走り出した。

目的地に近付いてくると、周囲の温度が徐々に上がってくる。

暑い中を歩いているもんだから結構汗ばんできた。だけど、この暑さは私が方角を間違えなかった証拠だ。

目的の場所に近付いていくにつれ、周囲に草木はなくなり、岩石ばかりになる。暑すぎて植物が育たないんだろう。なにせ、私の目の前にあるのは火山だから。

聳《そび》え立つ火山の麓《ふもと》までくると、岩石でできた門があり、そこには『四天王・フェニックスの火山』と書かれていた。その傍らには『おいでませ』と書いてある旗が立っている。

なんだか観光地みたいだ。周りに人は誰もいないけど。

門の下からは火口に続く道が延びていた。その道を辿って私は火口に向かう。

もちろん登山になるけど、魔法を使えば難なく登ることができる。

ぴよぴよと山を登っていくと、私は目的地の火口に辿り着いた。

そして、火口から中を覗き込む。

「ぴぴぴ～！（たのも～！）」

大声で呼びかけると、中で轟々と煮えたぎっているマグマがボコッと動いた。中心部分から盛り上がったマグマは、どんどん上昇してくると、次第に鳥のような形を取り始める。

メラメラと燃え盛る特徴的な翼に長い尾が形成されていき、フェニックスが姿を現した。

翼を広げれば火口を覆い隠せるほどの大きさのフェニックスはすごい迫力だ。本体が燃えているのもあり、近くにいるとすごい熱気を感じる。

……あつい。

この時点で私の汗はダラダラだった。

「小さきひよこ、私に何か御用ですか？」

「ぴ！（うん！）」

……と、その前に……。

私は風呂敷を下ろし、中からガサゴソと水筒を取り出した。カップに麦茶を注ぎ、嘴を使ってんくんくと麦茶を飲む。

ぷはぁ～。うん、冷たくておいしい。

フェニックスに本題を切り出す前に水分補給しておきたかったんだよね。いっぱい汗かいたから。

急に水筒を取り出した私を、フェニックスは疑問符を浮かべつつ黙って見守ってくれていた。

「……ひよこ？　あなた何を……」

「ぴぴっ（すいぶんほきゅうだよ）」

「……そうですか。この周辺は暑いですし、しっかりと水分を摂っておくのがいいでしょう」

フェニックスは、私がコップ二杯分の麦茶を飲み干すまで何も言わずに待っていてくれた。

「もうよいのですか？　熱中症には十分気を付けるのですよ」

「ぴ（うん、もうだいじょうぶ）」

フェニックス、優しい。

「そうですか。コホン、では気を取り直して。あなたは何をしにここへ来たのですか？」

「ぴぴ！（ヒヨコ、ちから《カ》だめし《試し》にきました）」

最近全然体を動かしていないからうずうずしていたのだ。そこで、お出かけがてら四天王であるフェニックスの道場破りをすることにした。

フェニックスを選んだのは、単に魔王城から一番近かったからだ。

あんまり遠いと帰るのが遅くなっちゃうからね。

久々に思いっきり戦えそう。楽しみ。

私はさぞかし期待の込もった、キラキラとした瞳をしていることだろう。

「私は今休か――」

「ぴ？」

「……いえ、何でもありません。はぁ、いいでしょう。お相手します」

「ぴ（ありがとうございます！）」

「いえ、構いません。それにしても、そんなに小さいのにきちんとお礼が言えて偉いですね」

微笑ましいものを見るように目を細めて私を褒めてくれるフェニックス。

そこで、私はあることに気付いた。

「ぴぃ？（あれ？　ことばつうじてる？）」

「ええ、同じ鳥型の魔族なので、私にはあなたの言葉が通じていますよ」

「ぴぴ！」

なんと、驚きだ。

でも言葉が通じると便利だね。今は通訳をしてくれる魔王もいないし。

「では、遅くならないうちにさっさと始めましょうか」

「ぴ（うん）」

手合わせをするため、私とフェニックスは距離をとった。

「この石が地面に落ちたら開始です」

「ぴ」

私がコクリと頷くと、フェニックスが咥えていた石をポーンと放り投げた。

宙に放り出された石が地面に着いた瞬間――

『ぴ（水砲）』

『火炎』

大砲の玉のようにフェニックスに飛んで行った大量の水が、フェニックスの放った炎によって全て蒸発する。

まるで私が何の魔法を使うか分かっていたようだ。

「私に対しては皆、水の魔法を使いますから」

そりゃそうだよね。フェニックスは本体がメラメラと燃えているから、ついつい水が弱点だと思っちゃう。

まあ、それはみんな思うだろうから、もう対策済みなんだろうけど。

だけど、火属性の魔法が得意なのは間違っていないらしく、次から次に火炎が飛んでくる。

あっついね。

飛んでくる炎を避けながら思う。

う～ん、でも、ここで諦めて水属性以外の魔法を使うのは、なんだか癪《しゃく》だなぁ。

普通に考えたらそうすべきだ。大人なら合理的に判断してそうすると思う。……けど、ヒヨコってば、まだ子どもなのだ。

だから、意地になるのも無理はないだろう。

『洪水』

「!?」

フェニックスの頭上に大量の水を出す。

私が懲りもせず水魔法を使ったことにフェニックスは驚いたみたいだけど、すぐにその水は蒸発させられる。その間、私に攻撃魔法を放つことも忘れない。

ふっふっふ、根比べだね。

私はめげず、水属性の魔法を放ちまくった。

『洪水』

『水砲』

『水渦』

「――ちょっ、ちょちょっ、さすがに多すぎっ……！　うぶっ」

私の発動した大量の水魔法を処理しきれず、フェニックスが大量の水に押され出す。

――いけるっ！

『水渦』

私の出した巨大な水の渦がフェニックスを飲み込む。

暫くして渦が収まると、ようやく解放されたフェニックスが地面にべしゃりと伏した。

渦の回転に巻き込まれたせいで酔ったのか、フラフラとしている。

「――ぐぅ、私の負けよ……」

「ぴ」

勝ったのは嬉しい。嬉しいけど、ボロボロのフェニックスにちょっと申し訳ない気分になった。フェニックス、ヒヨコに優しくしてくれたし。

私はピコピコとフェニックスに近付いていき、その体を濡らしている水を蒸発させ、フェニックスの体を乾かしてあげた。

ついでに水浸しになった周囲も乾かす。

「ぴぴ……（ごめんね、ヒヨコちょっとやりすぎた……）」

「あなた……いえ、私を倒すならばこのくらいしないと無理でしょう。あなたは優しい子ですね」

……自分でやったことの始末をつけて褒められる……なんだかマッチポンプ感。

ついでに治癒魔法を使ってフェニックスを回復させてあげた。

「っ！　これは……治癒魔法？　ってことはもしかしてあなた、元聖女のヒヨコですか……？」

「ぴ（うん）」

「道理で強いわけですね。ありがとうございます、あなたのおかげで随分楽になりました。元々あった腰痛も治りましたし」

……フェニックス、腰痛あったんだ。

フェニックスに腰痛って、なんだか似つかわしくないね。

「ということは、あなたの保護者は魔王様ですね。ここに来ることは言ってきましたか？」

「ぴぴ（ううん。きかれてないからいってない）」

「そうですか。では、陛下に手紙を書くので持っていっていただけますか？」

「ぴ（わかった）」

すると、フェニックスはどこからか筆と紙を取り出し、サラサラと文をしたためる。

器用に封をすると、それを私の風呂敷の中に入れてくれた。

「じゃあ、頼みましたよ」

そう言ってフェニックスは私のおでこにちゅーをした。

びっくりして額を押さえると、ちゅーをされた場所から体がふわんと温かくなる。

なんだろう、なんか不思議な感じだ。

目をまあるくしてフェニックスを見上げると、優しい顔で微笑まれた。

「ふふ、かわいい子。ほらヒヨコ、保護者《魔王様》が心配するでしょうから遅くならないうちに帰りなさい。

――っと、その前にもう一度水分補給をしておきましょうか」

フェニックスに促され、私は再び麦茶を飲んでから帰路についた。

「ぴぴっ（フェニックスありがとね。ばいば～い）」

フェニックスに手を振りながら歩いていると、「転ぶから前を向きなさい」と促されたので大人しく前を見て歩く。

だけど、山頂から私を見守る優しい炎の気配が、私が山を下りるまでずっと続いていた。

◇◆◇

ヒヨコがお出かけから帰ってきた。出て行った時には持ってなかった加護を手に入れて。

どこかスッキリとした顔をしているヒヨコを手のひらの上に乗せる。

……間違いない、ヒヨコはフェニックスの加護を受けている。

フェニックスは我が四天王の一人だ。南の統治を担っている魔界の実力者。そんなフェニックスの加護を受けるにはある条件を達成する必要がある。その最低条件が、フェニックスと戦って勝利することだ。ちなみに他の四天王の加護を受ける条件も同じだ。

だが、我が各地の統治を任せるだけあって四天王を倒すことは容易ではない。いくらヒヨコが元最凶の聖女だとしても苦戦すると思っていたのだが――

「ぴ！」

魔王褒めて！　というようにヒヨコが見上げてくる。こんな顔で見られて褒めずにいられる者がいるだろうか。

我の指は独りでに動いて、ヒヨコの頬をうりうりと擽っていた。ヒヨコが嬉しそうにぴぴっと鳴く。

フェニックスの加護を得られたということは、ヒヨコがフェニックスとの戦いに勝利したということだ。ヒヨコの体を確認するが傷は見当たらない。

「怪我はしなかったか？」

「ぴ！（ちょっとしかしてない！）」

ヒヨコが元気よく答える。さすがに無傷とはいかなかったようだ。

少し負った傷も治癒魔法できれいに治っている。

「痛くて泣かなかったか？」

「ぴ!?　ぴぴ！（え!?　ヒヨコそんなことでなかないよ！）」

ちょっとムッとしたようで、ヒヨコが我を睨んでくる。痛みには強いひよこだったか。

すまんと謝るとヒヨコは満足そうにぴっと鳴いた。

「ぴぴ？（ねぇねぇまおう、ふぇにっくすのかごってなに？）」

真ん丸の目を我に向けたヒヨコが尋ねてきた。ヒヨコの無邪気な質問に我は少し驚く。

フェニックスの加護が欲しくて戦いを挑んだわけじゃないのか？

「フェニックスは不死鳥とも呼ばれるように、フェニックスの加護を得ると外傷や病、毒で死ぬことはなくなる。あと火属性魔法の威力が上がる」

「ぴぴ（おお、すごいねぇ）」

のほほんと感心するヒヨコは、普通の魔族なら喉から手が出るほどほしがる加護のことなど眼中になかったようだ。それはそれでどうなのかと思うが。ただ純粋に力試しがしたかったということだから。

この前の侵入者の時もそうだったが、このかわいいヒヨコは存外戦闘狂の気があるらしい。まあ、せっかく強い魔法が使えるのだから思う存分力を振るいたくなる気持ちも分からんではない。

——ん？

「ぴ！（あ！　そうだ、ふぇにっくすがまおうにお手紙くれたよ）」

そう言ってヒヨコが風呂敷からフェニックス直筆の手紙を取り出した。

どれどれ。

『拝啓魔王様　本日、休暇中の私の許《もと》にかわいらしいひよこが一人で訪ねてきました。あまりにもひよこがワクワクしていたので戦いには応じましたが、聞けば、ひよこは聞かれなかったので魔王様に行き先は告げていないとのことでした。いくら強いとは言え、この愛らしい小鳥を野放しにするのはいかがなものかと存じます。　フェニックス』

「……」

簡単に言うと我の管理不行き届きに抗議する内容だった。

そういえばフェニックスは今休暇中だったな。休暇中はもちろん挑戦にも応じていない。

普段フェニックスの奴は休暇を邪魔すると烈火のごとく激怒するからこの程度の抗議で済んだことは奇跡に近い。あ、そういえば奴は鳥型の魔族《同族》には優しかったな。要求してもいないのに加護を与えたことからも、相当気に入ったんだろう。

たとえフェニックスを降したとしても、気に食わない、相応しくないと判断したものに加護は与えないからな。

まあ、何はともあれウチのヒヨコが悪いことをした。今度詫びの品を送っておこう。

「ぴ？」

「……」

きょとんと愛らしく首を傾げるヒヨコに文句など言えるはずがない。

「……今度からは我に行き先を告げていくのだぞ」

「ぴ！（は〜い！）」

◇◆◇

お出かけの翌日、魔王がきれいな箱になにかを詰めている。

「ぴぴぴ？（まおう、なにしてるの？）」

「ん？　フェニックスに詫び……贈り物をしようと思ってな」

贈り物！

昨日会ったフェニックスはとっても優しい鳥だった。まるで母鳥みたいな包容力。あったかいし。

フェニックスの胸毛の下は天国みたいだった。

「ぴぴ！（わたしもふぇにっくすにおくりものする！）」

「ん？　いいぞ。手紙でも書くか？」

「ぴ（んーん）」

魔王の質問にフルフルと首を振って答える。フェニックスはこの前お休みだったところを私が突撃しちゃったみたいだから、もっとちゃんとしたものを贈りたい。

「ぴ！　ぴぴ！（あ、そうだ！　まおう、ヒヨコちょっとほうせきのとれるダンジョンにいってくる）」

「待て待て待て。わざわざダンジョンまで行かんでいい」

「ぴ？」

なに？

「薄々思ってはいたが、ヒヨコは案外血気盛んだな。ちょっとした贈り物のためにわざわざそんな難易度の高いダンジョンに行くでない。手紙くらいにしておけ」

「ぴ（は～い）」

魔王の提案でフェニックスにお手紙を書くことになった。

執務机の引き出しからきれいなお手紙用の紙を出してくれる。そしていざ手紙を書こうという時、わたしは重大なことに気付いた。

むーんと白紙の紙に向き合う。

「ぴぴ……」

しょぼんとした顔で魔王を見上げる私。

「……そういえば文字、書けなかったな……」

わたしのふわふわおててでは文字など到底書けない。魔王が出してくれたきれいな硝子《がらす》ペンも無用の長物になってしまった。

「我が代筆するか？」

「ぴ……（う～ん）」

迷う……。

悩んでいると、ふとインク壺が目に入った。

「ぴ……」

いいことを思いついたかもしれない。

◇◆◇

魔王様から贈り物が届いた。この前抗議の手紙を送ったから、その詫びの品だろう。私の休暇を邪魔したのがあの愛らしいひよこでなければ魔王城まで乗り込んでいってたわ。

風呂敷に包まれていたのは、詫びにふさわしい品々だった。そして魔王からの手紙にはヒヨコも手紙を書いたから同封しておいた、との内容が書いてあった。ふむ、あの愛らしいひよこからの手紙は嬉しいわねぇ。

魔王の手紙を読むのもそこそこに、私はヒヨコちゃんの手紙を取り出した。これかしら？

愛らしい薄ピンクの便箋を取り出す。

「……」

なにかしらこれは……。

二つ折りになった紙を開くと、そこには鳥の足跡が便箋いっぱいに広がっていた。三股に分かれた小さな足跡。これはあのヒヨコのものかしら。足にインクを付けて描いたのね。

かわいらしい足跡に思わず頬が緩む。

ただ、何を伝えたかったのかは全く分からないけれど。

私が首を傾げている頃、魔王城では一人の男が思案に耽《ふけ》っていたらしい。

「ぴ？」

「……やっぱり代筆すべきだったか……？」

◇◆◇

「ぴぴ（まおう、きょうはべつのしてんのー《四天王》のところにいってくるね）」

そう言って歩き出した私を、魔王が後ろから摘まみ取った。

「ぴぃ？」

「四天王は皆休暇中だ。今日は魔王城《うち》にいなさい」

「ぴ（は〜い）」

しかたない、おでかけは諦めよう。

私はうごうごと足をバタつかせて魔王の指から逃れ、ぽてっと床に着地した。すると、魔王が頭上から私を覗き込んでくる。

「どうした?」

「ぴぴ!(おしろの中たんけんしてくる!)」

片手を上げて魔王にそう報告する。すると魔王は少し苦い顔になって悩む素振りを見せる。

「ふむ……まあいいか。問題は起こすなよ?」

「ぴぴ!(もんだいなんかおこさないよ!)」

こんな善良なひよこをつかまえて何を言うか!

魔王にちょっと腹を立てつつも、私は魔王の部屋を出た。

今日はどこに行こうかな。

そうだ、お庭に行ってみようかな。

まだあんまり行ったことがなかったので、私は外に出ることにした。

魔王城の庭は広すぎてどこまで続いているのか分からない。人間だった時に行ったお城のどの庭よりも広い。魔王城のお庭にもちゃんときれいなお花が花壇に咲いている。人界でも咲いているような普通のお花もあれば、初めてみる黒い花もある。でもとってもいい匂い。

花壇に沿って歩いていると、既視感のある門が目に入ってきた。見覚えのある門番さん二人もいる。イグニさんとクリスさんだ。ぴぴぴっと鳴きながら近付いていくと、二人がこちらに気付いた。

「お、ひよこだ!」

「あ、ほんとだ。ひよこおいで～」

クリスさんがしゃがみ、こちらに向けて手を差し出した。

「ぴ！」

クリスさん目がけてテトテトッと歩いて行く。そしてぴょこんっとクリスさんの手の上に飛び乗った。

「わ、かわいい」

「え！　いいな～クリス。ひよこ、次は俺の方来いよ」

「ぴ」

後でね。今はクリスさんに頭グリグリしてもらってるから。クリスさん、結構な撫でテクの持ち主だ。

「そういえば、ひよこってヒヨコって名前なんだってな。うわ、声に出すとめっちゃ紛らわしい」

「ぴ（そうだよ）」

コクリと頷く。確かに紛らわしいよね。

「魔王様ってネーミングセンスあれなんだね」

「ちょっとしたトラブルでこうなったって聞いたぞ？」

「あれ？　そうなんだ」

「……」

昔飼ってたひよこを思い浮かべてたら、うっかりヒヨコって名前にしちゃったってことは魔王の威厳のためには言わない方がいいかもしれない。今はひよこ語しか話せないから言っても伝わらないんだけど。

「そういえば今日はどうしたんだい？」

「ぴぴぴ！（おしろのたんけんしてるの！）」

「なんて言ってんだ？」

首を傾げるイグニさん。

「普通にお散歩してるんじゃない？」

「ぴ！（そのとーり！）」

「お、当たりみたいだぞ。すげぇなクリス」

イグニさんに褒められてふふんとドヤ顔を披露するクリスさん。

そしてクリスさんはふと何かを思い付いたようだ。

「そうだ、暇なら魔界騎士団の訓練を見にいってみたらどうだ？」

「ぴ？（まかいきしだん……）」

なんだか聞き覚えのある響き……。どこで聞いたんだっけ？　まあいいや。

「ぴ！（まかいきしだんみにいってくる！）」

「お、乗り気になったな？」

「え!?　もう行っちゃうんすか？　その前に俺もヒヨコ手に乗せたい!!」

イグニさんが私を手に乗せたいと騒ぐので、イグニさんの手に乗ってからその場を後にした。

「ぴぴぴぴぴぴぴぴぴぴぴぴぴぴぴぴぴぴ」

クリスさんに教えてもらった道順で魔界騎士団の訓練場に向かう。暫く鳴きながら歩いていると、開けた場所が見えてきた。

お、ここっぽい！　ぼんやりと人影も見えるし。

次第に、キンッキンッと金属同士がぶつかる音が聞こえてきた。なんだか懐かしい音だ。

訓練場はかなり広かった。訓練場って大仰な名前がついてるけど実際はただ何もない空間だよね。特筆すべきことなんて地面に砂利とかが混ざってないことくらい。

私は訓練場に足を踏み入れた。

「ぴ」

「ん？」

一人の騎士さんが足元の私に気付く。そしてその騎士さんはしゃがむと、手のひらの上に私を乗せた。

「ひよこ……？　なんでこんなところにひよこがいるんだ？」

「おいっ、もしかしてそのひよこ……！」

「ぴ？」

私を手に乗せた騎士さんの隣にいた騎士さんが急に顔色を変えた。どうしたの？

「もしかして君、この前魔王様の眷属になったひよこかい？」

「ぴ」

私は騎士さんの質問に頷いて答えた。

「ってことは、君、あの聖女……」

騎士さんが目を見開いて呟く。

……ん？

気付けば剣を交える音が止んでいて、静かな空間が出来上がっていた。違和感を覚えて周りを見回すと、訓練していた騎士さんも、休憩していた騎士さんもみんな無言でこちらを見ていた。

「……ぴ？」

え、なに？　この反応。

急に静まりかえった空間に居心地の悪さを感じる。ヒヨコ、まだなにもしてないけど……。

「聖女……」

「最凶の聖女……」

「ぴ？」

なんだろ、なんだかあんまり歓迎されてない雰囲気。いや、元敵だから当たり前っちゃ当たり前なんだけど。でも、なんとなく伝わってくる感情は、敵意じゃなくて怯えのような……。

「ヒィィィィイイッ!!　誰かっ！　誰かこの聖女を受け取ってくれ!!」

「無理無理無理無理無理」

「早くポイってしろ！　魔法打ち込まれる前にポイしろ!!」

気が動転しているのか、子どもに言い聞かせるような言葉遣いになる騎士。

「で、でも、ひよこを投げるのは……」

「バカッ！　それはひよこの皮を被った鬼畜だ！　ちょっと投げたところで傷一つ負わねぇよ!!」

本人《ひよこ》が目の前にいるんだけど……。これ悪口だよね？　怒るべきなのかな。

どんな反応をすべきか迷い、コテンと首を傾げる。すると、周りの空気が固まった。そしてにわかにざわつき出す。

「おい怒らせたんじゃないか？」

「あ、今暴言吐いたのこいつです。俺ら関係ないんで」

鬼畜だの投げても傷一つ負わないだの言ってくれた騎士が他の騎士に背中を押されて突き出される。

「おいっ⁉　なにすんだよ！　ヒェッ！　ごめんなさい‼」

即謝ってくる騎士さん。

というか、なんで私こんなに怖がられてるんだろ。

「おいこのひよこ、なんで自分が俺達に怯えられてるか分かってないみたいだぞ」

「ほんとだ。心当たりないって顔してやがるな」

「かわいく首なんか傾げてやがるな」

さっきの失言騎士さんを盾にして後ろからひょっこりと顔を出す騎士さん達。失言騎士さんの背中から何個も頭が生えてるみたい。

ちなみに、私を手のひらに乗せてる騎士さんは硬直しつつも、私を落としたり投げたりすることはなかった。ただただ石像のように私を手に乗せ続けている。優しいね。お礼の気持ちを表すために頭を擦りつけようかと思ったけど、動いたらさらに怯えられそうだと思ったから止めておいた。

「――何の騒ぎだ」

なんか一際大きな人が建物の方から歩いてきた。威厳たっぷりだし、きっと偉い人なんだろうな。

よくよく見ると他の騎士さんとはちょっと制服が違うし。

鷹揚《おうよう》に歩いてきた大きな騎士さんは、再び口を開く。

「なぜ誰も訓練をしていないんだ」

「ハッ！　申し訳ありません団長！　元聖女のひよこが来て場が騒然としておりました」

「元、聖女……？」

団長と呼ばれた騎士さんが復唱した。そして、ギギギッと首を動かしてこちらを見る。

あ、目が合った。

「ぴ（こんにちは）」

「ヒッ」

「ぴ（ひ？）」

空耳かな。こんな厳つい顔した人から怯えたような悲鳴が出るわけ……。と、思ったら次の瞬間、団長さんは頭を抱えて蹲《うずくま》った。

「おいみんな！　団長をひよこから隠せ！」

「「「おう！」」」

団長さんを周りにいた騎士さん達が覆い隠す。部下に慕われるいい上司なんだね。

「団長は一番聖女と相対してるから、最もトラウマがあるんだ」

「ぴ！（あ、そっか、まかいきしだんって、せいじょじだい《聖女時代》によくたたかってたひとたちだ！）」

そう考えて見たら、誰もかれもが見覚えのある顔だった。

「マジかよこのひよこ。今俺らのこと思い出したって顔してたぞ」

「魔界騎士団のほぼ全員にトラウマを植え付けておいて。信じられねぇな」

みんな示し合わせたように、このひよこ信じられないといった顔をする。

ぐぬぬ。これに関しては覚えてなかった私が悪いからなにも言い返せない。言い返しても伝わらないんだけど。

「ぴ（ごめんね）」

ペコリと頭を下げて謝る。

「お、謝ってるみたいだぞ」

「案外素直だな」

「意外と人格は破綻してないのか？」

ちょっとずつ顔を出し、ジリジリとこちらに近付いてくる騎士さん達。というか私は人格が破綻してると思われてたの？　人間の王の命令を素直に聞くのも癪だから誰も殺さないように手加減してたのに。むしろ人格者だったんじゃない？

そんなことを考えていると、三人の勇敢な騎士さん達がすぐ側まで来ていた。そして、三人のうちの一人が口を開く。

「おい誰か触ってみろよ」

チャレンジャーだね。さっきまでめちゃめちゃビビってたのに。

そして、じゃんけんで負けた一人が私の方に人差し指を近付けてきた。でもやっぱり怖いのか腰が引けてる。怖いのになんでわざわざ挑戦するんだろう。スリルを楽しんでるのかな。

ほんとは無抵抗でいようと思ってたんだけど、あんまりにも人差し指が近付いて来るスピードがゆっくりなのでうずうずしちゃう。

ふわふわと丸いお尻が無意識に揺れる。

「おい！　このひよこイタズラしたくてしょうがないって顔してる!!」

「ぴ」

バレた。

しょうがないからイタズラは止めておこう。

どうぞどうぞお触りください。ヒヨコは無抵抗ですよ。

「お、目を閉じた。触っていいってことじゃないか？」

「ほんとだな。おいさっさと触っちゃえよ」

「お前ら……他人事だと思って……」

後ろの二人を睨む騎士さん。そして、意を決したように人差し指が私の体毛に埋められた。

「あ、ふわふわ」

一回触って大丈夫だと思ったのか、もっと大胆に羽を触ってきた。

「ぴぴ」

「おお……かわいいかも」

触り心地が気に入ったのか、ずっと私の頭からお尻にかけてを撫でる騎士さん。

「大丈夫そうだな」

「だな。じゃあ俺も触りたい」

私を撫でる騎士さんの後ろから二人の騎士さんが顔を出す。

「お前らなぁ……」

安全確認に使われた騎士さんは不満そうだ。そんな不服そうな騎士さんなど気にも留めず、二人は私を撫でくり回す。

ちなみに、撫でるのはとってもへったくそだった。

暫くすると、私を撫でていた騎士さんの一人が私を摘まんで持ち上げた。そしてそのまま騎士の殻に覆われている団長さんの許に私を連れていく。

「おい何してんだリック！　団長にトラウマを近付けるんじゃねーよ!!」

「え～？　でも、聖女が魔王様の眷属になったからにはいつかは和解しないとでしょ？　それに団長動物好きだし」

ほらどいてどいて、と団長さんを覆っている人達をどかしていくリックさん。

「ほら団長、こわくないですよ～」

「お前……」

ギロリとリックさんを睨む団長さん。

「結局聖女は誰も殺しませんでしたし、この子も被害者だって団長も分かってるでしょう？」

「……そんなことお前に言われずとも分かってる」

「じゃあかわいいひよこちゃんを撫でて和解できますよね」

調子に乗るリックさん。団長さんめちゃめちゃ睨んでるよ？　後で怒られるんじゃない？

団長さんの顔が見えてないのか見てないのか、リックさんはズイッと私を突き出した。

「ほら団長、かわいくないですか？」

「……かわいい」

素直だな団長さん。ほんとに動物好きなんだね。

団長さんが腹をくって人差し指をこちらに近付けてくる。少し……どころかかなりブルブル震えてるけど。

団長さんの人差し指がそっと私のふわ毛に触れる。

「……ふわふわだな」

「ぴ」

やっぱり団長さんも一度触れれば大丈夫だと分かってくれたらしい。そっと私を摘まんで手のひらの上に乗せてくれた。硬くて大きな手のひらに私の足が付く。

うんうん、私は無害なひよこだからね。

「かわいい……」

おお、震えが止んだ。恐怖よりひよこのかわいさが勝ったみたい。

これは……和解できたのでは……⁉

「ぴぴ！」

「かわいい……」

「団長！　ひよこを懐に仕舞わないでください‼」

ひよこはお持ち帰り可じゃないよ。両翼を動かして団長さんの懐から出る。

「ぴ」

「ダメですよ団長。ひよこは魔王様の眷属なんですから。大層かわいがってるって噂ですよ」

「む、そうか」

お持ち帰りは諦めてくれたみたい。

「そういえば、今日は何をしに来たんだ？　俺達のことは忘れていたようだが何か用があったのか？」

あ、忘れてたことちょっと根に持ってるね。

「ぴぴ！（くんれんみにきた！）」

「？」

「？？」

騎士のみんなが顔を見合わせて首を傾げる。

あ、そっか、まだ言葉が通じないんだった。今は通訳係の魔王もいないし。

「ぴぴっ」

「お、なんか書き始めた」

仕方がないので、地面に足で文字を書いて訓練を見に来たことを伝えることにした。

騎士さん達にジッと見つめられつつ、文字を書き進める。

『く』

「く？　苦しめに来たとか？」

騎士の誰かが呟いた。

「ぴ……」

私をなんだと思ってるの。和解ムードだけど誤解は解けてなかったか……。

『ん』

「くん……燻製にしてやろうか？」

「ピィッ！！！」

ちょっと静かにしてて！

怒りを込めて鳴くと、私をからかっていた騎士さんが仰け反った。

「うわっ！　怒ったぞ！」

「今のは完全にお前が悪い」

ごもっとも。

からかってきていた騎士さんが静かになったので、文字を書くことに集中する。

団長さんが地面に書かれた文字を読み取る。

「『くんれんみにきた』？」

「！　ぴ！（そー！）」

ちゃんと伝わったことが嬉しくてぴよぴよ鳴く。

「みにきたってのは、純粋に見物しにきたのか、訓練の相手をしに来たのかどっちだ？」

若干顔色の悪くなった団長さんが尋ねてくる。普通に見物しにきたつもりだったけど、今日はおでかけもできなかったから訓練の相手をしてもらうのもありだな。でも騎士さん達のトラウマになってるみたいだし……。

少し考えた後、私は地面に『どっちでもいいよ』と書いた。すると場がにわかにざわつく。

「最凶の聖女が訓練に協力してくれるのか？」

「願ってもないことだな」

お？　案外好感触？　人間の騎士団では一切訓練に参加させてもらえなかったけど。魔族の騎士さんは結構脳筋なのかな。

そんなことを考えてたら団長さんからジトリとした視線を向けられた。

「おいひよこ、今ちょっと失礼なこと考えただろ」

ギクリ。

「ぴ？」

言葉が通じないのをいいことに首を傾げて誤魔化す。話せてたら絶対バレてたよ。嘘吐くの苦手なんだよね。

ひよこのかわいさに誤魔化されてくれたのか、団長さんは追及しないでくれた。

「じゃあとりあえずお試しで訓練の相手をお願いしてもいいか？」

「ぴ！（もちろん！）」

腕が鳴るね！


訓練場のド真ん中にちょこんと置かれる。

「ぴ」

団長さんを見上げると、なんか微妙な顔をしてた。

「う〜ん。いくら中身はあの聖女でも、ひよこに攻撃をするのは罪悪感があるな……」

別にそんなこと気にしなくていいのに。どんとこいだよ！

「ぴぴ！」

「気にしないでどんとこいって感じだな」

「ぴ！」

うんうんと頷く。

「じゃあお言葉に甘えさせてもらおうか。ここに旗を刺しておくから、ひよこはこの旗を俺達から防衛してくれるか？」

「ぴ！（わかった！）」

私は防衛戦をすればいいんだね。

制限時間が終わるまで一度も旗に触られなかったら私の勝ち、誰かしらが旗にちょっとでも触れれば騎士さん達の勝ちというルールだ。

私がちょっと不利な気がするけど、これくらいが燃えるよね！

そして騎士さん達が準備を終えると、試合開始を知らせる笛がピーっと鳴った。


試合開始の合図と同時に、四方八方から攻撃魔法の雨が降ってきた。

『ぴ（完全防御）』

防御壁で自分と旗を球状に囲む。この魔法のいいところはちゃんと地中までカバーできることだ。球状だから死角はない。

防御壁は見事に飛んできた攻撃を防ぎ切った。優秀だね。この防御壁、魔法を弾くと青白い光が上がってきれいなの。好きな魔法の一つだ。

私の防御壁で嫌な記憶でもフラッシュバックしたのか、そこかしこから悲鳴が上がった。野太い悲鳴だけど。

今回は足止めと防御の魔法をメインで使う。攻撃魔法を使ってやり返したくてうずうずするけど我慢我慢。

「おいひよこのお尻が揺れてんぞ」

「かわいいけどこっわ。戦いたくてうずうずしてんじゃねぇか」

バレバレみたい。でも私は我慢のできるひよこ。攻撃するのも我慢できるよ。

さすがの私もひよこの姿で周りを囲まれたら怖いので、念を入れて足止めする。私を中心にして風をおこしたり、砂を外側に向けて動かしたり。

中々私に近付けない騎士さん達から苦悶の声が上がる。

「あのひよこ器用だな！」

「全く近付けねぇ!!」

ふふふん。褒められて気分がよくなる。

このまま制限時間いっぱい足止めと防御でやり過ごそうと思ったけど、さすがにそう簡単にはいかなかった。

「ふんっ!!」

離れた場所から魔法を打っていても埒《らち》が明かないと思ったのか。団長さんが地面を蹴り、一直線に飛んできた。顔がちょっと強面なだけあって結構な迫力だ。そういえば人間だった頃もこんな光景みたことあるな。団長さんってバリバリの接近戦派なんだよね。だから団長さんに近付かれちゃうとちょっと困る。

『ぴ（障壁《シールド》）』

自分と団長さんとの間に何重にも障壁を張る。障壁の一枚一枚でも結構な衝撃に耐えられるはずなんだけど、そこはさすがに魔界騎士団の団長さん。五枚張った障壁のうち三枚を見事に貫通されてしまった。

三枚目の障壁を破壊したところで団長さんが地に足をついた。

「チィッ！　さすがに固いな」

『ぴ（穴《ホール》）』

団長さんの足元に魔法で落とし穴を作る。

「うおっ⁉」

不意を衝かれた団長さんは、見事に穴に落とされてくれた。よし、上から蓋しちゃお。

障壁で団長さんの落ちた穴に蓋をする。ついでに砂も被せておいた。

すると、団長さんに続けとばかりに他の騎士さん達もこちらに向かってこようとする。私は今ひよこの姿だから接近戦なら勝てると思ったのかもしれない。正直私もまだあんまり自信ない。

『ぴ』

『ぴ』

『ぴ』

遠距離魔法での攻撃が減ったと思ったら、今度は魔法の代わりに騎士さん達が四方八方から飛んできた。それを魔法で捌いていく。

ドゴォッ‼

「ぴぃ⁉」

すぐ側で急に砂が舞い上がり、砂を纏った団長さんが地面から出てきた。団長さんの肩とか頭からさらさらと砂が落ちていく。団長さんの真っ黒な髪の毛が砂で汚れてちょっと白っぽくなってる。

もしかして上には障壁が張ってあるから、他の所から掘ってここまで来たのかな？　結構深い所まで落としたんだけど。

なにが楽しいのか、ニタァと鋭い歯を見せて笑みを浮かべる団長さん。瞳孔が開いててちょっとホラー。

びっくりした拍子に、反射で攻撃魔法が出そうになっちゃったけどなんとか抑えた。さすが私。できるひよこ。

リーン　リーン
そこで、試合終了を知らせる音が鳴った。

旗を守り切ったので私の勝ちだ。

「ぴっぴ♪　ぴっぴ♪　ぴっぴ♪」

ぴよぴよと喜びの舞を踊る。

「ひよこが踊ってる」

「かわいいけどちょっと腹立つな」

「煽りにしか見えない」

喜びの舞を踊る私の周りを例の三人衆が囲んできた。しゃがんで上から覗き込んでくる。よくみたらこの三人顔似てる……？

「ぴぃ……？」

三人の顔をまじまじと見比べる。

「お、俺らの顔見比べてんぞ」

「気付くの遅くね？」

「キョロキョロしてんのかわいいな」

やっぱり似てる。声までそっくりだ。

私の疑問に対する答えはすぐに出た。

「俺達三つ子なんだよ」

「ぴ⁉」

なんと。びっくりだ。

「珍しいだろ～」

「ちなみに名前も似てるんだぜ？　俺がニックで、こっちがディックでこいつがリックだ」

「ぴ……（まぎらわしい……）」

顔も似てれば名前も似てるなんて……。かろうじて髪の色は違うから、それで見分けるしかないね。

ニックさんが赤、ディックさんが青、リックさんが金。よし、覚えた！

赤髪のニックさんが私の頭を撫でて言う。

「にしてもやっぱ強いな～」

「ここにいる全員でかかっても旗一つ取れないなんてな」

「敵対してた頃は一応勇者とか剣士にも人員割いてたし、勝てるわけなかったんだな」

今回は時間制限あったたし、ルールなしでやったらわかんないと思うけどな。そう言っても伝わらないから黙っておく。

ドッカーン!!

「ぴ？」

急に轟音がしたので、そちらを向くと団長さんが何人かの騎士さんを吹っ飛ばしたところだった。

ぽーんと飛んだ騎士さんがずしゃっと地面に落ちる。

「ぴ⁉（なんで⁉）」

なんで部下の騎士さん吹っ飛ばしてるの⁉

驚く私とは対照的に、三つ子や他の騎士さんは冷静だ。冷静に団長さんから距離を取って避難している。

「また団長の悪い癖がでたな～」

「ぴ？（わるいくせ？）」

「ああ、一度戦闘スイッチが入った団長は満足するまで暴れないと落ち着かないんだよ」

なんて傍《はた》迷惑な。聖女時代はそんな光景見たことないなと思ったけど、一度気絶させちゃえば正気に戻るらしい。なるほど、毎回ぶっ飛ばして気絶させてたもんね。

じゃあ気絶させればいいと思ったら、魔界騎士団には団長さんよりも強い騎士は存在しないから気絶させるのは不可能とのこと。スイッチが入っちゃったら毎回気が済むまで暴れさせてるらしい。暴れ馬かな？　団長さんが一番の問題児だね。

団長さんよりも強い人に気絶させてもらおうにも、団長さんよりも強い人はみんな地位が高いから頼みづらいらしい。可哀想に。

「あ、そうだ、今日はひよこがいるじゃん！」

「だな！　いっちょ団長気絶させちゃってくれ！」

「ぴ？（いいの？）」

「いいのいいの！　ガッとやっちゃって！」

軽いね。

他の騎士さん達もさっさとやってくれって感じの雰囲気だったから、ちゃちゃっと魔法で気絶させた。そしたらめちゃめちゃ感謝されたよ。

満足するまで暴れないと止まらない団長なんて、聖女時代の私よりトラウマものじゃない？　だけどみんな団長さんが気絶すると、いつものことだとばかりに訓練に戻って行った。

……なんとなく解せない。帰ったら魔王に愚痴って慰めてもらおう。


そして、私は帰るや否や魔王にぴーちくぱーちく今日の出来事をお喋りした。

「――ぴぴ（ってことがあったの）」

「そんなことしてたのか……。だから帰って来るのが遅かったんだな」

「ぴ」

魔王の膝の上でお喋りをする。魔王はちゃんと私の話に耳を傾けてくれた。模範的な保護者だね。

「騎士団長のストッパー係にヒヨコを採用したいと、早速投書がきていたぞ。あと定期的に訓練の相手もしてほしいとのことだ。ちゃんと給料も出るそうだがやりたいか？」

「ぴ！（やる！）」

ヒヨコ、思いの外大好評だ。

「じゃあそう返答しておこう。文句を言っていたわりに随分打ち解けたじゃないか」

「ぴ」

「ただ、騎士団長はそなたに気絶させられてトラウマが再発したようだが」

「ぴ……」

なんてこった。頼まれてやっただけなのに。

「あいつに限っては自業自得だがな」

「ぴ（ヒヨコもそうおもう）」

「まあゆっくり歩み寄ればいい。これから関わる機会なんていくらでもあるからな」

「ぴ（わかった）」

団長さんは動物好きみたいだからちょろそうとか思ってたけど、案外前途多難かもしれない。団長さんを気絶させるたびに好感度リセットされそうなんだもん。

むんっ、とやる気を見せると魔王が微妙な顔で頭を撫でてきた。

「騎士団長と仲良くなるのはいいが懐き過ぎるなよ。親鳥のように思うのも言語道断だ」

父親じゃなくて親鳥なんだ。

団長さんは確かに父親感のあふれる外見だったから、魔王の懸念は的外れでもないかもしれない。

どうやら、魔王は私の保護者枠を奪われるのが嫌みたいだ。

私側はともかく、向こうは私がトラウマになってるんだから杞憂《きゆう》だと思う。

「我の立場を脅かすようなら騎士団長は罷免《ひめん》しよう」

「ぴ……（なんておうぼうな……）」

うっすらと笑ってるからもちろん冗談なんだろうけど。

今のところ私にとっての親鳥はちゃんと魔王だよ。そう伝えたら魔王はあからさまにご機嫌になった。なんてお手軽にご機嫌がとれちゃうんだろう。魔王様のイメージがどんどん変わっていくよ。

「ふ、まあそれならいい。思う存分騎士団を鍛えてやれ。人間のために尽力したそなたを裏切った勇者どもの目に物見せてやるといい」

「ぴ！（わかった！）」

魔王がそう言うなら騎士団を全力で鍛えちゃうよ！

私も勇者——というか人界全体には思うところがあるし。ほんとは直々に勇者と戦ってもいいけど、私が生きてることを知られたらちょっとめんどくさいことになりそうだ。どうせ団長さん達はこれからも勇者達と相対するだろうし、魔界騎士団を鍛えるのが一番早いよね。

「そなたがいなくなった勇者一行なら、今の騎士団でも余裕で潰せるとは思うがな。だが、どうせ勝つなら快勝の方がよかろう？」

「ぴ！」

片頬を上げて楽しそうにそう言う魔王に、私は一鳴きして答えた。

「では寝るぞ。子どもの成長に夜更かしは大敵だそうだからな」

魔王は私を手に乗せ、寝床まで運んでくれた。

「ぴぴ（まおーおやすみ）」

「ああ、おやすみ。ゆっくり休むのだぞ——」

次の日も暇だったので、早速騎士団に行くことにした。

だけど、今日は珍しく魔王もついてきた。

「ぴ（なんでまおうもついてくるの？）」

「ヒヨコの保護者としては、一度挨拶をしておくべきだろう」

お父さん感のあふれる団長さんに牽制《けんせい》する気かな？

そして私を手に乗せた魔王は騎士団の訓練場に到着した。びっくりした様子の団長さんや騎士さん達が魔王を出迎える。

「陛下⁉　どうされたのですか？　こんな急に」

「来ては悪いのか？」

「いえ、そんなことは……！」

魔王意地悪だね。

「これからこのヒヨコが世話になる……というかそなたらの世話をすることになったから、保護者として挨拶をしておこうと思ってな」

威圧感たっぷりにそう言う魔王。挨拶する態度じゃないよ。

団長さんもなんで威圧されてるのか分かってないみたいだし。表面上は魔王の言葉を真摯《しんし》に受け止めてる風だけど心の中の疑問符が丸見えだよ。

「うちの子はまだ魔族になってから日も浅いし、ちょっとしたトラブルで聖女だった時よりも精神年齢が下がっている。故に迷惑をかけることもあるだろうが温かい目で見守ってやってくれ」

「ハッ！」

「……」

魔王、言ってることは割とまともなんだけど目つきが完全に団長さんを睨んでる。あとうちの子を強調しすぎだし。

まだ私は団長さんを親鳥認定してるわけじゃないんだし、そんなに敵認定しなくていいのに。さては昔魔王が飼ってたひよこが魔王より団長さんに懐いたりしちゃったんだな？

大人気ない魔王をシラーっとした目で見ていると、魔王が私の視線に気付いた。

「なんだその目は」

「ぴ（べつになんでもない）」

追及されても面倒なので顔をプイッと逸らす。すると今度は少し目を見開いた団長さんと視線がぶつかった。

「ぴ？（どうしたの？）」

「あ、いえ、陛下とそのひよこは随分と仲がいいのですね」

「当然だろう。ヒヨコは我が眷属だぞ」

お、魔王のご機嫌が少し上向きになった。

「そういえばそうでしたね。では、このひよこは大切に預からせてもらいます」

「ああ。頼んだ」

そう言うと、魔王は私を自分の手から団長さんの手の中に移した。

「ぴ」

「では我は執務に向かう。怪我をしないように気を付けるのだぞ」

「ぴ（は～い）」

私の頭を一撫でると、魔王は執務室に向かった。

そして残されたのは私と団長さん、そして少し離れた所に騎士さん達。

魔王の後ろ姿が見えなくなると、団長さんが少し躊躇いがちに口を開いた。

「――その、昨日はすまなかった。迷惑をかけたな」

「ぴ（いえいえ）」

気にしてないよ、という風に片翼を振る。すると、私の言わんとすることが伝わったのか、団長さんが少し微笑んでくれた。

「これからも迷惑をかけることになるだろうが、よろしく頼む」

「ぴ！（まかせて！）」

私が元気よく鳴くと、団長さんも微笑んだままコクリと頷いてくれた。

うん、この調子で仲良くなれるかも。


仲良くなれるかも――と思った約一時間後、私は団長さん、そして騎士さん達から遠巻きにされていた。みんな心なしかカタカタと震えている気がする。

魔王が思う存分騎士団を鍛えろって言ってたからその通りにしたんだけど、もしかしてまだ早かったかな。まだ完全にはトラウマを克服してなかったのが悪かったのかもしれない。

騒ぎを聞きつけた魔王とゼビスさんが駆け付けてきた。

「これは――」

「騎士団の詰所が穴だらけですね……人型の」

そう、向かってくる騎士さん達を吹っ飛ばしていたら思ったよりも飛んじゃって、詰所の壁を突き破っちゃったのだ。今度から力加減には気を付けよう。

そう決心する私を魔王が摘まんだ。

「いつかやるとは思っていたが、まさか初日から騒ぎを起こすとは思わなかったぞ」

「ぴ（ごめんなさい）」

ちょこんと頭を下げる。

反省だ。

「罰としてヒヨコは詰所の壁を騎士達と一緒に直せ。いいな？」

「ぴ（はーい）」

それから騎士さんや団長さんも、ひよこ一羽に怯えるなと若干お叱りを受けていた。


お昼ごはんを食べた後、私達は詰所の壁を直す作業に取り掛かることにした。

騎士さん達が倉庫から板や釘などを持ってくる。

「ぴ？（まほうでなおすんじゃないの？）」

「ん？　ああ、なんで手作業で直すのかって？」

「ぴ（うん）」

木の板を持ってきたリックさんが私の疑問を正確に汲み取ってくれる。

「基本的に魔王城の敷地内にある建物は魔法を通さない素材でできてるんだよ。だから直すのにも魔法は使えない」

「ぴ（そうなんだ）」

防犯とかの理由なのかな？

じゃあ今回は魔法で飛ばされた騎士さんがぶつかったから壁が壊れちゃったんだね。

「ヒヨコ、釘……は打てないか……。てか、できる作業あるか？」

「ぴぴ！（くぎくらいうてるよ！）」

私は足で釘を持ち、リックさんが押さえてくれている板の右下に狙いを定めた。そして嘴で釘をつつく。

コツコツコツコツ
「おお！」

「ちゃんと打ててるな」

「ひよこじゃなくてキツツキだったのか？」

私に釘が打てたことに驚く騎士さん達。

ふっふっふ、ヒヨコの華麗な釘打ちをとくとご覧あれ！

「トンカチで打つよりもヒヨコの方が速いな」

「ヒヨコがんばれ〜！」

「ぴ！」

みんなの声援に応え、私はがんばって釘打ちをした。若干乗せられた気がしなくもない。

次はペンキ塗りらしい。ペンキって初めて見たよ。

ペンキ塗りを手伝うべく、ハケを手にしたニックさんの足元にいく。

「ぴぴっ」

「さすがにペンキ塗りはできないだろ」

「ヒヨコも染まっちまうぞ～」

「ぴぴ？」

染まる？　それは手軽にイメチェンができるってこと？

ヒヨコ黄色以外になれちゃう？

私は台に乗り、ペンキ缶の中身を上から覗き込んだ。

バシャッ
「「「あ」」」


壁を修理した後、私と団長さんは魔王の執務室に来ていた。

椅子に座っている魔王は眉間にシワを寄せてこっちを見ている。具体的には団長さんに摘まれ、ぶら下げられている私を見てる。動物が好きなはずなのに、私を摘まむ団長さんの手付きに優しさは感じられない。原因は分かってるから文句は言わないけど。

そして魔王が鷹揚に口を開く。

「ヒヨコ、先程とは随分と風貌が変わったな」

「ぴ……」

魔界の王の視線を一身に集める私の下半身は、ペンキによって真っ青に染まっている。しかも乾いてパリパリだ。出来心でペンキの中に飛び込んだものの、一瞬で救出されたのでこんなことになってしまったのだ。しかもこれまた魔法を通さない特別性のペンキだったらしく、魔法によってきれいにすることはできなかった。無念。

団長さんは怒っているというか、イタズラ心を抑えきれなかった私を叱る意味でぶら下げているようだ。

「すまなかったな。ヒヨコが迷惑をかけた」

「いえ、子どもがやんちゃやイタズラをするのは普通のことなので気にしていません。ただ、今回は一歩間違えたらヒヨコが窒息するところだったのできちんと叱るべきだと思います」

――せ、正論すぎてぴぃの音も出ない。しかも団長さん人が出来すぎじゃない？　団長さんの正論に魔王もちょっとびっくりしてるよ。

「では、私はこれで失礼します。ヒヨコの反省が済んだら風呂に入れてペンキを取ってあげてください」

「うむ。分かった」

それだけ言うと、団長さんは私を魔王の執務机の上に置き、一礼をして魔王の執務室を出て行った。

机の上に置かれた私と魔王の間に一瞬の沈黙が落ちる。……気まずい。

「……ぴぃ」

「ヒヨコ、お説教だ」

「ぴぴ（はい、ごめんなさい）」

その後はもちろん、魔王にこってり絞られました。

内容はやっぱりイタズラをしたことじゃなく、私が危険なことをしたからで、逆にいたたまれなくなった。

「――ぴぃぃぃぃぃぃ」

「そんな嫌そうな顔するな。いつまでもそのままでいるわけにはいかないだろう」

私は今、魔王専用の浴室にいる。逃げられないように魔王にしっかりと摘まれて。

これまではひよこの本能がお風呂を嫌がるので清浄魔法で許してもらっていたのだ。だけど今日に限ってはそうはいかない。

魔王が洗面器にお湯を溜めた。湯気がむあっと舞い上がって私を襲う。

うぅ……。

「ぴぃ……」

「鳴き声で同情を誘うな。湯に入れるぞ」

魔王はゆっくりと、下半身が真っ青になった私をお湯の中に入れた。

……ん？　思ったより嫌じゃないかも。案外平気だ。ひよこの体なのに不快感もない。

「ん？　そこまで嫌そうではないな。じゃあ石鹸で洗っていくぞ」

「ぴ」

魔王が自然由来のいい匂いがする石鹸を泡立てる。魔王が使うくらいだからきっとお高いんだろうな。いい石鹸なんて使ったことないからちょっと楽しみかも。

ヒヨコは小っちゃいから石鹸の量もちょっとでいいね。

まずは背中部分がモッコモッコと泡立てられた。そして、魔王はその泡を使ってパリパリになったペンキを慎重に取り除いていく。

「ぴぴっ（ごめいわくおかけします）」

「泡が口に入るからあまり口を開くな。それにそなたを飼……眷属にすると決めた時から迷惑を掛けられるのは覚悟している」

今「飼う」って言いそうになったよね。別にいいけど。実際飼われてるようなもんだし。


「――ぴぴ！」

お風呂を終えると、ペンキでコーティングされていたところがすっかりきれいになった。すっきりだ。

濡れた毛も丁寧に乾かされ、フワフワひよこの誕生だ。

「ぴ（まおうありがとう）」

「うむ。ちゃんと礼が言えて偉いな。これに懲りたら、もう危ないことはするなよ？」

「ぴ（はーい）」

フワフワになった私を撫でながら言い聞かせる魔王。

どうやら魔王はふわふわになった私の毛並みが気に入ったようで、これ以降頻繁に私を洗うようになった。

堕ちたてほやほやの神官

先日、人界の神殿を震撼《しんかん》させる知らせが届いた。

――聖女様が死んだ。

その訃報は聖女様を除いた勇者パーティーによってもたらされた。

勇者パーティーの面々は一様に聖女の死を悼む様子を見せていたが、私には分かった。それは演技だと。

勇者を筆頭に、勇者パーティーの者達は前々から聖女様を疎んでいた。それこそ死を望むくらいに。人前では上手く誤魔化していたが、ふとした時に本性が顔を覗かせていた。私が一介の神官だから、本性がバレても何もできないと高を括っていたのだろう。

さすがに勇者達が直接聖女様を手にかけたとまでは思わないが、身代わりにするくらいのことはしそうだ。でなければ本来は後衛で守られているはずの聖女様だけが死に、他の者達だけが生きて帰ってくるなんてありえない。

勇者達が謀《はか》ったに違いない。私はそう、教皇様に進言した。

「滅多なことは口にするものではない」

「ですがっ――――！」

「聖女亡き今、人界を守るのはあの勇者達しかおらぬのだ」

「……聖女様は、本当にお亡くなりになったのですか……？」

私は一縷《いちる》の望みをかけてそう尋ねる。

「聖女は確かに死んだ。聖女に仕掛けていた魔法から絶命が伝わってきたからな」

「……っ」

何も言えない私を置いて教皇様は去って行かれた。

――神よ、どうして優しいあの方を守ってくれなかったのですか。

――神よ、どうしてあの者に勇者の力を与えたのですか。

神を憎む心が湧き上がってくると同時に、自分の中の魔力が黒く染まっていくのが分かる。

――ああ、これが闇堕ちか……。

魔力が染まり切るのと同時に、私の意識は闇に消えた――


「――ぴ？」

「……ん」

鳥の鳴き声……これはひよこか？

意識を失っていた私はまぶたをゆっくりと開く。

「ぴ！」

私を見下ろしていたひよことパッチリと目が合う。するとひよこは驚いたような顔をして後ずさっていってしまった。

ひよこって意外にも表情豊かなんですね。

「ぴっ！　ぴっ！」

ひよこが何かを訴えるように鳴く。なんでしょう……。

生憎、ひよこ語は修めていないので何を言っているか分からない。起きる気力もなく、地面に横たわったまま首を傾げていると、ひよこが私の衣服の一部を咥え引っ張り始めた。

え、このひよこめちゃめちゃ力強いんですけど。

ひよこに引っ張られたところでビクともしないかと思えば、全然そんなことはなかった。手のひらサイズのひよこが成人男性である私をズリズリ引きずる姿は、ある種異様だろう。

というか、このひよこは私をどこに連れて行こうとしてるんだ……？　このひよこはきちんと意思を持って私をどこかへ連れて行こうとしている気がする。

「――ヒヨコ、何をしているんだ。変なものを拾ったらまた陛下に叱られるぞ」

「ぴ⁉」

「叱られる」と言われたところでひよこが飛び上がった。その拍子に咥えられていた私の衣服も解放される。あ、やっぱりちょっと伸びてるな。

コツコツと靴の音が聞こえ、ひよこに話し掛けた声の正体が姿を現す。

「――‼」

紅い瞳の巨体と目が合った。

「……ん？　貴様人間……いや、堕ちたてか」

「ぴ？」

ひよこが呑気に首を傾げる。

「堕ちたてが何か分からないのか？　魔界《こっち》では闇堕ちしたばかりの人間を堕ちたてと言うんだ。ヒヨコもまだこっちの基準では堕ちたてだな」

「ぴぴ‼」

ひよこが「そうなんだ！」とでも言っているように鳴く。やっぱり、明らかに意思疎通できてますよね。この大男も極々自然にひよこに話し掛けてるし……。

意思疎通のできるひよこなど人界にはいない。となると、やはりここは――

「魔界へようこそ。元人間」

「まかい……」

大男の言葉を呆然と繰り返す。

うっすらと予想はしていた。人間にはこんな大きくて鮮やかな赤い瞳を持つものなどいないからだ。

だが、私はいつの間に魔界に来たのだろう。教皇様――いや、教皇と話した後から今に至るまでの記憶がスッポリと抜け落ちている。

「うわ、お前臭いな。それにその格好、人間の神官か」

「くさっ……！」

臭い⁉　これでも結構身ぎれいにしてる方ですけど。というか臭いって他人に言われると結構傷つきますよね。

私があまりにショックを受けた顔をしていたのか、大男は少しこちらを気遣うような表情を見せた。

「ああ、すまなかった。臭いというのは聖神の臭いのことだ。お前の体臭は臭ってこないぞ。安心しろ」

「はぁ……」

自分が臭くなくて安心したような、つい最近まで信仰していた神の香りを臭いと言われ、なんだか微妙な気分です。

「ところで、どうしてお前は先程から寝たままなんだ？」

「……」

力が出なくて起き上がれないんです。

素直にそう伝えると、大男は私を担いで医務室に連れて行ってくれた。

大男の正体が魔界騎士団の団長と知り、私が絶叫するまであと数秒——

◇◆◇

先日の『ひよこペンキに落下事件』から、団長さんはすっかり私を怖がらなくなった。

前の私と今の私はもう別人だって自分の中で腑に落ちたらしい。私を見る目がすっかり問題児のひよこを見る目だもん。解せない。

そして、何かのスイッチが入ったらしくやたらと口うるさいし。怖がられなくなったのを喜べばいいのか、ガミガミと小言を言われるようになったのを嘆けばいいのか……。

まあとにかく、団長さんの私に対する恐怖も遠慮もなくなったってことだ。

団長さんの意識が変われば部下のみんなもそれに倣うらしく、みんなの態度も変わった。今ではみんな出来の悪いひよこを相手にするような態度をとってくる。自分で言うのもあれだけど、ヒヨコってば魔法も使えて意思疎通もできるとんでもないハイスペックなひよこだと思うんだよね。誰も同意してくれなさそうだけど。眷属バカ気味の魔王にそう訴えても同意は得られなかったし。

そんなことを考えながら魔王城のお庭を歩いていると、前方にいきなり何かが立ち塞がった。ちゃんと前を見ずに歩いていた私は、その何かにボフッとぶつかる。

「ぴぃ……」

なんだこれ。布？

これはなんだろうと視線を巡らせると、やたらキラキラした金髪頭が目に入った。

……ちがう、倒れた人だ！

なんでこんなとこに人が倒れてるの⁉

とりあえず声を掛けてみる。

「ぴ～（お～い）」

反応なし。

「ぴ？（しんでる？）」

いや、胸は上下してるからまだ生きてるはず。

「……ん」

お、屍《しかばね》がちょっと反応した。

もう一鳴きしてみよう。

「ぴ‼（起きて～‼）」

すると、金髪頭の男の人が目を開いた。深い青とパッチリ目が合う。……ん？　この人が着てる服、なんだか見覚えが……。

……あ！　これ人界の神官の服装だ！　なんでこんなとこに人間の神官がいるの⁉　しかも敵地の本丸でスヤスヤ寝てたし。

私はとりあえず後ずさって神官から距離を取った。危険なものに近付くと方々から怒られちゃうからね。ヒヨコも学びました。

それに神官ってあんまりいい思い出ないんだよね。

とりあえず威嚇しておこう。

「ぴっ！　ぴっ！　ビィッ！」

私が威嚇をしても、神官はきょとんと首を傾げるばかりで地面から起き上がりもしなかった。

なに⁉　この神官、私の威嚇が全く効いてない⁉

ここまで無反応だと逆に心配になってきた。頭とか打っちゃったのかな。仕方ない。優しいひよこの私が医務室まで運んであげよう。

私は自分に身体強化の魔法をかけ、神官の服を咥えた。神官の服だからばっちくないよね。変なもの口に入れても魔王と団長さんは怒るから。ひよこの体で物を運ぶなら口に咥えるのが一番手っ取り早いのにね。

神官をぴよぴよと引きずっていると団長さんに遭遇した。団長さんは神官を引きずっている私を見るや否や、呆れたように半眼になる。

「――ヒヨコ、何をしているんだ。変なものを拾ったらまた陛下に叱られるぞ」

「ぴ⁉」

ヒヨコ拾ってないよ⁉

ただ神官が落ちてたから医務室に運んであげようとしただけなのに……。むしろこの心意気を褒めてほしいくらいだ。

団長さんがこちらまで歩いてくると、団長さんと神官の目が合った。すると神官は少し怯えた様子で大きく目を見開く。私が威嚇してもそんな反応しなかったのに。やっぱり団長さんは大きいから怖いのかな。

神官を見ていた団長さんがふと、何かに気付いた。

「……ん？　貴様人間……いや、堕ちたてか」

「ぴ？」

「堕ちたて」とは何ぞや？

初めて聞く単語に私は首を傾げた。すると団長さんがそれに気付いてくれる。

「堕ちたてが何か分からないのか？　魔界《こっち》では闇堕ちしたばかりの人間を堕ちたてと言うんだ。ヒヨコもまだこっちの基準では堕ちたてだな」

「ぴぴ!!」

そうなんだ！

後に聞いた話だけど、魔族の寿命は人間よりもはるかに長いから十年くらいたっても余裕で堕ちたてと呼ばれるそう。魔界の住人の約九割は魔人族が占めてるから、それぞれの種族によって時間感覚が大きく異なったりすることはない。残りの一割は古来種という魔界の最初期から存在する種族で、大抵は魔人族よりも寿命が長い。ただでさえ長い魔人族の寿命より長いってどんだけなの？　って感じだよね。

魔界ももうちょっと昔はいろんな種族がいたらしいけど、自由に結婚を繰り返すうちに血が混ざって種族の特徴がごっちゃになっちゃったから、その人達をまとめて魔人族と呼ぶことにしたんだとか。だから魔界では角が生えてたり、皮膚の一部が鱗だったりするのは、人間でいう髪の長さとか色の違いくらいの認識だそう。つまりただの個性として認識されてるってことだね。

団長さんの赤い目もそんな個性の一つだ。

真っ赤なおめめがしっかりと神官を捉える。

「魔界へようこそ。元人間」

「まかい……」

団長さんの言葉を神官が呆然と繰り返した。やっぱりどこかに頭でも打ったのかな……？

団長さんが神官に一歩近づいた。

「うわ、お前臭いな。それにその格好、人間の神官か」

「くさっ……！」

神官がショックを受けた顔をする。臭いって結構心にくるよね。

団長さんデリカシーないなぁ。そう思って団長さんを見たら、団長さんもやっちまったと思ったのかちょっと申し訳なさそうな、気遣うような表情になってた。

「ああ、すまなかった。臭いというのは聖神の臭いのことだ。お前の体臭は臭ってこないぞ。安心しろ」

「はぁ……」

結局聖神の臭《にお》いがして臭《くさ》いんじゃんね。神官もなんか微妙な顔してるし。

いたたまれなくなったのか、団長さんが話題を変えた。

「ところで、どうしてお前は先程から寝たままなんだ？」

「……」

それは私も気になってた。地面は庭園の石畳だ。そんな所で寝てたら背中が痛いだろうに、なんで起き上がらないんだろうって。

だけど、神官は起き上がらないんじゃなくて力が出なくて起き上がれなかったんだって。医務室の人に診せたら闇堕ちしたばかりでまだ体が適応できてないからだそうだ。聖神を祀る神殿に仕えてたから余計闇の魔力が体に浸透し辛いそうだ。

医務室のベッドに寝かされた神官が首だけで団長さんにおじぎをする。

「あの、運んでいただきありがとうございました。ところで、お仕事の方は大丈夫なんでしょうか？　魔界もきっと今は勤務時間ですよね」

「ああ、そういえばまだ名乗ってなかったな。俺は魔界騎士団の団長をしているブラッドだ」

「きし……だんちょう………」

あ、そういえば魔界騎士団って普通の人間からすれば恐怖の象徴だったような――。

壊れた人形みたいにギギギッと団長さんを見た神官は、その後、「ぴぎゃーーーーーーー！！！」と、成人男性とは思えない奇声を上げて気絶した。


神官は、闇堕ちした人間を魔界に呼び寄せる魔法でこちらに召喚されたらしい。ちなみに召喚される場所の指定はされてない。

召喚場所の指定までしちゃうと大変だもんね。闇堕ちしたことがバレちゃうと人界では即袋叩きになるから、早めの回収が大事とのこと。魔界にきちゃえば後はどうにかなるというのが魔王の言《げん》だ。

闇堕ちの方法は二種類あり、一つは魔族の眷属になること、もう一つは聖神を心から否定することだ。私は前者、神官は後者で闇堕ちした。

「ぴぴ（だいじょうぶ？）」

急に絶叫して気絶した神官がようやく目を覚ましたので、私は声をかけた。

「心配してくれたんですか？　ありがとうございます」

そうやって私にお礼を言う神官の顔色はすっかり良くなってる。無事に魔力が体に馴染んだみたいだ。よかったよかった。

神官にはあんまりいい印象はないけど、目の前で人が気絶したら一応心配くらいはする。敬意なんか払いたくないからさん付けはしてやらないけどね。

団長さんは後でまた来ると言って一旦訓練に戻ったので、今はいない。そろそろ戻ってくる頃かな。

そんなことを考えていると、ちょうどガラガラと医務室の扉が開いて団長さんが入ってきた。

「目が覚めたか」

「はい、先程は失礼しました。つい、取り乱してしまって……」

「いや、気にしてない。人間なら当然の反応だからな」

嘘だね。医務室を出てくときの背中がしょんぼりしてたもん。

今はおすまし顔してるけど、自分の正体が分かった瞬間、相手が恐怖で気絶しちゃったんだもん、意外と世話焼きな団長さんがショックを受けないはずがない。

でもヒヨコは優しいので気付かないふりをしてあげる。

団長さんが椅子を持ってきて、神官の寝ているベッドの横に腰かけた。

「目覚めて早々にすまないが、少し話を聞かせてほしい」

「はい。構いませんよ」

「じゃあまず、自分がどうして闇堕ちしたのか覚えてるか？　覚えている範囲でいいから教えてほしい」

団長さんがそう尋ねると、神官は記憶を探るように宙を見た。

「そうですね、やっぱり聖女様が亡くなったのがきっかけでしょうか。あの清廉潔白な方を守ってくださらなかった神を憎んだことまでは覚えてます」

「え」

「ぴ（え）」

「ん？」

ほぼ同時に私と団長さんは声を上げた。それに神官が首を傾げる。私は気にしないでという意味を込めて首を横に振った。

びっくりした。まさかここで自分が出てくるとは思わなかったよ。てか私死んでないし。団長さんも同じことを疑問に思ったようだ。

「どうして聖女が死んでると？」

「教皇が聖女様にかけた魔法によって絶命が伝わってきたと」

ああ、そういえば逃亡防止にそんな魔法かけられたような……。

まあ確かに勇者に斬りかかられた傷で死ぬ直前だったから、一回くらい心臓止まってても不思議じゃないね。魔王が私を眷属にするときに体を丸ごと作り変えたから、傷も全部なくなっちゃったんだけど。

なんにせよ、人界ではしっかり聖女は死んだことになってるみたいでよかった。私もこれで心置きなくひよこライフを満喫できる。……この神官さえ片付けば。

「本来後衛にいるはずの聖女様だけがお亡くなりになるなんてありえないのです！　あの勇者達に無茶な役回りを引き受けさせられたか身代わりにされたとしか考えられません!!　きっと聖女様は否とは言えなかったのでしょう。謙虚で高潔で、とても立派なお方でしたから……」

神官の語尾がどんどんしぼんでいく。

いや、その勇者直々に手を掛けられたんだけどね。神が与えたもうた聖剣でグッサリとやられちゃったわけだけど。

ただ、さすがの神官も勇者が直接聖女を殺したとは思わなかったようだ。そりゃそうか、普通に考えたらメリットないもんね。勇者は普通じゃなかったわけだけど。

……ちょっと団長さん、「謙虚」とか「高潔」ってワードで笑いを堪えるの止めてくれるかな。ヒヨコだって人間だったころはそれはもう立派な聖女様を演じてたんだから。なんだかんだ憧れの目で見られちゃうと弱かったのよ。

「人間として終わってるあんな男に勇者の加護を授けたことにも怒りは感じてましたし」

「そうか」

お、ちゃんと勇者の本性に気付いてたんだ。

私の中でこの神官の好感度が少しだけ上がる。

あの勇者達も人目があるところではしっかり猫を被ってたからね。そこがまた嫌らしいんだけど。でも神官は比較的勇者と接する機会が多かったから、滲み出る勇者の腐りきった性根に気付いたんだろう。

団長さんがちらりとこちらに目配せをしてくる。「ヒヨコが聖女だって打ち明けるか?」という無言の問い掛けに私は首を横に振って答えた。

公明正大で清廉潔白な聖女は死んだ。今生きてるのは戦闘とイタズラが好きなただのひよこだ。夢を壊さないためにも黙っておきましょう。

私と団長さんは無言のまま同意に達した。

「それは残念だったな。聖女は我々魔界軍にとってもよき好敵手だった……」

「そうでしたか……」

医務室がしんみりとした空気になる。

おお……目の前で自分の死を悼まれるって、なんだか不思議な感じ。なかなかレアな経験じゃないかな。ちょっと得した気分だ。神官には悪いけど。

あ、そういえばこの神官の名前なんだろ。闇堕ちしたからもう神官じゃないし、いつまでも神官って呼び続けるのもなんだよね。

すると、これまたグッジョブなタイミングで団長さんが神官の名前を聞いてくれた。

「そうだ、報告書を上げるのに必要だから名前を教えてくれるか？　ファーストネームだけでいい」

「シュヴァルツと申します」

「助かる」

団長さんは手に持っていた紙にサラサラと元神官の名前を書き込んだ。

シュヴァルツね、よし、覚えたぞ。確かに、神殿にいた頃に聞いたことあるようなないような名前だ。

「――あの、私はこれからどうなるんでしょう」

シュヴァルツがおずおずと団長さんに問いかけた。

「このまま魔界で暮らすことになるだろう。堕ちたては拾った者が責任をもって保護する決まりだ。職が決まるまで衣食住は面倒を見るから、心配するな」

「そうなんですか。ご迷惑をおかけしますが、よろしくお願いいたします」

団長さんの言葉にホッと胸をなでおろしたシュヴァルツは、深々と頭を下げる。

そこで魔王が私を迎えに医務室にやってきた。

「ヒヨコ、迎えにきたぞ」

「ぴ！（は〜い）」

「魔王様！　お疲れ様です!!」

団長さんが素早く立ち上がって魔王に挨拶をした。

「――ま……おう……？」

あ。

振り返ると、目を大きくかっぴらいたシュヴァルツがプルプルと震えていた。

学んだ私はサッと耳を塞ぐ。

「ぴ、ピギャーーーーーーーーーー!!!!」

そりゃあ、団長さんを見ても気絶したんだから、急に魔王が目の前に現れたら気絶するよね……。


その日の夜。

「ぴぴ（ねえねえまおう）」

「なんだ？」

「ぴ、ぴぴっ（だんちょうさんが、おちたてはひろった人がめんどうをみるって言ってたの。じゃあ、シュヴァルツもヒヨコがめんどうみるべき？）」

そう言ったら半眼になった魔王におでこをつつかれた。その衝撃で尻餅をつく。

「ぴぴっ」

「自分の面倒もみれぬひよっこが何を言ってる。そんなのは騎士団長に任せておけばよい」

「ぴ〜（え〜）」

魔王にぴよぴよと文句を言う。すると魔王は片眉を上げてこっちを見た。

「そんなに言うなら、明日そのシュヴァルツと一緒に城を回って就職先を見つけてやればいい」

「ぴ？（いいの？）」

「ああ、ただし邪魔はしてやるなよ？」

「ぴ！（わかった！）」

「じゃあもう寝ろ。お利口なひよこは夜更かしをしないものだ」

「ぴ（は〜い）」

魔王の中で私の年齢がどんどん下方修正されてる気がするんだけど……気のせいかな？　……まあいいや。

私はいつもの籠の中に戻ってぴよぴよと眠りに入った。


シュヴァルツが団長さんの手のひらの上にいる私をジッと見てくる。

「……なんで昨日のひよこがここにいるんですか？」

「このひよこは魔王様の眷属だ。拾った責任を取ってお前の職探しを手伝いたいんだそうだ」

「はぁ……」

なんか不服そうだねシュヴァルツ。失礼な。

今日のシュヴァルツは誰かに貰ったのか、シンプルなシャツにスラックスという出で立ちだ。神官服を着てないから、一気に神聖さがなくなった。

団長さん曰く、聖神臭さも薄まったそう。私にはその臭い全然分からないけどね。

「俺は騎士団の方の業務に向かわないといけないから付き添いはできない。すまないが今日のところはヒヨコと二人で回ってくれ。城内の地図と紹介状は渡すから」

「え」

「え」ってなんだよ「え」って。とことん失礼だねこの元神官。こちとら元は君の憧れの聖女様だよ？　言わないけど。

団長さんが私の方へ紅い瞳を向ける。

「じゃあヒヨコ、シュヴァルツのことは任せたぞ」

「ぴぴ！（まかせて！）」

ヒヨコはしっかりと後輩の面倒をみられるひよこだ。

私は団長さんの手のひらからシュヴァルツの肩に移った。団長さんとか魔王と同じように手のひらに乗ってやるのはなんか癪だからね。

シュヴァルツに地図と紹介状を渡すと、団長さんは早々に踵《きびす》を返して行った。

……よく考えたら、シュヴァルツもいきなり知らない土地に放り込まれて一人で職探しなんて可哀想だよね。しかもすぐに頼れる相手はひよこだけときた。……うん、失礼な態度には目を瞑って優しくしてあげよう。

わぁ、ヒヨコってばとっても大人だ。もうニワトリなんじゃないかな。

「……はぁ、じゃあ行きますか」

「ぴ！」

そうして私達は、職探しに繰り出した。

まず向かったのは厨房だ。

「――おうヒヨコちゃん、よく来たな」

「ぴぴ！（おじゃましま～す！）」

すっかり仲良くなった料理長のおじちゃんが私達を出迎えてくれた。

「堕ちたてもよく来たな。自然な方法で闇堕ちしてくるやつは結構珍しいから、城中お前の話で持ち切りだぞ？」

「げ」

シュヴァルツが嫌そうな顔をする。話題にされるのとか注目されるの苦手そうだもんね。

私は邪魔になるといけないのでシュヴァルツの肩から降りた。そして私用に設置されている卵パックへと向かう。

厨房の端にあるちょっとした荷物などを置く机、そこに私専用の卵パックがあるのだ。もはやひよこパックだね。前に拗ねてここに逃げ込んだ時、卵の中に私が紛れ込んでたのをおじちゃんが大層気に入ってくれて、それ以来厨房には私専用の卵パックが設置されるようになったのだ。中には柔らかい布が敷いてあって居心地、フィット感ともに二重丸。

なにより卵パックの中にいると厨房のみんなが「かわいいねぇ、かわいいねぇ」と食べ物をくれるのがいい。

「……すみません、どうしてあそこに卵のパックがあって、ひよこがそこに吸い込まれるように入っていったんですか？」

「かわいいだろ。あの姿を見るためにみんなで餌付けしてんだ」

いつ見ても癒される、とおじちゃん。

ヒヨコ、餌付けされてたんだ……。まあいいや、お菓子もごはんもおいしいし。

「ほら見たか？　あの脱力する姿がたまんねぇだろ」

「確かに、あんな情感豊かなひよこは初めて見ましたね」

「だろ」

おじちゃんはシュヴァルツの同意を得られて満足そうにうんうんと頷く。

「――さて、そろそろお前を雇うかどうかのテストを始めっか。うちは面接とかいうかたっくるしいのはなしだ。実技で判断する」

「はい」

どうやらさっそく料理の腕前をテストするようだ。

シュヴァルツがエプロンを着ける。……絶妙に似合わないね。

「ヒヨコはそこで大人しくしてるんだぞ。こっちは今から刃物とか使って危ないからな」

「ぴ（は～い）」

私はちゃんと人の言うことが聞けるひよこ。ここで大人しくシュヴァルツの様子を眺めることにする。

「じゃあまずは野菜の皮むきからだ。魔法を使ってもいいが、一つは魔法なしで剥いてもらう。純粋な腕前を確かめたいからな」

「あ、私細かい魔法の調節苦手なので、魔法は使わずに剥きます」

「そうか」

どうやら魔法は使わないみたいだ。随分自信ありげな顔してるし、料理できるのかな……？

静かにシュヴァルツのことを見守ってたら、暇を持て余した料理人さんが私の口に卵焼きの端っこを突っ込んできた。

うん、あまくておいしい。


――そこから先は、阿鼻叫喚だった。

すごい、料理って血しぶきが飛び散るもんなんだ。ヒヨコも料理はあんましたことなかったから知らなかった。

結論から言うと、シュヴァルツは厨房では採用されなかった。なにせドが付く程の料理下手なんだもん。さっきの自信満々な顔は一体なんだったんだろう。

野菜の皮剥き中にシュヴァルツが負った傷は私がサクッと治してあげた。今日ついて来てよかったよ。

シュヴァルツが私に向けて頭を下げる。

「ありがとうございます」

「ぴぴ（いえいえ）」

指が全部無事でよかったね。

そこで、おじちゃんが少し申し訳なさそうにシュヴァルツに話し掛ける。

「えっと、うちでは採用してやることはできなそうだ。すまないが、がんばって他の働き口を見つけてくれ。応援してる」

「いえ、チャンスをいただきありがとうございました。自分でもここまで料理ができないとは思ってなかったので驚きました」

「逆になんであんなに自信あったんだ？」

「なんとなくできると思ってたので」

「なるほど、初心者にありがちな根拠のない自信か」

「はい」

シュヴァルツは手に付着した赤い液体をきれいに洗い流すと、今度はおじちゃんに向かって深々と頭を下げた。

次の職場候補先に向かうというので、シュヴァルツの肩に飛び乗る。

「ぴぴ（げんきだして）」

廊下を歩くシュヴァルツの頬に頭を擦りつける。

「ふふ、励ましてくれてるんですか？　大丈夫ですよ、こんなの慣れっこです。そういえば、神官になったのも両親に貴方は普通の仕事は無理と言われたからでした……」

その時のことを懐かしむように宙を見るシュヴァルツ。全然いい思い出じゃないと思うよ。

「実際、正式に神官になる前にいろんな職場を受けてみたんですが、どこも不採用でした」

「ぴ……（わお……）」

なんだろう、もう何だか嫌な予感がしてきたぞ……？

そして、嫌な予感は見事に的中した。

あれから城の様々な職場を回ったけど、ものの見事に全部断られたのだ。ひとえに、このシュヴァルツが常軌を逸する不器用だったせいで。

掃除、洗濯、その他諸々の雑用、何もできなかった。いっそ不思議なほどの不器用さだ。

「さて、次の所に行きましょうか」

「ぴ……」

ただ、どんなに断られてもシュヴァルツはめげなかった。全く落ち込んだ様子もないし、心臓が鋼鉄でできてるのかな。

するると、地図を見ながら歩いていたシュヴァルツがピタリと足を止めた。

「ぴ？（どうしたの？）」

「……もう、全部回っちゃいました」

「ぴ（え）」

つまり、魔王城の中にシュヴァルツを受け入れてくれる職場はなかったということだ。

「……」

「……ぴぴ（……とりあえず、いったんだんちょうさんのところにいこ）」

私は地図の中の訓練場というところを足で指す。

「ん？　ここに行くんですか？」

「ぴ（そう！）」

するとシュヴァルツは分かりました、と答えて訓練場に向かってくれた。

「ぴぴ！（だんちょうさん！）」

「おお、二人ともお疲れ。どうだった？」

「どこも不採用でした」

なんの躊躇いもなくシュヴァルツが言う。

「お、おう……。あ、じゃあうちの試験も受けてみるか？」

「魔界騎士団のですか？」

「ああ、合格できたらもちろんうちで雇ってやる」

「分かりました。お願いします」

そうしてシュヴァルツは魔界騎士団の入団試験を受けることになった。

「――あ」

「え」

シュヴァルツの手から木剣がすっぽ抜け、団長さんの木剣がシュヴァルツにもろに当たった。それも頭にだ。

ゴチン、と明らかに痛そうな音が響いた後、シュヴァルツが地面に倒れた。

私はシュヴァルツのおでこに乗って上から顔を覗き込む。

「……ひよこがみえる……死にましたか」

「元気そうだな」

団長さんがホッと胸を撫でおろした。

「……ぴ（ん？）」

あ、なんか足元が盛り上がってると思ったらシュヴァルツのおでこにたんこぶができてた。治癒魔法で治しといてあげよう。

サクッとシュヴァルツのたんこぶを治すと、団長さんがいい子いい子と頭を撫でてくれた。

「お前はいいひよこだな」

「ぴぴ！」

でしょ！　と鳴いて答える。

「――ヒヨコ」

「ぴぴ！（あ、まおう！　どうしたの？）」

いつの間にか魔王が背後に立っていた。魔王は私を摘まんで自分の手のひらに乗せる。

「様子を見に来た。どうだ？　お前の後輩の働き口は決まったか？」

「ぴぴ（ううん。シュヴァルツはぶきようだからなかなかきまらない）」

「いえ、私は不器用なんじゃなくて経験が少ないだけです」

私の言葉にシュヴァルツが文句を言ってくる。

――って、

「ぴぴ⁉（ことばつうじてるの⁉）」

「言葉が通じてるのかって言いたげな顔ですね。通じてませんよ。ただ雰囲気でどんなことを言っているのかが察せるようになっただけです」

すごい！　すごいよシュヴァルツ！　ただのぽんこつじゃなかったんだね！

「これまで人の顔色を窺うことだけで生きてきましたからね。これくらい朝飯前です」

「「「……」」」

やっぱりちょっと空気が読めるだけのぽんこつかもしれない。

そして、魔王に聞かれて、団長さんがシュヴァルツの就職先が全滅だったということを話した。

「ぴぴ（まおう、シュヴァルツどうしよう……）」

「ん？　既存の仕事に合わないのならばこやつに合う仕事を作ればいいだろう」

魔王が事も無げに言う。さすが魔界の最高権力者、発想が違うね。

「ちょうどそこの元神官にピッタリの役職があるぞ」

「ぴ？（なに？）」

「ヒヨコの見張り……ゴホン、世話係だ」

今見張りって言わなかった？

ジトーッと魔王を見ると、目を逸らされた。

「ちょうど欲しいと思っていたのだ。うちのヒヨコはすぐにちょろちょろとどこかへ行ってしまうからな。そやつはヒヨコの言っていることも推察できるようだしちょうどいい」

どうだ？　と魔王がシュヴァルツに聞くと、シュヴァルツがガバッと起き上がった。

「はい、是非やらせてください。がんばってひよこの見張りをします」

「ぴぴ！（みはりじゃないよ！）」

私の声はシュヴァルツに届いているのかいないのか分からないけど華麗に無視された。

こうして、私は見事に後輩の就職先の斡旋《あっせん》に成功したのである。

……ほとんど魔王の功績だけどね。


「ぴぴ（ゼビスさん、ヒヨコのおせわがかりのシュヴァルツだよ）」

次の日の朝一、ちょうどゼビスさんに会ったのでシュヴァルツを紹介する。

シュヴァルツもお辞儀をしてゼビスさんに挨拶をした。さすがにもう慣れたのか、相手が魔界の宰相だからって奇声を上げて気絶するようなことはない。

「シュヴァルツと申します。この度ヒヨコの世話係に就任しました。よろしくお願いいたします」

「うちの品のない孫と違って礼儀正しい青年ですね。私はゼビスです。ヒヨコのことをよろしくお願いしますね」

おお、好印象みたいだ。でもオルビスさんのことを品のない孫って言うのは止めてあげてほしい。

ゼビスさんが私の方を向く。

「ヒヨコは今日も騎士団ですか？」

「ぴ！（そー！）」

「そうですか、がんばってくださいね」

微笑んで私の頭を撫でてくれるゼビスさん。オルビスさんにもこのくらいの態度で接してあげてほしいね。

それから魔王にも「いってきまーす」と挨拶をして、私達は騎士団の訓練場に向かった。

訓練場に着くと、団長さんが私達に気付く。

「お、おはようヒヨコ、それにシュヴァルツ。もう早速働いてるのか」

「ぴぴ！（だんちょうさんおはよう！）」

「おはようございますブラッドさん」

団長さんはうんうんと頷くと、私とシュヴァルツの頭を撫でた。

「ヒヨコは今日も騎士達の相手を頼む。シュヴァルツは……」

「私には無理ですよ。大人しく見学してます」

「……だな」

シュヴァルツの戦闘力は団長さんも分かっているので、無理は言わない。ただ見てるだけなんて暇じゃないかな？　と思ったけど、シュヴァルツは「ボーっとしてるだけでお給料がもらえるなんてラッキーです」と喜んでた。じゃあいっか。

今日やるのは単純に魔力のぶつけ合いらしい。純粋な魔力だけで攻撃するのはかなりの精度と魔力が必要なのでとてもいい訓練になるのだ。

「ぴぴ（かかってこーい！）」

まず最初は三つ子を相手にする。

「ひよこ一匹に三人でかかるとか、ちょっとプライドが傷付く」

「まさかひよこの胸を借りることになるなんて思わなかったよな」

「俺達、一応魔界の中ではエリートなのに……」

口々に何かを呟く三つ子は、さすがに息の合った様子で魔力をぶつけてくる。それに拮抗《きっこう》させるように私も魔力を放出した。

透明な魔力が拮抗している場所が、水の中を覗き込んだように少し歪んで見える。

……三人同時に相手すると、ちょっと疲れるな。魔力をそのまま放出するのは魔法を使うよりも効率が悪いのだ。

暫く三つ子の魔力と同程度の魔力を放出していると、三つ子の魔力の放出がふと弱まった。

「もう、無理……」

「俺も」

「俺もだ」

三人がズシャッと地面に倒れる。魔力を使い果たしたようだ。

三人をポイっと端の方に寄せた団長さんが私の顔を覗き込む。

「ヒヨコ、まだいけるか？」

「ぴぴ！（ぜんぜんいけるよ！）」

「まだまだいけるそうですよ」

シュヴァルツが通訳してくれる。

「ぴ！（どんとこい！）」

「頼もしいな。じゃあ次のやつらも頼むぞ」

「ぴ！」

それから、何人かの騎士さん達を相手した。するとコップ片手にシュヴァルツが寄って来る。

「ぴ？（どしたの？）」

「水分補給ですよ。子どもは大人以上に水分補給が大事なんですから。ひよこの場合はどうか知りませんけど」

「ぴ（そうなんだ）」

差し出されたコップの中に入ってたのはお茶だった。

「ぴ（ヒヨコ、ジュースがいい）」

「文句言わないでください。ジュースはまた後でにしましょう」

「ぴ（は～い）」

私は大人しくお茶を飲んだ。自分で思ってたよりも喉が渇いてたようで、ゴクゴク飲めちゃう。

「ヒヨコがかわいい……」

「ああしてるとただの子どもみたいだな――グハァッ！」

こっちを見ていた騎士さんの一人が吹っ飛ばされた。やったのは団長さんだ。

私の方で魔力の訓練をしてる間、団長さんは団長さんでまた別の訓練をしてたから、うっかりスイッチが入っちゃったんだろう。

次にターゲットにされたリックさんがなけなしの体力を振り絞って団長さんから逃げ惑う。

「ヒヨコ～！　団長を気絶させてくれ～!!」

「ぴ（らじゃ）」

私はぴぴぴっと魔法を使って団長さんを気絶させた。団長さんも決して弱くはないので、一撃で確実に仕留めるのがコツだ。

気絶した団長さんをまだ無事だった騎士団員たちが回収していく。

そんな私達の様子をシュヴァルツが唖然とした顔で見ていた。

「魔界騎士団っていつもこんな感じなんですか？」

「そうだぞ」

無事に逃げおおせたリックさんがシュヴァルツの呟きに答える。

「なんというか、賑やかでいいですね」

「おお！　そうだろうそうだろう」

お？　意外に好印象だ。もっとちゃんとした方がいいと思いますとか言いそうな雰囲気なのに。

意外だ、という思考は全部顔に出てたので、言葉に出さなくてもシュヴァルツにはバレてしまった。

「意外だって顔してますね。私、真面目なのは外見と口調だけなので、本当はこういう緩い職場の方があってるんですよ。戒律の厳しい神官をやってたのは他に行く場所がなかったからですし。聖女様のことは心から尊敬してますけど」

「ぴっ」

お、おお……シュヴァルツから聖女の話題がでるとちょっとびっくりする……。

騎士のみんながこっちを見てくるのはスルーだ。だから、聖女時代はちゃんとみんなに尊敬される聖女様やってたんだって。

こっちに来てからずっとひよこをやってるせいで、誰も私が聖女らしい聖女をやってたことを信じてくれない。聖女の時にも会ってたはずなのに。

――うん、やっぱりシュヴァルツには私の正体は秘密にしておこう。

インコ？　いいえ、喋れるひよこです

私は魔王の執務机の上でころんと転がった。そして寝転がったまま熱心に仕事をする魔王を見上げる。

「ぴぴ（ねえまおう）」

「なんだ？」

「ぴ？（まおうは、ヒヨコがはなせるようになったらうれしい？）」

そう聞くと、魔王が片眉を上げ、ペンを置いた。

「そりゃあ嬉しいが、我は今のままでもヒヨコの話してる言葉が分かる故、どちらでも構わん」

「ぴ」

大きな手で私の頭を撫でてくれる。

魔王は優しいね。人間の王とは違って気遣いに溢れてるよ。

よし、ヒヨコは腹をくくったよ！

その日の夜。私はこっそりと魔王の部屋を抜け出してゼビスさんの部屋へ向かった。

「ぴぴ！」

「ん？　あれヒヨコ、どうしたんですか？　もう寝てる時間でしょう」

「ぴ！」

私は片手で自分の喉を指した。それだけでゼビスさんは察してくれたようだ。

「ヒヨコ……。分かりました」


次の日の朝。

夜更かしをしたせいで寝坊をしてしまった私は、魔王にツンツンとつつかれて目を覚ました。

「おはようヒヨコ、今日はお寝坊さんだな」

「ぴ……けほっ、おはようまおー」

私がそう言って綿の中から起き上がると、魔王はそれはもう驚いていた。おめめが私と同じくらい真ん丸だ。

「ヒヨコ……？　話せるようになったのか？」

「うん！　きのうゼビスさんにおねがいしたの！」

ドヤっと真っ黄色の胸を張る。話せるようにはなったけど、姿はまだひよこのままだ。人型をとるにはまだ早かったようで、変化は声が出るようになるだけに留まった。ゼビスさんも「今はこれが限界ですね」って言ってたし。

「ヒヨコもいつのまにか成長したのだな……」

魔王がしんみりとそう呟く。ほんとうにお父さんみたいだね。

それからは「偉い、偉いぞヒヨコ」と私のことを褒めまくりだった。今ならなにをおねだりしても買ってくれそうなくらい。特に欲しいものはないからおねだりしないけど。

喜んだ魔王は魔王城中に魔法で私が話せるようになったことを広めた。いや、興味のない人もいるでしょう。

だけど、私と面識のある人達はみんな喜んでくれて、料理長のおじちゃんなんか今日の夕飯にはスペシャルお子様ランチを作ってくれるらしい。とっても楽しみ！

あ、でも、シュヴァルツだけは唯一微妙な顔をしてた。

「……私、ヒヨコの言っていることが察せるからってお世話係に雇われたんですけど。私が来て早々に存在意義をなくすの止めてもらえますか？」

「……ごめん」

「はぁ、でもおめでとうございます。魔族のひよこは成長すると話せるようになるんですね」

あ、そうだ、シュヴァルツだけは事情を知らないんだった。でもいい感じに勘違いしてるみたいだからそのままにしておこう。

「ヒヨコ～、話せるようになったらしいな」

「おるびすさん」

「お、かわいい声してんな～」

ニコニコとしたオルビスさんが私を摘まみ上げた。

「ヒヨコが話せるようになったお祝いに俺の財宝洞窟を見せてやるよ。一つくらいだったら宝石も持って帰ってもいいぞ」

「おお！」

私が今声を上げたのは嬉しかったのもそうなんだけど、ゼビスさんにも同じことを持ちかけられたからだ。やっぱり血筋だね。

オルビスさんが私をどこに連れていくか悩みだす。

「ヒヨコはどの財宝洞窟がいいかな……」

「あ！　ヒヨコ、あそこがいい！」

「？」

私の告げた場所にオルビスさんは首を傾げつつも、大人しくその場所に連れて行ってくれた。もちろんお目付け役のシュヴァルツも一緒だ。


「こんなガラクタだらけのとこがよかったのか？」

「ぴ！　あ、まちがえた。うん！」

私が連れてきてもらったのは以前話に出ていた、ゼビスさんの報復で破壊された財宝洞窟だ。一番でかいと言っていただけあってかなり広い。そして破壊された貴金属や、ひびが入ったり粉々に割れたりしている宝石類が散らばっている。

「ヒヨコ、がらくたすきだからここがいい」

「ここでいいなら全部丸ごとやるよ。俺達ドラゴンは壊れたものには興味ないからな」

「ありがとう！」

オルビスさんと同じようにゼビスさんも壊れたものには興味がないらしく、オルビスさんに破壊されたまま手つかずで残っていた財宝洞窟をそのままくれた。

こうして、ヒヨコは財宝洞窟（ボロボロ）を二個ゲットしたのであった。

オルビスさんの財宝洞窟から帰って来ると、騎士さん達が一斉に私に群がってきた。みんな私とお話ししに来てくれたらしい。

私が一言話せば拍手喝采でめちゃめちゃに褒められた。

ヒヨコは満足である！

昼食の時、オルビスさんとゼビスさんから財宝洞窟をもらったことを報告する。すると、魔王が少しブスッとした顔になった。

おお、魔王が拗ねてる……。

表情変化に乏しい魔王にしては珍しい顔だ。

「我が一番最初にプレゼントをするはずだったのに。奴ら、どうしてくれようか……」

どうやら、魔王はゼビスさんとオルビスさんの方が先に私にお祝いを贈ったから、それでへそを曲げたらしい。魔王もかわいいとこあるね。

「まおーのぷれぜんともうれしいよ。なにくれるの？」

ちょーだいちょーだい、と両翼を差し出す。

「クッ、ヒヨコがかわいすぎる……！」

「ぴぃ……」

急に興奮した魔王に撫でくり回される。

「……コホン、我からはヒヨコの新しい寝床だ。今までのは急ごしらえのものだったし、丁度いいだろう」

「おお！」

今使ってる籠ベッドも寝心地がいいけど、新しいのがもらえるならそれはそれで嬉しい。

「これだ」

「ぴ？」

魔王が取り出してたのはひよこサイズの家だった。洋風で、かなりオシャレな外観。

まさか――!!

「ヒヨコの家だ」

「ぴ！！！」

衝撃で思わず普通のひよこに戻りかけた。

「ちゃんとひよこサイズの皿とかコップも作って、住めるようになってるんだ。寝床というよりは、ヒヨコ用の家だな」

「ふおおおおお!!」

嬉し過ぎて、その場でぴっぴっぴっ♪　と足踏みしてしまう。

魔王が絨毯の上に家を置いてくれる。

「まおう！　はいってもいい？」

「うむ、よいぞ」

魔王が玄関の扉を開けてくれたので、そこから中を覗き込む。

「わぁ！」

すごい！

内装がすごい細かい！

玄関から家の中に入ると、そこには本当にひよこサイズの部屋が広がっていた。テーブルも椅子もお皿もあるし、キッチンやお風呂までついてる。しかも、ちゃんとひよこでも使いやすい造りだ。

すごい……魔王、力入れ過ぎだよ……。

感動した私は、家から出て魔王に飛び付いた。すると、魔王は優しく私を受け止めてくれる。

「まおーありがとう！」

「ああ、ヒヨコが喜んでくれてよかった」

「ぴ！」

ヒヨコはとっても嬉しいです。

一通り家の中を探検した後、誰かに自慢したくなった。魔王はお仕事に行っちゃったので、シュヴァルツを呼んで自慢してみた。興味がないかと思いきや、意外にもシュヴァルツはまじまじとヒヨコの家を観察している。

「みてみて！」

「うわ～、すごいですね……小物まで揃ってる。一体この家全部でいくらするんでしょう……」

「そういうぶすい《無粋》なことはかんがえないの!!」

人からの贈り物の値段は調べないものなんだよ！

「あ、すみません」

「わかればいーの」

私はぴぴっと家の中に入る。この家、ちゃんと窓も付いていればバルコニーまであるのだ。

家の中の階段を上ってバルコニーに出る。すると、上から家を覗き込んでいたシュヴァルツと目が合った。

「おお、ちゃんと窓とかも開くんですね」

「そーだよ！　キッチンとかカップもあるから、じぶんでこうちゃものめちゃうの！」

「お〜。優雅に紅茶を嗜《たしな》むひよこっていうのもまたシュールですね。じゃあ今度お茶会しましょうか」

「！　おちゃかいする!!」

お茶会……なんて素敵な響き……。とっても楽しみだ。

それまでにおいしい紅茶を淹れられるようになっていなければ！

「私と二人だけのお茶会ではちょっと寂しいので、他にも招待しましょうか。ヒヨコが呼びたい人を招待していいですよ。きっとヒヨコが来てほしいって言えばみんな来てくれます」

「わかった！」

おいしい紅茶をみんなに淹れてあげよう。お茶っ葉とかも自分で作ったほうがいいのかな……。とりあえず試しに紅茶を淹れてみよう。

そうして、早速キッチンを使って紅茶を淹れ始めた私。そんな私を、シュヴァルツは楽しそうでなにより、と微笑ましそうに見守っていた。

密かに画策するヒヨコ

「今日の訓練は終了だ」

「「「お疲れさまでした！」」」

訓練が終わると、騎士さん達が各々解散していく。

私が話せるようになったことで意思の疎通がしやすくなり、訓練の幅もさらに広がった。騎士さん達の実力が上がっているのも感じるし、もう勇者達なんか楽勝で倒せるんじゃないかな。

そういえば、最近勇者達大人しいな。魔界騎士団のみんなも出動せず、こうして毎日訓練をしてるだけだし。なんでだろ。後で魔王に聞いてみよ。

「ヒヨコ、お疲れ」

「だんちょーさん！　おつかれさま！」

「これからどこか行くのか？」

「うん！　ちょっとおさんぽにいってくる！」

「元気だな」

まだ散歩する元気があるのか……と、団長さんは苦笑する。

そんな団長さんに手を振り、シュヴァルツを伴って私は散歩に出かけた。


「ぴ……」

「ヒヨコ、お疲れだな」

お散歩から帰ってきて、机の上にべちゃっと潰れた私を魔王は手のひらの上に乗せた。

「随分魔力が減ってるな。散歩ついでに四天王とでも戦ってきたのか？　……いや、それは世話係が止めるか」

「ぴ……」

寝ころんだままコクリと頷く。

「……ふむ、じゃあお疲れのヒヨコには我がマッサージをしてやろう」

そう言って魔王は指先で私の背中を揉み始めた。ついでに魔力を流し込んで補給をしてくれる。

ぴぃ～、ごくらく。

気持ちよさそうに全身の力を抜いた私に魔王は気をよくしたようで、さらに揉み解してくれる。今の私はただの脱力ひよこだ。

「そうだまおう、ヒヨコききたいことあるよ」

「なんだ」

「さいきんゆうしゃはなにしてるの？　だんちょうさんたちひまそうだけど」

昼間に疑問に思ったことを魔王に聞いてみる。

「結構今更な質問だな。勇者は今までと変わらず我らと戦っているぞ」

「そうなの？　でもだんちょうさんたち、ひまそうだよ？」

「それはそうだろう。聖女のいない勇者パーティーなど、騎士団長がわざわざ出向いて相手をするまでもない」

おお……ヒヨコ、とっても評価されてる……。

「というか、まかい《魔界》とじんかい《人界》はどうしてたたかってるの？」

これこそ本当に今さらな質問だけど、せっかくの機会なので聞いてみた。

私の生まれる前から魔界と人界は戦ってたし、私は神殿から強制的に派遣されてたから戦うようになった理由は知らないんだよね。

「ふむ、少し長い話になるが大丈夫か？」

「いーよ！」

途中で寝ないようにがんばろう。

「ヒヨコの疑問に端的に答えるとすれば、我らが人界に侵攻しているのは、奪われたものを取り返したいだけだからだ」

「うばわれた……？」

そんな話、聞いたことない。

「ヒヨコは聞いたことないだろう。都合の悪いことは国民には隠すものだからな。我らが奪われたのは、我らが神の核だ。それを聖神に奪われた」

「⁉」

核っていうのは神様の力の源だ。それがなければ神様は力を行使できない。

「でも、なんでかく《核》をうばったの？　いっこもってればじゅうぶんじゃない？」

「普通はそうなんだがな。聖神にとって一つでは十分じゃなくなる事態が発生したんだ。何か分かるか？」

「ん～？」

わかんない。

お手上げというように、私はばんざいをして仰向けにコロンと寝転がった。別に眠かったからじゃないよ。

「――聖神が、人間の男に恋をしたんだ」

「ぴ？」

こい……恋？　急にふわふわした単語が出てきたからヒヨコびっくりしちゃったよ。

「にんげんにこいをしたら、どうしてかくがひつようになるの？」

「聖神は愚かなことに人間になろうとしたんだ。人間になるには、聖神だけの力ではどうしたって足りない。それに、人間の神が空席になるから次代の神を作る必要があったんだ」

「へ〜」

「まあ、当然のように我らが神、デュセルバート様は反対した」

邪神の名前ってでゅせるばーと様っていうんだ。

あ、違うところに気を取られちゃった。

「愚かな聖神はさらなる愚行を犯した。デュセルバート様を騙し、核を奪ったのだ。核を失ったデュセルバート様は僅かな意識だけを残し休眠についた。それで、我ら魔族は核を取り戻すために人界に攻め入るようになったんだ。核は人界の中心、神殿にあるはずだからな」

魔王はさらに語りを続けた。

「我らから核を守るため、聖神の力の一部を分け与えられたのが勇者だ。つまり勇者は聖神の便利な駒というわけだ」

「なんと」

新事実ばっかりでヒヨコの頭はパンクしそうだよ。

……ん？　あれ？　でも、勇者って、これまで何回か代替わりしてるよね……？

「まおー、せいじんがこいしたおとこのひとって……」

「ああ、もう寿命で死んでる。が、また聖神がやらかしてくれた」

「……まだなんかしたの？」

ほんとに神様なのかな。今までほんの少しでもそんな神様を信仰してたのが恥ずかしいよ。明日この話をシュヴァルツにもしてあげよ。この気持ちを共有したい。

「男は確かに寿命で死んだ。だが、こともあろうに聖神はデュセルバート様の核を使ってその男を生き返らせようとしたのだ」

「そんなことできるの？」

「できない。聖神は男に無理矢理核を取り込ませたが、死んで魂を失った男の体をそのままに保つだけになった」

「わお……」

聖神って、なんかズレてるね。とんでもない世間知らずの香りがプンプンするよ。

「そのおとこのひとがしんじゃうまえに、さっさとにんげんになっちゃえばよかったのに」

「次代の神がいなければ人間になることはできない。だが、新たな神を数年やそこらの短い期間で創ることなど、もちろんできはしない。神を創り出してから、その神が世界を管理できるほどに成長するまで少なくとも百年はかかるしな」

「それもそっか」

新しい神様がほいほい生まれてきちゃうと、それはそれで問題かもね。ありがたみもないし。

「まあそんな感じで、デュセルバート様の核は男の体と共に人界の神殿に保管されてるから、俺達はそれを返してほしいだけなんだ」

「そうだったんだ」

これ、一方的に人間……というか聖神が悪いよね？　神託があったら人間は従っちゃうし。

――ふぅ、初めて知る新事実が多すぎてヒヨコの頭はパンクしそうだよ。

もう人界の神の方が邪神で、魔界の神が聖神なんじゃないかな？　というレベルで聖神がやらかしてた。それはもう、擁護できないレベルで。擁護する気もないけど。

そんなこんなで、ヒヨコは久々にいろんなことを考えた。

どうやら、ヒヨコは脳味噌まで子ども返りしちゃってたらしい。頭にいろんな知識を一気に詰め込んだ結果、次の日に知恵熱を出した。

「ぴゅぃ……」

籠の中に仰向けに横たわる。

あつい……。

そして、魔王はといえば、私の入った籠を持ってあたふたとしていた。

「子ども……ひよこが熱を出したらどうすればいいんだ？　医者を呼べばよいのか？　死なぬか？　あ、ヒヨコにはフェニックスの加護があったな」

とってもあたふたしてる。いつもの魔王とは大違いだ。

魔王の呼び出しに応えてゼビスさんとシュヴァルツがやってきた。

「――知恵熱……ヒヨコは本当に赤ちゃんだったんですね」

「知恵熱を出すひよこって初めて見ました」

魔王とは打って変わって二人は冷静だった。そうだよね、ゼビスさんは孫もいるし。シュヴァルツだって神官時代に子どもと触れ合う機会はそこそこあっただろうし。

自分よりも慌てている人がいると、逆に冷静になるあの現象かもしれないけど。

「知恵熱っぽいですから、安静にして寝かせておくのが一番でしょうね。無理矢理熱を下げても知恵熱では意味ないですし」

「すぐに元気になるから大丈夫ですよ」

「そうか」

魔王はホッと胸をなでおろした。

籠を持ったままお仕事に行こうとした魔王だけど、それはゼビスさんに止められて諦めていた。後ろ髪を引かれつつも仕事に向かう魔王を見送り、私は振っていた右翼を下ろした。

魔王は仕事に行ったけど、シュヴァルツはいつも通り、私の面倒をみるためにこの場に残ってくれた。

「寝られますか？」

「ん～」

あんまり眠くない。というか、まだ寝る気分じゃない。

「眠くなさそうですね」

「うん」

シュヴァルツが私の頭を撫でる。

「わ、本当にいつもより熱いですね。にしても、ヒヨコは何でこんな熱なんか出しちゃったんですか？」

シュヴァルツは純粋に疑問に思ったようだ。

喉も痛くないし、眠くもないので魔王に聞いたことをシュヴァルツに話してあげた。

「……」

衝撃の事実に言葉も出ないシュヴァルツ。

「だいじょうぶ？　おねつでちゃった？」

「いえ、私は大人なのでお熱は出しません」

熱は出さないまでもショックは大きそうだ。シュヴァルツってば一応聖神の信者代表である神官だったわけだし。

「シュヴァルツもきょうはおやすみにする？」

「いえ、大丈夫ですよ。そんな恋に浮かされた自己中女みたいなやつを今まで信仰していたのかと思うと、気が遠くなっただけですから」

「けっこういうね」

確かにショックは受けてそうだけど吹っ切れてそうでなにより。シュヴァルツも立派な魔界人だね！

「でも、ヒヨコはこの話は初めて聞いたんですか？」

「ぴ？　あ、うん」

「へぇ、まあまだ赤ちゃんですもんね」

そういえばシュヴァルツには私が元聖女ってことは内緒にしてたんだった。危ない危ない。うっかりあんな神なんか信じるんじゃなかったとか言っちゃいそうになったよ。せっかくお城で働いてるみんなにも協力してもらって、私が元聖女ってことはシュヴァルツには秘密にしてるのに。

これ以上お話ししてたら何かしらボロが出ちゃいそうだ。

「アー、ヒヨコナンカ、ネムクナッテキタカモー」

「何で棒読みなんですか」

そう言いつつも、シュヴァルツは私が寝やすいように支度を整えてくれた。できる子だね。

ふわふわの腹毛の上にシュヴァルツが毛布を掛けてくれる。

「おやすみなさい」

「ぴ〜」

ほんとは全然眠くなかったのに、すらっとした人差し指でお腹をポンポンされたら睡魔は全力ダッシュでやってきた。そんなに急がなくてもいいのに……。

そして、すぴょすぴょと何時間か寝ているうちに、熱はすっかり下がっていた。


「――ヒヨコ、元気になってよかった」

「ぴ」

お昼休憩で帰ってきた魔王に熱が下がったことを伝えると、熱烈なハグをいただいた。心配してくれてたんだね。

「ヒヨコはげんき《元気》になったので、にっか《日課》のおさんぽ《散歩》にいきたいとおもいます」

「ダメだ」

「ぴ!?」

お散歩に行こうと思ったら、魔王に即行で却下された。

なんで?

このやり取りを横で聞いていたシュヴァルツは「バカだなぁこのひよこ」って顔してるし。解せないよ！

「病み上がりなんだから大人しくしろ。今日は城から出るのは禁止だ。騎士団の訓練に参加することも禁ずる」

「……はぁい」

私はしぶしぶ返事をする。しょうがない、保護者がそう言うんだから。お散歩行くと結構疲れちゃうしね。

「じゃあヒヨコ、きょうはなにをすればいいの？　おへやでシュヴァルツとくみて《組手》？」

「やめてください脳筋ひよこ。私を殺す気ですか」

「大人しく寝るって選択肢はないのか……」

今度は二人から同時に呆れた眼差しを向けられた。

「寝てなくてもいいから、今日は大人しく部屋でできることをしていろ」

「う～ん、そんなのあるかなぁ」

ヒヨコ、あうとどあ派なんだけど。

困った、このままだと午後まるまる暇になっちゃう。

何をするか考えていると、シュヴァルツがいいことを思いついた、というようにポンと手を叩いた。

「――あ、そうだ、お茶を淹れる練習なんてどうですか？」

「おちゃ？」

「はい、魔王様にひよこ用の家をもらった時、お茶会に招待してくれるって話をしたでしょう？　そのお茶を淹れる練習をしたらどうですか？　ついでにお菓子も食べちゃいましょう」

「れんしゅう！　する！」

なんて名案！　こんないい案がシュヴァルツから出るとは思わなかったよ！

「ん？　なんだか今バカにされた気が……」

「きのせいだよ」

ヒヨコ、別にバカにしてない。

「かえってきたらおいしいおちゃいれてあげる！」と言って魔王を午後の仕事に送り出し、私達は早速作業に取り掛かった。

ヒヨコは魔王にもらったひよこサイズのキッチンで、シュヴァルツは魔王の部屋に併設されている人サイズのキッチンでそれぞれお茶を淹れる。

ふむふむ、ちゃんとカップをあっためておかないといけないんだね。

魔王がくれた私専用のキッチンは、ひよこの手でも作業しやすいように細々とした工夫がされている。気遣いがさすがすぎるね。それで足りないところは魔法で補うだけだ。

お湯を沸かしながらお茶の淹れ方が書いてある本を読んでいると、ガッシャーン!!　と大きな音が響き渡った。

「……シュヴァルツ？」

「すみません。手が滑りました」

そういえばシュヴァルツは不器用さんだったね。

「シュヴァルツのぶんも、ヒヨコがいれてあげるね」

「あ、ありがとうございます」

「いえいえ」

物は大事にしなきゃだもん。この辺にある茶器高そうだし。

そして、ちょっとしたハプニングはあったものの、どうにか無事にお茶を淹れることができた。

「シュヴァルツ、おちゃはいったよ」

「ありがとうございます。お茶請けに手作りクッキーも持ってきましたよ」

「だれのてづくり?」

「もちろん料理長の」

「だよね」

一安心だ。シュヴァルツの手作りのお菓子とか、正直何が入ってるか分かんないし、本人の怪我が心配だからあんまりやらないでほしい。

料理長のクッキーはとってもおいしくて、紅茶との相性も抜群だった。お茶会の時も料理長に作ってもらおう。

それから何度かお茶を淹れ、ようやく納得のいく味に仕上げることができた。

ヒヨコは天才かもしれない。

「さっそくおちゃかい《お茶会》をひらこうとおもいます」

「いいですね。いつにしますか?」

「そのまえにしょうたいじょう《招待状》をかいて、みんなのつごうのいいときをきこうとおもう」

「おお、意外ですね。招待状なんて知ってたんですか」

「もちろんだよ！」

自分で出したことはないけど。

「しょうたいじょうのかみちょーだい？」

「すぐに用意しますね。内容は自分で書きますか？　私の代筆もできますけど」

「シュヴァルツ、もじかけるの？」

「ヒヨコの中で私はどれだけ低スペックなんですか。文字くらいかけますよ。インク瓶はよく倒しますけど」

「だよね」

シュヴァルツがインク瓶を倒してる様子が容易に思い浮かぶ。しかも中身がたっぷりある時に限って倒しそうだ。

「でもヒヨコが招待状を書いた方がみなさん喜びそうですね。まずは自分で挑戦してみますか？」

「うん」

こう見えても私は一回フェニックスにお手紙を書いたことがあるのだ。招待状だって書けるはず。

だって私はできるひよこだもの。

そして、シュヴァルツが持ってきてくれた招待状用の紙に向き合う。

「ぴ！」

ふんぬと気合を入れるために一鳴きした。そして黒いインクが入った瓶にジャボッと片足を突っ込む。

「え」

「ぴ！」

シュヴァルツから変な声が出たのも気にせず、紙にインクの付いた足を走らせる。

――よし、一枚目終わりだ。

「シュヴァルツふうとうにいれて～」

「……分かりました。えっと、これは誰宛てですか？」

「まおーだよ」

見れば分かるのにどうして聞くんだろう、と私は首を傾げる。

「……なるほど」

「なるほど？」

「いえ、なんでもありません」

微妙な顔をしたシュヴァルツは大人しく招待状を封筒に入れてくれた。

そして封をしようとする――

「なにそれ！」

「シーリングスタンプですよ」

シュヴァルツが赤い蝋を溶かし始めたのが気になって、ズイっと近付いた。

「これを紙に垂らして、その上から模様の入ったスタンプを押すんですよ」

「へ～、そうやってたんだぁ」

聖女時代に何回かもらったことはあったけど、こうやって封をしてるとは知らなかった。

私の呟きにシュヴァルツが反応する。

「ヒヨコは、シーリングスタンプを使った招待状か何かをもらったことがあるんですか？」

「え⁉　ううん、みたことがあるだけだよ‼」

「そうですか」

よしよし、勢いで誤魔化せたようだ。

「うん！　ねえそれ、ヒヨコもやってみたい！」

かっこいいし、とってもおしゃれだ。何よりぽんってやるのが楽しそう。

「危ないからダメです。火も使いますし、そのふわふわの羽に蝋が付きそうなので」

「ぷぅ！」

頬を膨らませて不服さをアピールする。

「そんなかわいい顔してもダメです。ほら、さっさと次の招待状を書いてください」

「は〜い」

しょうがない。人型になれた時にやらせてもらおう。シーリングスタンプはその時までのお楽しみだ。

聞き分けのいいヒヨコはその後、黙々と足を動かし、招待状を完成させた。

◇◆◇

陛下にヒヨコが書いた招待状を手渡す。そしてその中身を確認すると、陛下は首を傾げた。

「これは……なんて書いてあるんだ？」

「ヒヨコに確認したところ、『いっしゅうかんごにおちゃかいをひらくから、よていがなかったらきてください』と書いたそうです」

「そなた有能だな。どうせ他の者も読めないだろうから、招待状を渡すついでに内容を伝えてきてくれぬか？　折角招待状まで書いたのに誰も来ないのではヒヨコが可哀想だからな」

「承知しました」

陛下に言われずとも、はなからそのつもりだった。ひよこの足文字なんて誰が読めるんだって話ですからね。

にしても、魔王陛下は本当にヒヨコをかわいがっているようですね。あんなに恐ろしかった魔王が、もはやただの親バカに見えます。

人界にいた頃に抱いていた魔王のイメージと実物との温度差で風邪をひきそうだ。

◇◆◇

そして、ついにお茶会当日になった。

天気は快晴だし、招待していたみんなも来てくれてヒヨコは嬉しい！　ぴっぴぴっぴと小躍りしちゃう。

お茶会はお庭で開くことにしたので、雨が降らなくて本当によかった。

私の淹れたお茶をゆっくりと味わっている魔王は、もちろん一番乗りで来てくれた。さすが保護者様。

魔王の他にも団長さんや三つ子、ゼビスさんとオルビスさんに料理長のおじちゃんまで勢揃いだ。よくみんなのスケジュール合ったよね。

仲の悪いゼビスさんとオルビスさんを同じ席に呼ぶのはどうなのかと思ったけど、今日は二人とも喧嘩するのは我慢してくれるらしい、その代わり離れて座ってるけど。

この二人にはいつか仲直りしてほしいなぁ。

「ヒヨコ、そなたも食べろ」

「ぴっ」

私が全然食べてないと思ったのか、魔王が私の口にクッキーを放り込んだ。サクサクしておいしい。

なんと、今回は料理長のおじちゃんがひよこサイズの小っちゃいクッキーを作ってくれたのだ。人間サイズのクッキーだと嘴に入りきらなくてボロボロこぼしちゃうからね。

「ヒヨコ、このお茶おいしいです」

「えへへ、ありがとうゼビスさん」

ゼビスさんの言葉を皮切りに、他のみんなも口々に私のことを褒めてくれた。


そして、第一回ヒヨコのお茶会は無事に幕を閉じた。

みんな「ヒヨコがこんなことまでできるようになるなんて……」って感動してたけど、ヒヨコってばちょっと前まで立派に人間やってたからね？　最近、みんなヒヨコのことを生まれたてって勘違いしてない？　って思うことがよくある。このかわいすぎるひよこフォルムが原因だとは思うんだけどね。

でも、ただ紅茶をふるまっただけでみんながあんなに喜んでくれるとは思わなかった。心なしかみんな、お茶会の前よりも元気になってた気もするし——

「！」

そこで、ぴこん！　とアイデアが舞い降りてくる。

ヒヨコってば、いいこと思いついた！

ポーションを作れるひよこなんて、ヒヨコの他にはいないよね

「ねぇねぇシュヴァルツ、ちょっと寄り道してもいい？」

「はい、別にいいですよ」

いつものお散歩の帰り道、せっかく外に出てるんだからと、ついでに用事を済ませちゃうことにした。

「どこに行くんですか？」

「まあまあ」

行き先はぼやかしつつお目付け役を連行する。だって、言ったら絶対止められちゃうもん。

私に連れ回されたシュヴァルツが、ぐったりと魔王の部屋のソファーにもたれ掛かっている。若干グロッキーになってそうだ。

「——このヒヨコ、信じられない……」

シュヴァルツがぼやくと、魔王がこちらを見てきた。

「ヒヨコ、何をしたのかは知らないが、とりあえずシュヴァルツに謝っておけ」

「はーい。シュヴァルツごめんなさい」

「許しましょう。行き先を聞かなかった私も悪かったですから」

「そなた達……一体どこに行ったんだ……」

魔王のぼやきには無言で返す。私が内緒にしてって言ったから、シュヴァルツも言わないでいてくれてる。

優しいね。

お散歩のついでに思いついた物の素材を狩りにいったんだけど、それを先に言って失敗したら恥ずかしいから言わない。ちゃんと上手に出来上がったら〝さぷらいず〟で渡すのだ。

私ってば、なんて粋なひよこなんだろう。

素材は集まったので、あとはブツを作るだけだ。

作るのは初めてだけどきっとできるでしょ。私はやればできるひよこだ。

本格的な物作りは初めてで、作ってる途中に爆発しないとも限らないから一応外で作業する。爆発しても大丈夫そうな所を探しながら魔王城のお庭を彷徨《さまよ》っていたら、結局騎士団の訓練場に辿り着いた。

訓練場の一角を陣取り、シュヴァルツから材料を受け取る。周りは何やらザワザワしてるけど無視だ。

私が今から作ろうとしているのは口に入れるものなので、できたものをいきなり渡すわけにはいかない。一回はしっかりと自分で試さないとね。

とりあえず一個作ってみよう。材料はかなり採ってきたから余裕があるし。

ガチャン、ガコン、ドッカーンと音を立てながら、試作品一号はなんとか完成した。

「……まさかそれ、ポーションですか？」

「うん！」

その辺にあった適当な瓶の中には水色の液体が入っている。とりあえず色は問題なさそうだ。あとは味と効果だけど――

ぱしゃん

「「あ」」

やっちゃった。瓶のふたを開けるのにひよこの手は不向きで、誤ってポーションの入った瓶を倒してしまったのだ。蓋が開いた後に倒れちゃったから、せっかく作った瓶の中身が地面にぶちまけられた。

しょうがない、もう一回作り直そう。

ほとんど中身の出てしまった瓶を起こそうとした時、異音が耳に飛び込んできた。

ジュワァァァァ

「？」

変な音だな、と思って音の発生源を探していると、こぼれたポーションが芝生を溶かしていた。

「ひぇぇぇぇぇぇ！　なんか溶けてるじゃないですか!!」

「なんでだろ。でもあんがい、のむぶんにはだいじょうぶかもよ？　ヒヨコちょっとのんでみる」

「ダメですよ！」

瓶にちょっとだけ残っていたポーションを飲もうとしたら、シュヴァルツに取り上げられた。

「ヒヨコにポーション作りはまだ早かったんじゃないですか？　赤ちゃんは何でも口に入れたがるんですから」

「ヒヨコあかちゃんじゃないよ」

「赤ちゃんはみんなそう言うんです」

いや赤ちゃんは普通こんな流暢《りゅうちょう》に喋らないよ。

記念すべき試作品第一号はシュヴァルツの手で葬られた。

ひどい。


その後、いくらシュヴァルツに止められても私はポーション作りを諦めなかった。

作っては爆発し、作っては物を溶かし、作っては煙を上げたけど、私は諦めなかった。

しかし、そうやって試行錯誤しているうちに、ついに一つも完成品を作れないまま夕方になってしまった。

「……ヒヨコ、そろそろ戻りましょう。もうすぐ日が暮れちゃいますよ」

「ぴぃ……」

爆発に巻き込まれ、煙を浴びまくった私の毛皮はボロボロだった。黄色かった毛は灰色にくすんでしまっている。そして心もボロボロだ。だって赤ちゃんだもん。打たれ弱いの。

せっかくいいこと思いついたと思ったのに……。

じんわりと目頭が熱くなる。

「ぴぃっ、ぴぃっ」

「ああヒヨコ、泣かないでください。仕方ないですよ、ポーション作りは難しいんですから。一握りの職人しか作れないんですよ」

シュヴァルツにすくい上げられて頭をなでなでされる。周りの騎士さん達も私が泣いちゃったことでにわかにざわつきが大きくなり始めた。

「――何事だ。なぜヒヨコが泣いている」

「まおー」

いつの間にか現れた魔王に受け渡される私。とてもスムーズな受け渡しだ。

「工作が上手くいかなかったので泣いちゃったんです」

「工作……？」

シュヴァルツの説明に魔王が首を傾げる。そして未だに煙を出し続けるポーションに目を向けた。

「ああ、ポーションを作っていたのか」

「ん」

ぴぃぴぃと泣きべそをかきながら頷く。

魔王は私を乗せていない方の手でもくもくと煙を出し続けるポーションを手に取った。

眼前に瓶を持ってきて観察する魔王。

「……なんだ、よくできているではないか。余分な効果はついているが」

「ぴ？」

次の瞬間、魔王がグイッとポーションを飲み干した。一気飲みだ。

「「「!?」」」

ポーションを最後の一滴まで飲み干した瞬間、魔王の体が発光する。

「――お、なんか若返ったな」

発光が収まると、そこには少し顔が若くなった魔王。

「「「え、ええ〜〜〜！！！」」」

ポーションの効果に、その場にいた、魔王以外の全員の声が揃った。

「……若返りのポーションだったのか……？　そんなの聞いたことないが……」

驚愕からいち早く我に返った団長さんが呟く。

若返り？　ヒヨコは回復ポーションを作ってたはずだけどな。

「いや、これは回復ポーションだぞ」

少し若返り、お肌がツヤツヤしてる魔王があっさりと言う。

「ただ、治癒力を高めるタイプじゃなくて細胞を若返らせるタイプだな。その効果が強すぎて軽く数十年は若返ったようだ」

それに疲労もとれて頭もスッキリしている、と魔王が続けた。

つまりポーション作りは成功したってことかな？　ヒヨコうれしっ。

魔王が私を自分の眼前に持ってくる。

「ヒヨコすごいぞ。ヒヨコはポーション作りの天才だな」

「ぴぴぴぴぴ！」

手放しで褒められちゃった。

喜びの鳴き声が口を突いて出る。

「……すごいです！　こんなに効果のあるポーション初めて見ました！　ヒヨコにこんな才能があるなんて!!」

シュヴァルツも大はしゃぎだ。ヒヨコも内心大はしゃぎ。

どうやら、ポーションは最初から成功してたらしい。余計な効果が付いちゃってただけで。半分冗談で「のむぶんにはだいじょうぶかもよ？」って言ったけど本当にそうだったらしい。いや、でもさすがに地面が溶けるポーションを飲むのは危険だよね。多分飲んで怪我しちゃっても跡形もなく治るんだろうけど、そんなの誰も飲みたくないよね。

「ヒヨコ、これは売ったら大儲けできるぞ。世の中には、外見を若く保つのに命を懸けている者が大勢いるからな」

「ぴ〜！」

おお、ヒヨコってば大金持ちになれちゃう予感。

「おかねもちになったら、まおーにおうち《家》かってあげるね」

「ははは、期待しているぞ。そうしたら魔王の引退後にはそこに住ませてもらおう」

もちろんヒヨコも付いてくよ。——ハッ！　ちがうちがう、ポーションはお金稼ぎのためじゃなくて魔王達の疲れを癒すために作ったんだった。

いけないいけない、本来の目的を見失うところだったよ。

「ヒヨコ、ぽーしょんうらない」

「？　なぜだ？」

「ヒヨコ、まおーたちのためにつくったの。だから、ただでぷれぜんと」

ぴぴっと鳴くと、魔王が片手で目元を覆った。

「ヒヨコがいい子過ぎて胸が痛い。我は汚れていたのだな……」

「いえ、陛下は普通の思考だと思いますよ。ヒヨコ、それじゃあ仲のいい人にはタダであげてそれ以外の人には有料で売ったらどうですか？」

「！　そーする！」

なんて名案。シュヴァルツは天才かもしれない。

「それじゃあ、騎士団からも依頼を出していいか？　こんな強力なポーション願ったり叶ったりだ」

さっそく団長さんから注文が入った。団長さんなら無料であげるよ？　と言ったけど、ちゃんと騎士団で使うものだからそうはいかないらしい。だから、仲良し価格でちょっとだけ割引することで話がついた。

騎士団以外にも、このポーションの話が広がったら富豪のおばさま方からの注文が殺到するだろうとのことだった。ヒヨコ、大富豪になっちゃったらどうしよう。

空気に触れると爆発したりとか、溶けちゃったりする回復ポーションはさすがに本来の目的では使えないけどそれはそれで使えるから少し安くはなっちゃうけど買い取ってくれるって。

よかったよかった。

あれから何回か試してみた結果、色によってポーションについてる余計な効果が判別できることが分かった。これならヒヨコががんばって余計な効果を付けないように練習する必要もないね、と言ったら魔王に苦笑いで「それはがんばってくれ」って言われちゃった。

あ、できたポーションをゼビスさんとかオルビスさんに配り歩いたらとっても喜ばれたよ。みんないざという時に使うって。魔王曰く「どんな怪我でも瞬時に治せる」らしい。

確かに、なんでもない時に使っちゃうのはもったいないね。

せっかくだし、回復ポーションを自分でも飲んでみようとしたら、みんなに止められた。飲むと若返るんだから、ヒヨコが飲んだら卵に戻っちゃう！　って。

ヒヨコ、卵から生まれたんじゃないんだけど……。

そう呟いてみたけど、誰も聞く耳を持ってくれなかった。だけど、ポーションを一定以上薄めて飲むと若返りまではしないということが分かったので、ヒヨコも無事にポーションを使うことが出来た。そしてこのポーション、怪我だけでなく魔力や体力も回復できる優れものだったらしい。さすがヒヨコ。

その効果は、私がこっそりと進めていた計画にはうってつけのものだった。

よし、最初の発注分のポーションを仕上げたら計画を進めるぞ！

——と意気込んだのも束の間。

「……ぴ？」

依頼されたポーションの数を見て、私はぴよ？　っと首を傾げた。いち、じゅー、ひゃく、せん……。

「おおくない？」

「万が一のための貯蔵分も入ってるからな。ヒヨコのポーションは薄めても十分効果があるし、今後はこれよりもたくさん作ってもらうことはないと思う」

今までのポーションの価値が下がらないように、市場には数を絞りに絞って出すそう。だからポーション作りはゆっくりヒヨコペースで構わないとのことだった。

そんなこと言われたらちゃちゃっとポーション作ってビックリさせたくなっちゃうよね。

「もう出来たのか！」とビックリする魔王の顔が目に浮かぶ。材料は騎士団が集めてきてくれたみたいだし、ヒヨコってば早速がんばっちゃうよ！

ぴぴ！　っと気合を入れ、私はポーション作りに取り掛かった。

「お〜わ〜ら〜な〜い〜」

仰向けで地面に寝っ転がる。数が多すぎて全然ポーション作りが終わらない。

つかれた。あきた。

「ゆっくりでいいって言われたんだから、ゆっくりやればいいじゃないですか」

「ちっちっち、ヒヨコはみんなをびっくりさせたいんだよ」

シュヴァルツは分かってないな〜。

私がそう言うと、シュヴァルツは呆れたような顔をしつつも手元の本に視線を戻した。

「まあヒヨコがポーション作りに夢中になっていてくれると監視が楽でいいんですけど」

「ついにかんし《監視》っていったね」

せっかく今までぼやかしてたのに。

「……」

無視されたんですけど。都合の悪いことがあったら黙秘する汚い大人だ。

「ヒヨコ、ちょっときゅうけいする。シュヴァルツおやつちょーだい」

「それがいいですね」

休憩すると宣言し、シュヴァルツの膝の上に飛び乗る。存分に監視させてあげましょう。

シュヴァルツの膝の上に乗ったままおやつを食べ、食べカスを膝の上にボロボロこぼしたら怒られた。

ぴぃ。

結局、最初に発注された数の回復ポーションを作るのには丸二日かかってしまった。でも十分早い方だろう。

できた分を差し出すと、魔王が目を丸くした。

「……もうできたのか？」

「ぴ！」

ふふん、驚いてる。ヒヨコがんばったからね。

「すごいでしょ～」

「ああ、すごいな。ヒヨコは天才でがんばり屋さんだ」

よちよちと頭を撫でられる。あ～、そこそこ。

指に頭を擦りつけるといっぱい撫でてくれた。今日は出血大サービスだね。

魔王にいっぱい褒められてヒヨコうれし！

この量が一気になくなるとは思えないし、とりあえずポーション作りは一段落だ。

よし、これで計画に集中できるね！

むんむんっとやる気満々の私を、シュヴァルツが元気ですねぇ、とお年寄りみたいなことを言いながら眺めていた。

準備は万端！　仕上げに取りかかります！

「ヒヨコ～、これ陛下の執務室まで持ってってくんね？」

廊下で私を呼び止めたのはオルビスさんだ。

「いいよ～」

オルビスさんから書類を受け取る。わざわざ私に頼むのは、魔王の執務室にいるゼビスさんと顔を合わせたくないからだろう。

相変わらずゼビスさんとオルビスさんは仲が悪い。会う度に暴言を吐き合ったり派手な喧嘩をするってわけじゃないけど、一緒にいると空気がギスギスするのだ。

ドラゴン族にとって大切な財宝洞窟を壊しあったことが尾を引いてるんだろう。

傍から見る分には、いい加減仲直りすればいいのにとしか思わないけど、他種族の価値観を真に理解するのは大変だからね。

ただ、そうは言ってもヒヨコとしては仲直りしてほしいんだよね。だってみんな仲良しの方がいいもん。精神衛生上、近くにギスギスしてる人達がいるのはよくないし。絶賛子育てされ中なヒヨコの教育にもよくない。

それに、せっかく家族がいるんだから大切にしてほしい。私は気付いたら神殿にいたし、家族は誰もいなかったからずっと羨ましかったんだよね。

だから、是非とも仲直りをしてほしいのだ。

執務室に入り、ゼビスさんに書類を渡す。

「ゼビスさんあげる～」

「おや、ありがとうございます」

「オルビスさんからだよ」

「ああ、あの駄竜からですか」

スンッと真顔に戻るゼビスさん。相変わらずの言い様だ。

「ゼビスさん、オルビスさんとなかなおりしないの？」

「無理ですね。オルビスが破壊した私の財宝洞窟を元通りに直したら考えますが。あれだけグチャグチャですからやらない……というかできないでしょうけど。修復の魔法は難しい上に魔力をバカスカ食いますからね」

「ふ～ん」

頑なだなぁ。やっぱりドラゴンにとって財宝洞窟はそれだけ大切なものなんだね。

休憩時間になってゼビスさんが出て行った後、私は腕を組んで首を上下に振りながら考え事をする。

「む～ん」

「どうしたヒヨコ。そんなに振ったら首が取れるぞ」

魔王に優しく握り込まれる。ヒヨコは首が据わってないと思われてるの？

若返ってハリの増した人差し指で私の頭をグリグリする魔王。

「また何か考えているようだな。たまには何をしようとしているか先に教えてくれぬか？」

「う〜ん、だめ！」

「迷った結果ダメなのか」

口では文句を言いつつも魔王の眼差しは優しい。魔王は好きなことをやらせて見守るタイプのお父さんらしい。

ポーションの効果で若返った魔王だけど、最近はますます保護者感が増してきた。

「せいこう《成功》するかわかんないのに、さきにいっちゃったらかっこわるいでしょ！」

「我はそうは思わんがな。大人の世界で報告は大切なことだぞ？」

「ん〜。じゃあつぎ《次》からはけんとう《検討》します」

「はは、結局今回は教えてくれないのか」

「うん」

人のびっくりする顔ってクセになるんだもん。ただの嫌がらせみたいなイタズラとかで驚かせる気はないけど。どうせなら嬉しいことで驚かせたいよね。

「先程シュヴァルツに大量に持たせていた回復ポーションは何か関係があるのか？」

「ぴぴっ!? な、ないしょ！」

見られてたのか。こっそり準備したのに。

でも、魔王は問いただしたいわけじゃなく、ただ私をいじっているだけらしい。内緒って言ったらすぐに引き下がったし、いたずらっ子みたいな笑みを浮かべている。

むぅ、このままやられっぱなしなのはなんか癪。

魔王の手からぴょこんと降りる。

「ん？　お散歩か？」

「うん。じゃあいってくるね、ぱぱ」

「⁉」

ぴぴぴっと走ってその場を立ち去る。

ふっふっふ、魔王ってばビックリしてたね。

ぴよぴよと笑いながら、私は廊下を疾走した。


ヒヨコが立ち去った執務室では、魔王が暫《しば》し呆然としていた。

「パパ……」

「陛下？　どうしたんですか？」

ゼビスが声を掛けても、数分は反応がなかったという。


その頃、ヒヨコはシュヴァルツと共に目的地へと到着していた。いつも散歩で来ている場所だ。

ヒヨコでも使えるように薄められたポーションを、亜空間収納が付いている風呂敷から大量に取り出す。そしてヒヨコは腰に手を当て、ぴ！　っと鳴いた。

「よし！　さっそくとりかかるよ！」


数時間後。

「どうしたんだヒヨコ⁉」

魔王が駆け寄って来る。いつもと違って私がぐったりしてるからだろう。

さすがのヒヨコも今回は疲れ切ったため、シュヴァルツに抱っこされて帰ってきたのだ。お散歩の後はいつもそれなりに疲れてるけど、ここまでぐったりすることはないからビックリしちゃったんだろう。

魔王がどういうことだって視線をシュヴァルツに向けるけど、私から口止めされているシュヴァルツが勝手に話すことはない。

シュヴァルツが無言で魔王に私を受け渡す。

「どうしてこんなに疲れ切ってるんだ？」

「まだ、ないしょ！」

「誰かに襲撃されたとかではないのだな？」

「うん。それはないよ」

ただの襲撃だったらこんなに疲れない。

「ねぇねぇまおー、ゼビスさんとオルビスさん、あしたおじかん《時間》ないかな？」

「急だな。二人に用事か？」

「うん」

「昼休憩とか、仕事終わりなら付き合ってくれると思うぞ。短時間で済むことか？」

「うん、たんじかん《短時間》っちゃたんじかん《短時間》」

あとは見せるだけだもん。

「じゃあ今日のうちに二人に言っておけ。無理と言われても泣くんじゃないぞ？」

「わかった！」

ヒヨコ、そんなんじゃ泣かないし。


そして、次の日の昼休憩。

オルビスさんとゼビスさんは顔を合わせて早々に睨み合っている。

「こいつがいるなんて聞いてないんですが」

「あ？　俺だってジジイがいるなんて知らなかったわ」

「うん、ヒヨコいってないもん」

「じゃあ仕方ないですね」

「……ジジイ、ヒヨコに甘すぎんだろ……」

コロリと主張を変えたゼビスさんをオルビスさんが少し引いた目で見る。

うん。ヒヨコも何が仕方ないのか分かんなかったよ。

お互いがいることを事前に伝えたら来てくれないかもと思って、あえて言ってなかったんだよね。

でもその判断は正解だったみたい。さすが私。

「じゃあいくよ〜！」

一晩ぐっすり寝たヒヨコは完全復活したので一人で歩ける。

だけど、ヒョイっとシュヴァルツの手のひらに乗せられてしまった。

「ぴ？」

「ひよこの歩きだと二人の休憩時間が終わってしまうので、今日は私が運びます」

「ありがと〜」

いつもは本当にお散歩も兼ねてるから、魔法も使わずぴよぴよ歩いて目的地に向かってるのでそこそこ時間がかかってる。たしかに、いつもと同じように歩いて行ったら二人のお昼休憩が終わっちゃうね。

「じゃあお二人とも私の後について来てください」

「……」

「……」

ちょっと不満そうだけど、二人は無言でシュヴァルツについて来た。


「ここは……」

ゼビスさんが呟く。

そう、私達が来たのはオルビスさんによって破壊されたゼビスさんの財宝洞窟だ。私がお散歩の度に訪れてたのもここ。あと、オルビスさんからもらったゼビスさんに破壊された財宝洞窟。

「なんでここに連れて来たかったんですか？」

個人的にはあんまり見たくはない場所なんですけど……とゼビスさん。

「いいからいいから、なかにはいってみて」

ぴっぴっとゼビスさんの背中を押すフリをする。腕が短すぎて背中には届かないけど。

「……」

仕方ない、といった感じでゼビスさんが歩を進める。

「――え？」

洞窟の中身を見た瞬間、ゼビスさんが珍しく呆けた声を漏らした。

「どうして……」

「ヒヨコ、がんばってなおしました！」

えっへんと胸を張る。

ヒヨコがちまちまと直してきた結果、洞窟の中には昔ゼビスさんが必死に集めたであろう金銀財宝が在りし日の姿でズラリと並んでいる。

「ヒヨコが直してくれたんですか？」

「そーだよ！　こつこつかよってました！」

散歩と称してゼビスさんとオルビスさんの財宝洞窟に行ってたんだけど、修復の魔法は魔力消費が激しいから割と毎回クタクタになってたんだよね。財宝洞窟の中の物が予想以上に多かったのもあって、全部元通りにするには本来もっと時間がかかるはずだった。だけど今回、魔王達の疲労回復のために作った回復ポーションのおかげで一気に修復できちゃったのだ。

ものすご～い疲れたけど。

「……なあヒヨコ、もしかして俺の方も直してくれてたりするのか？」

唖然としたように洞窟の中を眺めていたオルビスさんが恐る恐るこちらを見て言った。

「ぴっぴっぴ、もっちろんよ～！」

胸を張り、元気よく答える。

「っ！　ごめん、俺ちょっと見てくる!!」

そう言ってオルビスさんは飛び立っていった。

そう言えばオルビスさんもゼビスさんもドラゴンだから普通に飛べるよね……。歩く必要ないのにテクテクついて来てくれたんだ。

……ヒヨコも今は羽あるし、がんばれば飛べるかな……？　こんど試してみよう。

「全くあいつは……すみませんヒヨコ、今度注意しておきます」

「べつにいいよ」

「にしても、よくこれだけの物を直しましたね」

「えへへ」

ウリウリと私の頭を撫でて褒めてくれる。魔族は直すことと相性が悪いから、余計そう思うんだろう。

「ここにあるのを売れば結構なお金になりますよ。もうお小遣いには困りませんね。結構がんばって集めたものなので、できれば大切にしてほしいですけど」

そう言うゼビスさんは、私が財宝洞窟を返してくれるなんて思ってもみなさそうだ。

「かえすよ？」

「え？」

「ヒヨコ、ざいほうどうくつ、ゼビスさんとオルビスさんにかえすよ？」

「……」

思ってもみなかったであろう申し出に、ゼビスさんは目が点になった。珍しいお顔だ。

「でも、ここはヒヨコにあげたものですし……」

「でもね、ヒヨコ、そのかわりにしてほしいことがあるの」

「なんですか？」

真剣に問いかけられる。ゼビスさんもできることなら返してほしいのだろう。

「ヒヨコ、できたらでいいけど、ゼビスさんとオルビスさんになかなおりしてほしいの」

「なんだ、そんなことでいいんですか。そんなの朝飯前ですよ」

「へ？」

今度はヒヨコが驚く番だった。

「お互いに財宝洞窟を壊されたことに怒っていたのであって、財宝洞窟が元通りになったなら仲違いする意味はありませんよ。どの種族も身内は大事ですし」

「あ、そう……」

感激して戻って来たオルビスさんにも聞いたら、大体同じようなことを言われた。正直ちょっと拍子抜けだ。

でも、さっぱりしてていいね。ヒヨコは好きよ。

ちなみにその後、私への感謝として多すぎるお小遣いとか、様々な貢物が二人から贈られてきた。

ゼビスさんとオルビスさんが仲直りしたので、今までは人を介していた書類等の受け渡しも本人達で直接するようになった。おかげで手間が減ったって、二人の部下さん達に褒められちゃったよ。

今もオルビスさんが魔王の執務室に来て、ゼビスさんと何やら仕事のことについて話している。

う～ん、違和感。

呼び方も今までと違って「爺ちゃん」と「オルビス」になってるし。クソジジイとか駄竜とか呼び合ってた人達がこんなすぐに和解できるとは……。

「……ヒヨコ？　なんでそんなところから俺達のことを観察してるんだ？」

「ぴ？」

オルビスさんが言った「そんなところ」とは、魔王の襟ぐりの中だ。ヒヨコは今、魔王の首筋にピッタリとくっついて二人の様子を観察している。

にしてもここ、あったかくてすっごく居心地がいいなぁ。すぐ眠くなっちゃう。

「あまりにもそなた等がすぐ和解したからヒヨコが驚いてしまったのだ」

魔王が私の気持ちを代弁してくれた。

「俺達を仲直りさせたのはヒヨコなのに？」

オルビスさんもゼビスさんも首を傾げている。

「そなた等が普通に会話している光景に違和感があるのだろう。ヒヨコはそなた等の不仲期間しか知らないからな」

「ああ、それもそうですね。一度仲がこじれると、何をしても修復不可能になる種族もいると聞きますし」

ゼビスさんはオブラートに包んでるけど、多分人間のことを指してるんだと思う。でも間違ってないよね。私もそれで後ろから勇者にざっくりやられちゃったわけだし。

腕を組んでうんうんと頷いていると、少し痛ましげな表情になった魔王に頭を撫でられた。別にもう気にしてないけど、魔王の心配がくすぐったい。

「ぴぴっ」

「どうしたヒヨコ？　はは、くすぐったいな」

魔王の首筋に頭をグリグリすると魔王がクックックと笑った。魔王の喉ぼとけが動くのが間近に見える。

「ヒヨコと陛下がこんなに仲良くなった方が奇跡な気がしますけどね」

「確かになぁ」

じゃれ合う魔王と私を見る祖父と孫。

「――どうしてヒヨコと陛下が仲良くなったら奇跡なんですか？」

「あ」

そういえばシュヴァルツがいたんだった。シュヴァルツは私のことを最初から魔族だったと思ってるんだもんね。

う～ん、もう隠すのも面倒だしバラしちゃってもいいかなぁ。

「みなさん意外と血の気が多いんですか？　全く、私の尊敬する聖女様を見習ってほしいですよ」

「ぷぴっ⁉」

急に自分の話題が出てきたから変な鳴き声出ちゃった。

「聖女様は誰でも受け入れてくださる懐の大きな方でしたから。正に聖女の名にふさわしいお人柄で――」

「あ～、シュヴァルツ？　ここで聖女について語り始めるのは止めてくれないか？」

いたたまれなくなってプルプル震える私を見かね、魔王がシュヴァルツの話を遮った。するとシュヴァルツはなぜかハッとする。

「すみません。みなさんにとって聖女様は敵でしたもんね。無神経でした」

そう言って申し訳なさそうに口を噤《つぐ》むシュヴァルツ。

「……」

いや、そういうことじゃないんだけど……。

素直なシュヴァルツの様子に、逆にこっちが申し訳なくなった。

「……シュヴァルツ、ヒヨコ、かたもんであげる」

「？　急にどうしたんですか？　ていうかその手じゃ肩なんか揉めないでしょう」

「……」

シュヴァルツに言われて自分の手を見る。

ふわふわだぁ。

その後、室内が若干生暖かい空気になったことを察してシュヴァルツは居心地悪そうにしてた。

うん、やっぱりシュヴァルツには極力自分の正体は隠そうと思う。

もし不可抗力でバレちゃった時は……その時考えよっと！


ヒヨコが行きます！

あまりにも居心地がよかったので、あれからすっかり魔王の襟の中が定位置になっちゃった。

今日も今日とて魔王の襟の中にスッポリと納まっている。なんて極上の居心地なんでしょう。魔王が作ってくれたヒヨコハウスといい勝負するね。

「癒されますねぇ陛下」

「そうだな」

「ぴ」

癒されてくれて何より。

でもヒヨコ、そろそろ一暴れしたい気分なんだよね。

「そういえばまおー、してんのう《四天王》のきゅうか《休暇》っておわった？」

四天王のみんなが休暇中は道場破りをしちゃいけないって言われてるけど、そろそろ休暇も終わったんじゃないだろうか。

そう聞くと、魔王の顔が渋いものに変わった。

「あ〜、赤ちゃんのそなたは知らぬかもしれぬが、魔族は寿命が長いから休暇もそれはそれは長いのだ。まだしばらくは挑戦には行くなよ？　ヒヨコも昼寝を邪魔されたら嫌だろう？」

「うん。そうだね、おやすみはじゃましちゃダメだよね。ヒヨコ、もうちょっとがまんする」

「いい子だ」

よちよちと鼻筋を撫でられる。

お休みは邪魔するのはよくない。気長に待とう。

——随分後になってから、この時の会話は私が四天王の所にいかないように上手く誤魔化されていたのだと気付いた。

そんな会話の後、魔王が私を机の上に下ろすと、何やら外出用の外套《がいとう》を羽織り出した。珍しい。

「あれ？　まおーどこかいくの？」

「ああ、神殿に行くんだ。デュセルバート様の」

「ヒヨコもいく〜」

机からぴょこんと魔王の腕に飛び乗る。

「ん？　一緒に来るのか？」

「うん。いく〜」

「別に楽しい場所ではないぞ？」

「うん」

そんなに私が神殿について行くのが意外かな？　ていうか私中身は赤ちゃんじゃないから楽しい場所じゃなくても大人しくできるんだけど……。

まあでも、外見に引っ張られて中身も大分幼くなってる自覚はある。

「ではヒヨコも一緒に行くか。シュヴァルツはどうする？」

「陛下がいるなら私は必要ないでしょう。ここでゆっくり留守番していてもいいですか？」

「ああ、いいぞ」

実質おサボり宣言だったけど、魔王は快くシュヴァルツに許可を出した。理想の雇い主だね。

「それじゃあ行くか」

「ぴ」

魔王が自分の襟の中に私を入れ、部屋を出るためにドアノブに手を掛けた。

「行ってらっしゃいませ～」

背中の方からシュヴァルツの見送りの声が聞こえた。

神殿は、森の中の開けた場所にポツンと立っていた。ポツン、という擬音には似合わないくらい建物は立派だけど。

神殿の外装は黒を基調としていて、あまり華美な装飾はないけど高貴さというか、神聖な空気を感じる。

「デュセルバート様はここで休眠されている」

「ほうほう」

じゃあ気分の問題じゃなくて、本当にデュセルバート様から神聖な空気が醸し出されてるのかもしれないね。

内部の床は大理石でできていて、ひよこのまま歩いたらツルツル滑っちゃいそうだった。

入口から続くまっすぐな道を進んでいくと、祭壇のような場所に辿り着いた。

「この下にデュセルバート様が眠っているんだ」

「へ～」

祭壇はやっぱり真っ黒で、その上にはいろんな物が供えられている。

すると、魔王はどこからかヒヨコ作のポーションを取り出して祭壇に供えた。

「なんでヒヨコのぽーしょん？」

「そなたのポーションならば神にも効くかと思ってな」

「さすがにきかないとおもうよ？」

魔王は基本真顔だから、冗談で言ってるのか本気で言ってるのか分からない。

……ん？

ふと、なんだか懐かしい気配がして、私は自然と祭壇の上に飛び乗っていた。

気配の正体を探ろうと、べっちょり祭壇の上で寝っ転がる。

う〜ん、気配が弱すぎてわかんないなぁ——

「……何をしているのだ？」

「はっ！」

魔王に声を掛けられて我に返る。

ヒヨコ、何してたんだろう。祭壇に寝っ転がるなんて割と罰当たりな行為だよね。魔王怒るかなぁ
……？

上目遣いで魔王を窺い見るけど、魔王は全く怒っていなかった。

「様子がおかしいな。熱があるやもしれん、今日はもう戻るぞ」

「ぴ？」

首筋を摘まれて襟の中に再びインされる。

どうやら私の奇行は熱があるからだと思われたようだ。

軽く祭壇に向かって祈りをささげると、魔王は踵を返して足早に神殿を後にした。

神殿を出る前、私はなんとなく振り返り、もう一度祭壇を見た。

——あれ？

「？　どうしたヒヨコ」

「ん～、なんでもない」

供えたポーションの中身が空になってた気がしたけど、さすがに見間違いだよね……。

そう思い、そのことは頭の中から消去した。


魔王城に戻り、いい子でお留守番をしていたシュヴァルツに飛び付く。

シュヴァルツが上手にキャッチしてくれるとは思わないので、自分で狙いを定めてシュヴァルツの手の中に飛び込む。

「ただいま～！」

「おかえりなさい。神殿はどうでしたか？」

「ん～、なんかこうごうしかった！　でもあんまりたのしくはなかったよ」

「そりゃあそうですよ。神殿は遊び場ではないですからね」

それもそっか。

神様を祀ってる場所で子どもとかにキャッキャ遊ばれちゃっても困るもんね。

「我らが神は少し騒いだところで怒るような方ではないがな」

「なんでわかるの？」

「あの忌々しい神に核を奪われるまではデュセルバート様とも普通に話せたからな。神でありながら街をフラフラと歩きまわるような、そんな方だった……」

何かを思い出すように魔王の目が宙を見る。

魔王にこれだけ慕われてるってことはすごくできた人だったんだろうな。……人じゃなくて神か。

多分優しい神様なんだろうな。だから、武力的には魔族の方が圧倒的に勝っていても、無理矢理人界に攻め込んで核を取ってこさせることはしないんだろう。

いくら聖女時代の私が脅威だったと言っても、数でかかられたら敵わないし、かなりの魔族を投入しようとしたらできたはずだ。ただ、その分被害も甚大だっただろうけど。

神殿にコッソリと侵入しようにも、侵入者はすぐに分かるように結界を張られてたしなぁ。

……ん？　あれ？　じゃあ私がいない今は侵入できるんじゃ――

そこまで考えた瞬間、片手で頭を押さえた魔王がガタリと立ち上がった。

いつも優雅に動く魔王が珍しい。しかも、少し動揺しているみたいだ。

「まおーどうしたの？」

「……神託が下りた。シュヴァルツ、急いでゼビスとオルビス、そして騎士団長を呼んできてくれ」

「承知しました」

ただ事ではないと思ったのか、シュヴァルツの動きは速かった。颯爽と魔王の部屋を後にする。

「――まおー、だいじょうぶ？」

頭を押さえてるし、痛いのかな……？

魔王の顔を覗き込むと、魔王は私を安心させるように微笑んだ。

「大丈夫だ。神託が久々だったのと、ちょっと荒かったから驚いただけだから」

「ぴぃ……」

そう言って私を撫でた魔王の手に、私は頭を擦りつけた。

少し待っていると、シュヴァルツが三人を連れて帰ってきた。

「――皆、集まったようだな」

「陛下、どうされたんですか？」

「神託が下りた。内容は、早急にデュセルバート様の核を取り戻すようにとのことだ」

「「「！！！」」」

三人が一様に驚いた顔をする。

特に動揺したのは団長さんだった。

「デュセルバート様のご体調に何か変化があったんですか⁉」

「いや、そういうことではなさそうだ。ただ、珍しく焦っているようだった」

「……」

場に重苦しい空気が流れる。

話に聞く限り、優しい神様が急かすってことは緊急事態っぽいもんね。

次に口を開いたのはオルビスさんだった。

「――じゃあ、本腰入れて核を取り戻すか。これまでは聖女がいたのと、優しいデュセルバート様が止めるから本格的な行動はしなかっただけだし」

「そうですね。本当はコッソリと神殿に潜入して核を取り返すのが一番ですけど、あの結界が厄介ですからね……」

「けっかい？」

なんか覚えがあるような……。

「ええ、人界の神殿には高性能な結界が張られていて、侵入者を自動感知、排除するんですよ。あれさえなければ……」

ゼビスさんが顔を顰める。

お？　ヒヨコ、その結界知ってるぞ？

「ねえねえゼビスさん」

「ん？　なんですかヒヨコ？」

「そのけっかいはってたの、ヒヨコだよ？」

「へ？」

ゼビスさんが呆けたように目を見開いた。珍しいね。

「え、ヒヨコが張ってたってことは……」

「うん、いまはあのけっかいないよ」

なんてったってヒヨコがいないからね。

にしても、ヒヨコの結界がそんなに魔界軍を苦しめてたとは。誇らしいやら申し訳ないやらだね。

「ヒヨコが張ってたのか。どうりで強力なわけだ。だが、あの結界がないなら神殿に忍び込むことは容易だな」

「ああ」

オルビスさんの言葉に魔王が首肯する。

ヒヨコもコクコクと頷いておいた。

「それならば話は早い。早速密偵を送り込もう」

魔王がこれからの方針を宣言する。それには、誰も異論はなかった。

「――あ、話は纏まりましたか？」

話が終わると、シュヴァルツが呑気に口を開いた。

シュヴァルツは別にこっちの神様に思い入れないもんね。空気を読んで口にはしないけど、どうでもいいというのがシュヴァルツの本音だろう。

ヒヨコも別に神様にはそんな思い入れないけど、魔王とか魔族のみんなの大切な人は助けたいと思う。

こいつ、空気読めないなぁというみんなの視線も無視して、シュヴァルツはニコニコと口を開く。

「神殿の結界を張ってたのって私が敬愛する聖女様のはずなんですけど、もしかして、ヒヨコって聖女様だったりするんですか？」

「「「「あ」」」」

シュヴァルツ以外の四人の声が揃った。

――そういえば、シュヴァルツには私の正体隠してたね……。

神託の方に意識が向いてたからすっかり忘れてたよ。

ふ～む。

「――ぴ？」

おとぼけ顔でコテンと首を傾げてみる。

「流石の私でもそんなんじゃ誤魔化されませんよ」

ただのひよこのフリをしてみたけどダメだったみたい。

「……」

「……」

ジッと見つめあう私達。

暫く見つめ合った後、ヒヨコは無言で頭を下げました。

「なんで隠してたんですか？」

「シュヴァルツのゆめ《夢》をこわ《壊》しちゃいけないとおもって」

「ああ、気を遣ってくれた結果なんですね」

納得したような口ぶりだけど、シュヴァルツは理想が打ち砕かれたショックを隠しきれていなかった。

「なんか……ごめんね？」

「いえ、ヒヨコはかわいいですよ……」

清廉潔白でもなんでもないただのひよこでごめん。

ショックでフラフラとし始めたシュヴァルツをオルビスさんがそっとソファーに座らせた。

「……まあ、これは誰も悪くないよな」

オルビスさんが呟いた。

「――じゃあ、俺は早速密偵を選出してきますね」

微妙な空気の場から逃げ出したかったのか、団長さんが言う。するとお前だけ逃がさねぇよと言うようにゼビスさんとオルビスさんが団長さんを睨み付けた。醜い争いだ。

密偵って、忍び込むのが得意な人とかがいるのかな……？　あ、良いこと思いついた。

「ねえねえまおー」

「なんだ？」

「ヒヨコがみってい《密偵》しよっか？」

「……ん？」

魔王が首を傾げる。

言ってることが理解できないんじゃなくて、何言ってんだコイツみたいな感じだ。失礼な。

「だって、まぞくのみんなはしんでんに入ったことないでしょ？　ヒヨコ、しんでんないぶはくわしいよ？」

なにせ元聖女なので。一般人が入れないエリアにも、もちろん出入りをしていた。

「それは……確かに一理あるが、ひよこが神殿内を歩いてたら不審がられるんじゃないか？」

「ふふん」

魔王が言い終わるや否や、私は魔法を使った。

「！」

魔王が息をのむ。

「これならどうよ！」

魔王に見せるように、私はくるりとその場で回った。

うんうん、変化は上手くいったようだ。

手足の指は五本ずつあるし、目線も高くなっている。

「ヒヨコ……どうして……」

ゼビスさんが呟いた。

うんうん、私が人型になれなくて一番手を焼いてたのはゼビスさんだもんね。

「これはまほうでばけてるだけ」

「ああ、なるほど、確かにその手がありますね」

そう、これは魔族としての私の姿が人型になったんじゃなくて、魔法でただ人間に化けているだけだ。それでも精神年齢の影響か、子どもになっちゃったけど。

あと、髪の毛がひよこらしい真っ黄色になってた。

まあ、孤児院も併設してるから神殿に子どもがいるのはよくあることだし、こっちの方が警戒されなくていいかもしれない。

そんなことを考えていると、いつの間にかシュヴァルツがすぐ近くに来ていて、私のことをガン見していた。

「ど、どうしたの……？」

「聖女様……」

両手を組んで祈るように頭を下げるシュヴァルツ。無意識に自分の顔を思い浮かべたから、人間の時の顔にそっくりになっちゃったみたいだ。

そして、刺さってくる視線がもう一つ。

「まおー？」

「……おいで」

ちょいちょいっと手招きされたので、魔王のところへ行く。すると、問答無用で膝の上に抱き上げられた。

「かわいい」

「ふふん」

よしよしと頭を撫でられる。

魔王は子どもも好きなのかもしれない。最初の頃なら意外に思ったかもしれないけど、今となっては意外でもなんでもないよね。

「陛下、ヒヨコに行かせるんですか？」

オルビスさんが魔王に問いかける。

「……まあ仕方がないな。止めても勝手に行きそうだし、それなら誰かサポートできる者と一緒に行かせたほうがいいだろう。それに、この子を止めるには骨が折れる」

「うんうん」

さすが魔王、ヒヨコのことよく分かってるね。

それに、ヒヨコってば結構強いし、我ながら中々いい人選だと思う。鳥選か。

「では、ヒヨコのサポートができる面々を用意します。ヒヨコ、一人で勝手に行くのはなしだぞ？」

「はーい！」

そう言うと、団長さんは早々に部屋を出て行った。

残ったのはひたすら私をかわいがる魔王、ひたすら祈りを捧げるシュヴァルツ、そして部屋を出ていくタイミングを逃した祖父と孫だ。

二人が上手いこと出て行った団長さんにボソリと毒づいていたのは、聞かなかったことにした。

その後、ヒヨコサポートメンバーもすぐに決まり、早速次の日に人界の神殿に向かうことになった。

夜、ひよこの姿に戻り、私は寝床に向かう。すると魔王にヒョイっと摘まれ、魔王のベッドの枕元に置かれた。

これはあれだね？　心配されてるね？

魔王は無言で私の頭を撫でるばかりだ。

「まおー、しんぱいしないで。ヒヨコ、ちょちょっといってすぐにかえってくるから」

「……我も行く」

「まおーがいくのはダメでしょ。ちゃんとおるすばんしてて」

おお、これじゃあ私の方が親みたいだ。いつもとは立場が逆だね。

よちよちと魔王の頭を撫でてみる。

「ヒヨコはあしたにそなえてはやくねます。まおーもはやくねるんだよ」

「……分かった。ヒヨコの睡眠を邪魔するのは我としても本意ではないからな」

「うんうん」

私は魔王の枕元に置かれた籠の中に入る。そして敷き詰められた綿の上に仰向けになって寝転がった。

「……相変わらず、ひよこにあるまじき寝方だな」

ふわふわのお腹を人差し指でウリウリされる。

元々は人間だから、やっぱり寝っ転がって寝たくなっちゃうんだよね。周囲を警戒しないといけないわけでもないし。

魔王の撫で方が私を寝かせる方にシフトする。もはや熟練の技だね。

ふわふわと撫でられていると、すぐに眠気がやってきた。

「ぴ～（おやすみ～）」

「ふ、ひよこ語に戻ってるぞ」

微かに魔王が笑う気配を感じた直後、私は意識を手放した。


翌日、早めに寝た甲斐あってパッチリ目が覚める。

「おはよ～」

「ああおはよう。元気そうだな」

「うん！　ぜっこーちょー！」

なんでもできちゃいそう！

むんむんと両手を動かす。

「元気そうで何よりだが、余計な体力は使わない方がいい。疲れちゃうだろ」

「は～い！」

元気よく片翼を上げてお返事をする。

すると、魔王はそうじゃない、って顔をして私を両手ですくい上げた。

「ぴ？」

見上げると、魔王が苦悶の表情をしていた。

「かわいい子には旅をさせろと言うが、本当にかわいかったら一人で旅などさせぬと我は思う」

「きゅう《急》だね」

フェニックスのところに一人で行ったり、シュヴァルツは一緒だけどお散歩とか行ってるのに。だけど、それはちょっと違うらしい。魔界内ならまだ自分の領地だからすぐに行けるし、私に危害を加える人もそうそういないけど、一応人界は敵地だ。なんなら向こうの神様が直接の敵だしね。

うん、逆の立場だったら私も心配でしょうがないかも。

仕方ないから今は大人しく抱っこされててあげよう。

手のひらの中でぐでんと脱力した私を、魔王は人が呼びに来るまでひたすら撫でていた。


そして朝食後、団長さんが私と一緒に人界に行く人を連れて来た。

団長さんの後ろに並んでいる三人は、私もよく見覚えのある三つ子だ。ニックさんディックさん、そしてリックさん。

「この三人ならヒヨコとも面識があるし、なにより三つ子だけあって連携は抜群だ」

「いい人選だな」

汚れた私の口周りを拭きながら魔王がうむと頷く。

魔王の父性溢れる姿を初めて見た三つ子は目をガン開きにして驚いていた。そりゃあこの一見冷酷無比な魔王がひよこのお世話をしてるなんて、話には聞いてたとしても想像できないよね。

三つ子の気持ちはよく分かるけど、あんまりにも三人で同じような顔をしてるから、つい「ぴぴぴ」っと笑ってしまった。

魔王の手前、いつものように軽口を叩かれることはないけどバレないようにちょっと睨まれる。ごめんね。

「ヒヨコはもうじゅんびばんたん《準備万端》だけど、さんにんはじゅんびできてる？」

「おう」

「できてるぜ～」

「いつでも行けるぞ」

口々に三人が答える。

「おお！　いつでもいけるならさっそく今からいこ～！」

「「「へ？」」」

ヒヨコってば夜は自分の寝床で寝たい派だから、ちゃちゃっと行って夜には帰ってきたいんだよね。

「じゃあまおー、だんちょうさん、いってきます!!」

二人に向かってふわふわの腕を振る。

「――ちょっ、まっ――――！」

『転移』

私は三つ子と一緒に、早速人界に向かって転移した。

ニックさんが何か言おうとしてた気がするけど、それは向こう《人界》に着いてから聞こう。

あ、シュヴァルツに行ってきますって言うの忘れちゃったな。まあ、帰ってから「いってきます」と「ただいま」をまとめて言えばいっか。

「――陛下、ヒヨコが転移を使うのは想定しておられましたか？」

「いや、正直想定外だった……」

私がいなくなった後の室内では、そんな会話がされていたという。


転移で目的地に到着するや否や、私は魔法で人間に化けた。

人型になった私を見て三つ子が感心したように「おぉ」と声を上げた。

「ほぉ～、上手く化けるもんだな」

「だな」

「――なあ、ところでここって……」

「うん、じんかい《人界》の、しんでん《神殿》のすぐそば」

一応人目に付かない場所に転移しておいたんだけど、三人は遠い目をした。

「いきなり敵の本拠地……」

「展開が早すぎる」

「まあ早く帰れていいかもな」

三人が口々に感想を口にする。

そしてディックさんが屈んで私に話しかけてきた。

「ヒヨコ、俺達は一旦お前の影に潜るな。子ども一人の方が怪しまれないだろうし、一人の方が動きやすいだろ？」

「うん。よんだらでてきてくれる？」

「ああ」

ディックさんがそう答えた瞬間、三人は私の影の中に吸い込まれるように消えていった。面白いね。帰ったらもっかいやってもらおっと。

よし、さっそく行きますか！

私がいた頃に神殿を包んでいた結界は、やっぱりもうなくなっていた。代わりに申し訳程度の結界が張ってあるけど、簡単に一部を無効化して侵入できてしまう。

神殿内では至るところに刻まれた魔法陣によって姿を消したり、変えたりする魔法は使えなくなっている。これはさすがの私でも影響を受けないわけにはいかない。やっぱり姿を見せないようにする魔法は厳しかった。姿を変える方はまあいける。

がんばれば見えなくもできそうだったけど、核を奪還する時に聖神からの妨害があるかもしれないことを考えるとあんまり魔力は無駄遣いできない。


そして、私は堂々と神殿に足を踏み入れた。

人間に化けると同時に神官見習いの服も再現しておいたので、私はどこからどう見ても神官見習いの子どもにしか見えないだろう。フラフラ歩いていても見習いが道に迷ってるくらいにしか思われない。

こんな子どもを疑うなんて、よっぽど警戒心が高いか人間として終わってるかのどっちかだろう。

だから、立ち入り禁止区域以外では誰にも見咎められずに行動できると思っていた。

――だけど、私は忘れていたのだ。私を背中から斬りつけてきた、人間として終わっている存在を。

神殿内で数人とすれ違ったけど、やっぱり声を掛けられることはおろか、目線を向けられることもほとんどなかった。

うんうん、順調だ。

どんどん魔界の神殿で感じた気配が強い場所——神殿の中心の地下が近付いてくる。やっぱり邪神の核はここにあるらしい。

渡り廊下を通り、本殿に入った。

そこで、最悪の存在に出くわす。

「——あれ？　見知らぬ子どもがいんなぁ」

聞き覚えのある、どこか不快感のある声。その声を聞いた瞬間、背中にゾワリと鳥肌が立った。

「見習いが本殿に用があるとは思えねぇけど、道に迷ったか？」

振り向けば、血のような赤髪に、凶悪さを秘めた金色の瞳の男。

そこにはやはり、二度と会いたくなかった勇者が立っていた。

一瞬怒りが腹の奥底で沸騰しかけたけど、なんとかそれを抑える。とりあえず誤魔化しておこう。

「そうなんです。せんじつ《先日》みならい《見習い》になったばかりで。そうじようぐいれ《掃除用具入れ》のばしょわかりますか？」

「ああ、分かるぞ。まずここを引き返して——」

それから、勇者は丁寧に道順を教えてくれた。……一見。

それ、神殿の出口までの道順じゃん。しかも大分遠回りの。

勇者とはこういう、人の足を引っ張ることに余念がない人物なのだ。でも、私が本当に入って間もない見習いなら、たとえ正面玄関に行きついてしまっても、自分がどこかで道を間違えたのだと思うだろう。勇者ともあろう人物が、そんなくだらない意地悪をするなんて普通は思わないだろうし。

私は迷ってもいないし、掃除用具入れに用があるわけでもないからノーダメージだけど。

というか、そもそも神殿内の掃除なんかしたことない勇者が掃除用具入れの場所を知っているかどうかも怪しい。

間違った道順を楽し気に教えられたもんだから、思わずウゲッと顔に出てしまった。いけないいけない。

とりあえず一旦引き返すか。

「わかりました。ありがとうござ……」

「おいお前、今ウゲッて顔したなぁ。もしかして普通に道順分かってんな？　ってことは見習いになったばかりの新人ってのも怪しいなぁ？」

ニヤニヤしてそう言ってくる。

警戒心が強いかつ、人間として終わってるやついたなぁ。

こいつ、変なとこばっかり頭が回るんだよね。普段はそんなに頭よくないのに。

普通こんなにかわいい子ども疑わないでしょ。

「はぁ」

「お？　何溜息ついてんだ？」

私の絶望した表情を見たいのか、かがんで顔を覗き込んでくる。普段子どもと話さなきゃいけない時は腰も膝もみじんも曲げないくせに。

なんか腹立ってきた。

聖女時代なら我慢できたけど、今の私はひよこだ。

ヒヨコ、あかちゃんだからがまんできない。

「お前、怪しいからとりあえず警備に突き出すな」

勇者に怪しいって言われて警備になんか突き出されたら神殿内での居場所なんかなくなる。私が本当に見習い神官なら、たとえ冤罪でもお先真っ暗だ。

パァン！

伸びてきた手を、私は魔法で弾いた。

「⁉」

勇者が腰に提げている剣を抜く前に、私は自分に身体強化を掛けて勇者の顔面に思いっきり蹴りを入れる。

「グハッ！」

きれいな弧を描いて勇者が吹っ飛んでいく。

結構な威力だったはずだけど、勇者は気絶しなかった。腐っても勇者だね。

勇者がフラフラと立ち上がったところに、氷の礫《つぶて》を叩き込む。怒りのせいで少し氷が大きく、威力が強くなっちゃったけど、まあ死んでないでしょ。

氷の礫がクリーンヒットした勇者は、今度はしっかりと気絶したようだ。

この勇者のことだから気絶したフリって可能性もあるけど、聖剣を奪っても起きなかったから本当に気絶しているらしい。

『粉砕』

私は勇者から取り上げた聖剣を粉々に砕いた。そこに躊躇いはない。

風が吹いて、私の手のひらからサラサラと金の粒が零れ落ちていく。

こんなもんいらないもんね。

勇者は……その辺に隠しておけばいいか。

その辺にあった花壇の中に気絶した勇者をポイ捨てする。

まあバレないでしょ。花弁に隠れた地面部分を注視する人がいるとは思えないし。

よ〜し、気を取り直していってみよ〜！

そう思って踵を返した時、後ろにいた人と目が合った。それはもう、ぱっちりバッチリと。

なんなら、私が勇者を花壇に隠すところを見ていた人はこの神殿の教皇だったりする。

「……きょうこうもボコすか」

『物騒だな……』

ボソリと呟くと、影の中から小さな声でツッコまれた。

いつからいたのかは分からないけど、勇者を花壇にインするところは確実に見られてるだろう。

まあ、このじじいにも散々煮え湯を飲まされたし、勇者と同じ対応をするのはアリかな。……人界に来てから思考が物騒になってる気がする。早く帰って魔王とおねんねしよ。荒んだ気持ちを切り替えるには寝るのが一番だ。

てっきりいきなり攻撃を仕掛けられるかと思ったけど、意外にも教皇は穏やかな声で語り掛けてきた。

「そなたが勇者を下したのか？」

「……うん」

誤魔化しても無駄そうだから素直に答えた。

「そうか、実はな、その勇者は素行が悪くて困っていたのだ。どうやって勇者を気絶させたのかは知らぬが、勇者を花壇に埋めようとしたことは不問にしよう」

「……」

とりあえず、勇者との会話や、私が聖剣を粉にしたところは見られてないらしい。

というか、やっぱり近くにいる人間には勇者の本質はバレてたわけね。勇者がいなくなると困るから何も言わなかっただけで。

「先の聖女を殺したのは勇者だったのではないかと囁かれているくらいだ。……あ、そういえばそなたは先の聖女に面差しが似ているな。どうだ？　聖女の座につかぬか？　中々後継者が見つからなくて未だに空席だからな」

「……」

この狸じじい、勇者より使い勝手が良さそうなのを見つけるや否や、すぐに問題児の勇者を切り捨てにかかったね。最初はこうやって優しいフリをするのがこのじじいのやり口だ。

勇者では魔族に敵わないと察したから、私を勇者の代わりに魔界に送り込むつもりなんだろう。

咄嗟に口をついて出そうになった拒絶の言葉を、私はすんでのところで押しとどめた。

そういえば、聖女を継ぐ時、本殿の地下に行った気がする。そこで祈りを捧げることで正式に拝命するのだ。

ただ、その場所への行き方は教皇だけしか知らない。だから私も一度しか行ったことないし、その時は目隠しをされていたのだ。

ここで聖女になるって言ったらデュセルバート様の核がある所まで連れてってくれそうだよね。多分、あるとしたらあの場所だろうし。

あ、そういえば祭壇の下に棺みたいなのがあった気がする。随分前のことだから曖昧だけど、中に何が入ってるんだろうって気になった記憶があるもん。

うん、聖女になる気はないけど一先《ひとま》ずこの話に乗ったフリをするのはありかもしれない。

「いいよ。せいじょになる」

私がそう答えると、影の中がざわつく気配がした。あれかな？　私が聖女に戻れるからって魔王達を裏切ったって思われてる？

なんか、一気に不愉快な気持ち。

むぅっとしつつも影の中に「だいじょうぶ」と小声で言う。

私の返事に教皇はパァっと明るい表情になった。

魔王が喜んでくれたらあんなに嬉しいのに、このじじいが嬉しそうにしてても微塵も嬉しくない。

「では、今日からそなたは聖女だ！　早速継承の儀をしようぞ」

「……」

教皇の言葉に無言で頷く。

……なんか、妙な展開になったなぁ。

以前と同じように目隠しをされて地下に連れて行かれる。

うんうん、影の中に気配はあるから三つ子はちゃんとついてこられてるみたいだ。

角を曲がる回数も多いし、たまにガラガラと物が動く音がするから、隠し通路とかを通ってるんだろう。

教皇の小脇に抱えられたまま約十分、目的地に到着したのか目隠しが外された。

パラリと視界が開けると、見覚えのある光景が広がっていた。壁も床も真っ白の部屋で、その部屋の前面に祭壇が設置されている。

昔はどこか神聖な場所だなって思ってたけど、色々知った今はただの部屋だとしか思わない。

そして、祭壇の下にはやっぱり棺桶みたいな箱があった。白地に金色の縁取りがされているからあんまり棺桶っぽくはないけど、形は棺桶そのものだ。

中に入ってるものはなんとなく想像できるけど、あんまり当たっていてほしくはない。

私を下ろすと、教皇はスタスタと歩いていき、祭壇の前に跪いた。

「――神よ、新たな聖女をお認めください」

教皇がそう言うと、祭壇がパァっと光り出した。

その眩しさに私は目を細める。

前回はこんなことなかったのに……。

すると、次の瞬間祭壇の上に女性が現れた。

金髪碧眼で真っ白いワンピースを着た、この世のものとは思えないほど整った顔立ちの女性だ。

だけど、その目は生気がなく、酷く濁っている。

その女性が宙に浮いていることを見るまでもなく、直感で分かった。

――これが、聖神だ。

意外とあっさり現れたなぁ。なんか拍子抜け。

風も吹いていないのに、聖神の腰まである金髪はさらさらと揺れている。

なんだろう、不思議と神々しさを感じない。むしろなんかどんよりとした雰囲気を感じる。教皇は気付いてないみたいで精一杯拝んでるけど。

そしてふと、聖神の視線がこちらに向いた。

「……あら、あなたまた来たの」

「また？」

教皇が疑問に思ったのか聖神の言葉を繰り返した。

――やっぱり、曲がりなりにも神様は誤魔化せないよねぇ。

聖神には私が元聖女だってバレてるみたいだ。

「随分と魔界の匂いに染まっちゃったわねぇ。なに？　彼の核でも取り戻しにきた？」

口角を片方だけ上げて荒んだような笑みを浮かべる聖神。

とても神様がする表情だとは思えないね。

目的はまるっと察されちゃってるみたいだけど、戦闘になるかな？

三つ子もそう思ったらしく、影の中がざわつきだす。みんな準備万端だね。

でも、相手が神様だろうが、ヒヨコも負ける気はないよ。

しかし、戦闘態勢に入った私を見て聖神はやれやれといったように溜め息を吐いた。

「はぁ、ついにこの日が来ちゃったのね。わたし、勝てない戦いはしない主義なの」

「？」

何言ってるんだろう。

「あなたに倒されるまでもなく、悲願が達成されなかった時点でわたしの負けだったということよ」

悲願って……聖神が恋した人間を生き返らせることかな。それとも、人間になることかな。まるっとひっくるめて全部かもね。

すべてを諦めたような顔をした聖神だけど、何かを思いついたのか不意にニヤリと笑った。

「でも、ただ諦めて負けてあげるのもちょっと癪よね。……ねぇあなた、親はいる？」

「……いないけど」

孤児だし。根っからの孤児院育ちだし。

もう吹っ切れてることだけど、デリケートな部分に触れられて苛立つ。

「ふふ、そうよね」

「……なにがいいたいの」

すると、弧を描いた口がゆっくりと開き、言った。

「だって、あなたの母はわたしだもの」

「………………ぴ？」

なんだって？

はは……？　ははって何……？

あまりの混乱に上手く頭が回らなかった。

「はは……？」

「うふふ、そうよ。あなたはわたしが生み出した、わたしの後を継ぐはずだったもの。もっとも、代替わりが出来るようになる前に彼が死んでしまったから放りだしたのだけど」

さらりと言い放つ聖神。そこには一欠片の罪悪感も見られない。

クズだ。

「自分の存在が異端だとは思わなかった？　他人よりも遥かに強い魔力、それに、あなた魔族になっても聖属性の魔法が使えたでしょう？　人間ではありえないわ」

「……！」

絶句だ。

確かに疑問には思ってたけど、まさか自分が人じゃないなんて思いつきもしなかった。

聖神が全く面白くなさそうに笑う。

「ふふ、あなたが聖女としてこの場に現れた時は、さすがのわたしも驚いたわ。そこの教皇の見る目は確かね。間違いなく人界で最強の存在だもの」

せっかく聖神に褒められたのに、当の教皇は真っ青になっていた。そりゃそうか、次代の神様を散々こき使った上に見殺しにしたようなもんだもんね。

……私が神様って、実感が湧かないな。もしかして騙されてる……？

「わたしがかみさまなんて、しんじられない」

「そりゃあそうよ。あなたが神として完成するにはあまりにも時間が足りないもの。あなたを捨ててからはわたしもあなたの成長に手助けをしていないし、まだ赤子レベルなんじゃない？」

聖神は他人事のようにそう言う。

やっぱりクズだ。

「でも、他の人間や魔族と自分は違うという自覚はあったでしょう？」

「……」

それは否定できない。

そして聖神は尚も自分勝手に話を続けた。

「ふふ、ねぇ、お母さんからのお願いなのだけど、わたしの愛する彼を生き返らせるのに協力してくれない？」

「……はぁ？」

「魔界の彼の核だけではダメだったけど、あなたの核もあればいけるんじゃないかしら。うん、いける気がしてきたわ。なんだ、わたしはまだ負けてなかったじゃない」

「……なにこのひと、こわい……」

言ってることが無茶苦茶だ。それに視線もどこを向いてるのか分からないし。こわい……。

急に魔王が恋しくなった。

「ああ、でももしかしたら核だけではまた駄目かもしれないわね。ねえ、わたしのためにちょっと犠牲になってくれない？　そうよ、あなたはわたしが生み出したんだから、わたしのためにその命を使うのは当然よね」

まるで、断られることなど考えていないような声音だった。

……狂ってる。

元々狂ってたのか、愛する人が死んでから狂ったのかは分からないけど、この神《ひと》は私がここで終わらせてあげないとダメだと思った。

もしかしたら、神としての本能かもしれない。

私が覚悟を決めたと同時に、聖神の金髪が揺れた。

――瞬間、金色の茨《いばら》が私の方に猛スピードで向かってきた。

「⁉」

後ろに飛び、禍々しい気配のする茨を避ける。

茨の元を視線で辿ると、聖神の髪の毛が途中から茨に変化してこちらに伸びてきていた。髪の毛から変化した茨がウヨウヨと聖神の周りを囲っている。

金色の茨自体はきれいなはずなのに、妖しい紫色のオーラを纏っているせいで全然きれいには見えない。あれに捕まったら一発でアウトな予感がする。

「どうして避けるの？　大丈夫、殺さないわ――まだ」

瞳孔ガン開きで、コテンと首を傾げる聖神。

まったく、どっちが邪神か分かったもんじゃないね。

というか、「まだ」ってことはそのうち殺すんじゃんね。殺すというか、私の命と引き換えに恋人さんを生き返らせる気なんだろうけど。

間違ってもあの茨に捕まらないよう、私は自分の周りに一番強固な障壁を張った。

『ヒヨコっ、加勢するか⁉』

影の中から声がする。

「ううん、あぶないからかげのなかにいて。――これは、わたしがケリをつけないといけないことだから」

『ヒヨコ……』

私が言い終わった瞬間、茨が再び私目がけて一直線に伸びてきた。それを横に飛んで避けると、茨の先端が床に激突し、激しく床の大理石を抉《えぐ》る。

……生け捕りにする気あるのかな。

いや、下手に抵抗されないように致命傷を与えておこうって魂胆か。

四方八方から伸びてくる茨を避けながらそんなことを考える。

『――ッヒヨコ！！』

「へ？」

バキッ

「っ⁉」

真下から伸びて来た茨が、私の障壁を貫通した。だけど、頑丈な障壁を張っていたおかげで軌道が逸れ、茨の棘が私の肩を掠めるだけで済む。巨大な茨だから掠り傷では済まなかったけど。

いったい！　けど、我慢できないほどではない。

勇者に殺された傷に比べたら全然マシだ。

その場から飛び退き、急いで障壁を張り直す。

すぐに追撃が来るかと思いきや、茨による攻撃がピタリと止んだ。

「……？」

急に止んだ攻撃を不気味に思い、私は身構える。

――ドクンッ

「〜〜っ⁉」

突然傷口が脈打ち、傷口周辺の皮膚が紫色に変色する。

これは……！

「ふふ、ただの茨で攻撃するわけないでしょう。毒よ」

茨をシュルリと引っ込めて髪の毛に戻しながら聖神が言う。

「もう動けないでしょう。私特製の猛毒だもの」

「……」

宙に浮いたままの聖神が、脱力して俯いている私の方にゆったりと近付いてくる。

そしてその白魚のような手を私に伸ばして——

「ふんっ‼」

「きゃっ！」

私は、全力の回転蹴りを聖神にお見舞いした。

身体強化も乗せた蹴りだったから、聖神が思いっきり吹っ飛ぶ。

真っ白い壁に激突した聖神が、ズシャッと床にずり落ちた。うつ伏せに倒れ込んだ聖神が、憎々しげな様子で顔だけを上げる。

「——なぜっ！　確かに毒の効果は出ていたのに‼」

そう、確かに毒の効果は出ていた。だけど、私の中で何かが発動する気配がした瞬間、ふと体が軽くなって動けるようになったのだ。

シュウウッと花火のような音を立てて私の傷が治っていく。

え、私何もしてないんだけど。私の体どうなっちゃったの？　こわっ。

自分の体にドン引きしていると、私の治っていく傷口を見て聖神が憎々しげに声を上げた。

「フェニックスの加護か……っ！」

そこで、私の脳裏に魔王の声が蘇る。

『フェニックスは不死鳥とも呼ばれるように、フェニックスの加護を得ると外傷や病、毒で死ぬことはなくなる。あと火属性魔法の威力が上がる』

擦り傷とかを負っても発動しなかったから今まで気にしてなかったけど、聖神の言葉から察するに、その加護が今発動したんだろう。

もしかして命の危機に瀕した時にだけ発動する加護とか？　……うん、そうかもしれない。

そしたら私は今、聖神の毒で命が脅かされたことになるけど……。

やっぱり生け捕りにする気なんてないじゃん！

というか、ちょっと頭がイッちゃってる様子の聖神に手加減ができるとは思えないから、私には致死レベルの毒だったのかもしれない。

小児どころか、私の本体はひよこだし、体に対して入った毒の量が多かったとか……。

あっぶな。

フェニックスの加護の発動条件が分からないけど、私が救われたことは確かだ。ありがとうフェニックス。

倒れ込んだ聖神の上から『圧力』の魔法をかけているから、聖神はうつ伏せで顔だけを上げた状態から動けないでいる。

「ぐ……っ！　いいから、あの人のために命を差し出しなさい……！」

「……それはできないよ。そのひとは、だれかをぎせいにしてよみがえる《蘇る》ことをのぞんでない」

さっきから聖神の隣に何かの気配を感じる。

私が言うと、優しげな男の人が困ったように微笑んだ気がした。魂はずっと聖神の側にあったんだね。

もしかして、デュセルバート様の核を使っても彼が蘇らなかったのは、彼自身が拒んだからなのかもしれない。なんとなく、そう思った。

そして、私の言葉で聖神も彼の気配に気付いたようだ。

「ずっとそばで、いっしょにいこうって、まってたんだよ」

狂ってしまった聖神は気付かなかったみたいだけど。

聖神の瞳に少しだけ生気が戻る。

「ずっと、そばに……？」

男の人の魂がふわりと微笑む気配を感じる。

「そのひとのたましいはもうげんかいだよ。はやく、かいほうしてあげて」

「…………」

聖神はギュッと手を握りしめる。

狂うほど好きなんだから、やっぱり離れるのは嫌なんだろう。

「あなたもいっしょにいけばいい」

「え？」

聖神がハッとした顔でこちらを見た。

「あなたもいっしょにおくってあげる。そのひとといっしょにいけばいい」

「……そうね」

聖神は隣にいる彼の魂を見上げた。

「ずっと、待っててくれたんだものね」

そして、聖神がこちらに向き直った。

「じゃあお願いするわ。わたしの気が変わらないうちに」

「わかった」

彼の魂は本当に崩壊ギリギリだから、早くしよう。

両手を組み、練り上げた魔力に祈りを込めた。

『あなた達にもし来世があるのならば、その生に幸多からんことを』

もし生まれ変わるなら、同じ種族になれるといいね。

そして、しっかりと手を繋いだ二人は淡い光を放ち、宙に溶けるように消えていった。

「……」

光が収まると、一気に夢の中から現実に戻ってきたような気分になる。

「――さてと」

私は祭壇に歩み寄り、棺の蓋に手を掛けた。

魂が逝ったんだから、体も還してあげないとね。

棺の中には、やっぱり優しげな顔の男の人が眠っていた。本当に、ただ眠っているみたい。

男の人の体に手をかざす。

すると、男の人の体は金色の砂となり、空気の中にすぅっと消えていった。

そして、棺の中には黒くて不思議な雰囲気の球体が残る。これが核だろう。

私は核をしっかりと両手で持ち上げた。これを持って帰れば任務完了だ。腰を抜かしている教皇は無視する。

「じゃあ、かえろっか」

影の中に声を掛けると、肯定の返事が返ってきた。

諸々の後始末とかは誰かに任せてさっさと帰ろう。

——なんか、無性に魔王に会いたい気分だ。


転移で魔界に戻れば、ソワソワした魔王が待ち構えていた。

魔王が私に気付く。

「！」

「まおー!!」

たたたっと駆けて行き、魔王に飛び付く。

魔王は危なげなく私を受け止めて、ギュッと抱きしめてくれた。

「おかえりヒヨコ」

「ただいまー！」

私も魔王をギュッと抱きしめ返す。

「無事でなによりだ。……無事……か？　この破れている肩口はなんだ」

あ……傷が治ったから忘れてたけど、破れた服と血痕がそのままだった。

魔王は心配そうに眉を寄せて私の破れた肩口を見ている。

「えへへ、だいじょうぶだよ。ちょっとかすっただけだから」

えへへえへへと誤魔化すように笑い、私はひよこの姿に戻る。

「ぴ」

既に見慣れたふわふわの毛並み。うん、もうこっちの方が落ち着くね。

魔王の手のひらの上にぴよっと着地する。

「ひ、ヒヨコ……早くこれを受け取ってくれ」

「あ、そうだね」

ダラダラと冷や汗を流すニックさんが回収してきた核を差し出してくる。

そりゃあ自分達の信仰してる神様の命みたいなもの預かってたら緊張するよね。

「まおー、これかいしゅうしてきたよ」

今の私のちっこいボディでは核は受け取れないので、ニックさんから魔王に直接核を渡してもらう。

魔王はしっかりと核を受け取ると、重々しくうむ、と一つ頷いた。

「確かに受け取った。四人とも、大儀であったな。後で褒美を取らせよう」

魔王の言葉に、三つ子は顔を見合わせた。

「いや、俺らは……なぁ」

「ああ」

「なにもしてないので褒美とかは……」

せっかくご褒美をもらえるのに三人は辞退しようとしてる。よくないぞ。三人は何もしてなくないのに。

「まおー、さんにんはちゃんとはたらいてたよ。さりげなくひとばらいしてくれたりとか、もろもろたぶん、私が気付いてないところで色々サポートしてくれてたんだと思う」

私の言葉に魔王は頷いた。

「そうか。お前達、ヒヨコが役に立ったと言うのだ。褒美を辞退することは許さぬ」

「「「は、はい……！」」」

感激したように三つ子が頷く。

「あ、そうだ陛下、よかったらこれ使ってください」

そう言ってディックさんが差し出したのは紙の束。

「これはなんだ？」

「神殿内にあった機密文書です。やつらを脅す時に使ってください」

「……脅す時があるかどうかは分からんが受け取っておこう」

成果を魔王に受け取ってもらえると、ディックさんはパァッと顔を輝かせた。

そして、次はニックさんがどこからかおずおずと紙の束を取り出した。

「あ、あの、陛下、俺も影渡ってちょろっと王宮に行って、魔界の侵攻に関する決議書を盗んできました。よかったらお使いください」

「うむ。受け取っておこう」

魔王に書類を受け取ってもらえたニックさんはパァッと顔を輝かせた。

最後にリックさんが前に歩み出る。

「陛下！　俺も二度と魔界を侵攻しようだなんて考えないように教皇を脅しておきました！　ついでにあやつの髭《ひげ》を毟《むし》り取ってきたのでお受け取りください！」

「それはいらぬ」

「‼」

リックさんはあからさまにショックを受けた顔をした。

ガーンという効果音が聞こえてきそう。

「――だが、教皇を脅したのはよくやった」

「！！！」

リックさんがパァッと――以下略。

魔王優しいね。

帰る前にちょっと時間をくれって言われて三人を待ってたんだけど、みんなそんなことしてたんだ。

私は魔王の手のひらから肩にぴよっと飛び乗った。

「まおー、核もどしにいく？」

「そうだな」

何年も待ってたデュセルバート様にとっては数分とか数時間遅くても変わらないかもしれないけど、早く戻してあげたい。

「じゃあ飛ぶぞ」

「ぴ！」

魔王が転移を発動した。


瞬き一つの後に場所は変わり。目の前には見覚えのある真っ黒な祭壇。

私を肩に乗せた魔王は祭壇に歩み寄り、その上に核を乗せる。

——次の瞬間、真っ黒な光で視界が埋め尽くされた。


「ぴっ⁉」


眩しくて反射的に目を瞑る。真っ黒なのに眩しいなんて変なの。

その光は、一分間ほどかけてゆっくりと収まっていった。

そしてゆっくり目を開くと、そこには輝くような銀髪に、宝石のような紅い瞳をした絶世の美形。

街を歩いてたら比喩抜きで誰もが振り返りそうな男の人が空中に佇んでいた。

腰の辺りまである銀色の髪もふよふよと宙に浮いている。

まず間違いなく、デュセルバート様だろう。

吸い込まれそうな真っ赤な瞳が私を捉える。

「——ようやく会えたな、我が子よ」

「……ぴ？」

あ、そうか、私はこの神の核と聖神の力で生み出されたんだもんね。

聖神が母なら、この神は私《わたし》のパパってことになるのかな……？

そこまで考えたところで視線を上げると、ひよことは似ても似つかない超絶美形が微笑んでこちらを見ていた。

美形さんはふわりと着地すると、こちらに向かって歩いてくる。

床に降り立つと分かるけど、彼は長身の魔王と同じくらい背が高かった。

そして、美形さんは腰をかがめ、魔王の手のひらの上にいる私と目を合わせる。

「初めましてヒヨコ、我は魔界の神、デュセルバートだ。そして、お前の元となった片方の神《おや》でもある」

「ヒヨコです」

「ああ、知っているぞ。姿は現せられなかったが、視ていたからな。我のことは父様と呼ぶがいい」

「と――」

父様、と呼ぼうとした瞬間、魔王に嘴を塞がれた。

デュセルバート様がジトリと魔王を睨み付ける。

「おい魔王、なぜ邪魔をする」

「……」

ツーンとそっぽを向く魔王。

「目を逸らしても分かるぞ。お前、我が子の父親ポジションを我に奪われるのが嫌なのであろう」

「……」

「無言は肯定ととるぞ」

睨み合う二人。……正確には一人と一柱だけど。

「デュセルバート様、貴方のことは敬っているが、ポッと出でいきなり父と呼ばせるのはどうかと思う。……父と呼ぶべきは我であろう……」

「お前が我が子に父と呼ばれたいだけであろう」

「……何が悪い」

おお……ヒヨコを取り合ってイケメン二人が争ってる……父親枠をだけど。

母親枠は永久欠番だからどっちかが母親枠に納まればいいのに。どっちも嫌がるだろうけど。

「――あ！　ヒヨコもうははおや《母親》いないから、ちちおや《父親》ふたりでもいいよ!!」

そう言うと、二人はぱちくりと顔を見合わせた後、こちらを見た。

「まおーはパパ、デュセルバートさまはとうさまね！　ヒヨコ、ふたりもおとうさんできてうれしい！」

うんうん、母親はいないんだから父親が二人いてもいいだろう。

二人が再び顔を見合わせる。

「……まあ、仕方がないか」

「そうだな、我が子を困らせるのは本意ではない」

どうやら、二人は私の提案を飲んでくれるようだ。

すると、父様が次の火種を投下する。

「――これからは我も一緒に魔王城で暮らすからな」

「…………は？」

魔王が珍しく呆けた顔をする。

「今までは神殿にいたのに、どういう風の吹き回しだ？」

「ハッ、我が子と暮らすのは当然であろう」

父様に鼻で笑われたことに魔王は少しイラっとしたようだ。ピクリと眉が動く。

「なんだ？　何か文句でも？」

「いえ……」

「言っておくが、ヒヨコから一番遠い部屋をあてがおうなどと思うなよ」

「……承知した」

ちょっと思ってたね。

にしても、魔王が翻弄されるなんて珍しい。思わずまじまじと見ちゃう。

「では魔王城に向かおう。民に顔を見せてやってくれ」

「うむ、それはもちろんだ。皆には長年心配をかけたからな」

そして父様は、魔王からヒョイっと私を取り上げた。

「……」

「なんだ魔王。やっと会えたのだ、我にもヒヨコを抱かせろ」

そう言われてしまえば魔王は何も言い返せないようだった。

そういえば、前にこの神殿に来た時に懐かしい気配を感じた気がしたけど、それは邪神が親だったからなんだね。

「……ん？　ねぇとうさま。じゃあヒヨコはもともとにんげんじゃなかったの？」

「そうだ。あの女が自分の後を継がせるために生み出したのがヒヨコだからな。ただ、まだ未熟だから完全なる神というわけではないな。見習い神といったところか」

「そうなんだ」

ヒヨコってば人間から魔族になって、さらに見習い神様になっちゃった。まあ、私がそう思ってただけで、本当は最初っから見習い神様だったんだけど。

「さて、そろそろ城に飛ぼうか」

「ああ」

そして私達は転移し、神殿を後にした。


三人で魔王城に戻ると、みんなが笑顔で出迎えてくれた。

「デュセルバート様！！！　お久しぶりです!!」

「お元気そうでよかったです！」

「ヒヨコありがとな～！」

みんなに父様の姿を見せるために魔王城の玄関前に飛び、そこからは歩きで執務室に向かう。そして廊下を歩いてると、みんなが父様の帰還を喜んでるのが分かる。声を掛けてくる人の間隔が一メートルも空かないもん。大人気だね。

「みんなよろこんでるね～」

こんなに活気のある魔王城は初めてだ。本当に、聖女をやってた頃のイメージとは大違い。

父様も歓迎されて嬉しそうだけど、ちょっと複雑そう。

「ああ。……こんなに待ちわびてくれていたのならもっと早く行動を起こすべきだったな……」

「だから我々はずっとそう言ってただろう」

「あの哀れな女に少し同情してしまったのだ。許せ」

みんなに手を振りながら魔王にそう答える父様。

「まあ、それはもう終わったことだからいいが。……ところでヒヨコ、そろそろそこから出てくる気はないか？」

「ん～、もうちょっと～」

魔王にそう返して私はその場でクルンと回り、銀色の髪の毛を自分に巻き付ける。

私がいるのは父様の肩の上、そこで父様の長い髪を自分に巻き付けて遊んでいる。なんだろう、巣みたいで安心するのかな。ヒヨコにも鳥としての本能があったとは……。

「ぴぴっ……」

「ヒヨコ、ただの鳥になる前に帰ってこい」

「は～い」

そろそろ魔王が寂しそうにしてるから、魔王の肩に飛び乗る。

「あ……」

魔王の肩に飛び乗ったら、今度は父様が悲しそうな声を出した。ヒヨコにどないせーっちゅーねん。

ふふん、私ってばモテ鳥。

「ふたりとも、ヒヨコのおやならなかよくしてね」

ヒヨコが困っちゃうから。

「……分かった」

「善処する」

仲良くするように言うと、二人は渋々だけど頷いてくれた。

魔王の執務室に着くと、ゼビスさんとオルビスさんがいた。

私達に気付いた二人が恭しく頭を下げる。

「デュセルバート様、ご復活をお慶び申し上げます」

「本当によかった」

「うむ、二人共頭を上げろ。めでたき日だ、楽にするといい」

父様がそう言ってヒラヒラ手を振ると、二人は顔を上げた。なぜか二人が揃って不思議そうな顔で父様を見ている。

先に口を開いたのはオルビスさんだった。

「デュセルバート様、その喋り方どうしたんですか？　前はもっとホワホワした話し方してませんでした？」

オルビスさんの質問に、父様がピシリと固まる。

「…………なんのことだ？」

「え～？　長い間眠りすぎて性格も変わっちゃったんですか？　前はあんなに面倒くさがりでぽやぽやした感じだったのに、今はなんか陛下みたいですね」

「……そんなことはない」

オルビスさんから思いっきり目を逸らす父様。

「とーさま、どうしたの？」

「「父様？」」

オルビスさんとゼビスさんの声が揃う。

あ、そっか、まだ魔王城のみんなは私と父様の関係を知らないのか。

私は胸を張り、二人に宣言した。

「ヒヨコってば、とうさまのむすめだったの」

「「――は?」」

祖父と孫の声は、再び見事に揃った。


私の完璧な説明では理解できなかった二人に魔王が補足説明をしてくれる。

そこでやっと得心がいったように、ゼビスさんがふむふむと頷いた。

「――なるほど、どうしてデュセルバート様の口調が変わったのか分かりました」

「どうして?」

「ヒヨコに尊敬される父親になりたかったのでしょう。それでヒヨコが父親のように慕っている陛下に話し方を寄せたんですね」

「とうさま、そうなの?」

父様が思いっきり顔を逸らした。

……図星なんだね……。

というか、口調が変わってることに気付いてたはずなのに今まで黙ってた魔王はやっぱり優しいんだなぁ。

ヒヨコってば、思わず生暖かい目を父様に向けちゃったよ。

「――聖女様!!!」

父様が口調を変えてたことを問い詰めようとしたら、部屋の扉がバンッと開かれた。

勢いが余り過ぎたのか、開いた扉からシュヴァルツが文字通り転がり込んでくる。

あ、そういえばシュヴァルツに私が聖女だってバレちゃったんだよね。色々あってすっかり忘れてた。

勢い余って二回、三回と前転し、執務机にぶつかってシュヴァルツが止まる。

大丈夫かな……？　とちょっと心配になっていたら、シュヴァルツがガバッと起き上がった。

「聖女様！！！」

「ヒヨコ、もうせいじょじゃないよ」

「ヒヨコ様！」

シュヴァルツが祈るように両手を組んで私を見上げる。

あれ？　ひよこでもいいの？　てっきり幻滅されちゃうと思ってたんだけど。聖女時代と大分性格違うし。いや、正確に言えば中身は変わってないけど振舞いが変わったから。

「シュヴァルツ、ヒヨコにげんめつしてないの……？」

そう聞くと、シュヴァルツは私と目を合わせたままフッと微笑んだ。

「驚きはしましたけど幻滅はしていませんよ。多少言動は幼くなりましたけど、私が憧れていた聖女様の優しさはそのままです。それに、亡くなったと思っていた憧れの方が生きていたのです。これ以上嬉しいことがありましょうか」

ふわりと微笑むシュヴァルツ。

今までちょっと変な人だと思っててごめんね。ヒヨコの中でシュヴァルツの株は爆上がりだよ。

「――ふむ、よい心意気だな」

そこで、父様の声が割り込んできた。

「これで理想と違うと手のひらを返したらどうしてやろうかと思ったが、そうならなくて安心したぞ」

「どなたかは知りませんが当たり前です！　私は勝手に憧れを抱いておいて、いざ関わったら理想と違うと幻滅するようなゴミ人間ではありません」

シュヴァルツはキッパリと言い切った。

かっこいいんだけど、いつまで床に座ってるんだろう……。

「ねぇシュヴァルツ、いつまでゆかにすわってるの？　そろそろたったら？」

きっと立ち上がるのを忘れてるんだろうと思い、優しいヒヨコは声をかけてあげる。

すぐに立ち上がるかと思ったけど、立ち上がる代わりにシュヴァルツは大きく首を横に振った。

「いえいえそんな！　とんでもない！！！　聖女様を見下ろすなんて罰が当たります!!」

どうやら本気で言ってるみたい。拒否の仕方が必死すぎる。

「というか、シュヴァルツってばヒヨコがせいじょって知ったときショックうけてなかった？」

「ああ、確かにショックを受けたといえば受けましたね」

「ほら」

「いえ、悪い意味ではありませんよ。亡くなったと思っていた憧れの人が実は生きていて、しかもひよこになってたら誰でもびっくりします」

そ、それはたしかに……。

怒涛《どとう》の展開だよね。ヒヨコがシュヴァルツの立場でもにわかには信じがたいかも。

「あまりにも衝撃的だったので頭がパンクしちゃったんですよね。ふらふらしていたのはそのせいです」

「そうだったんだ」

てっきり、ヒヨコがこんなんだからショック受けちゃったのかと思った。

そこで、魔王がふわりと私の頭を撫でる。

「ヒヨコ、よかったな」

「ぴ！」

うんうん、シュヴァルツが悲しまなくてほんとによかった。

「――ところで、そこの方はどなたなんですか？」

父様を見たままシュヴァルツが首を傾げる。

聖神は普通の人間の前に姿を現すことはなかったので、シュヴァルツは目の前にいるのがまさか神様だとは思わなかったようだ。さらには、私が生きていたという衝撃が強すぎてついさっきまで部屋に引きこもっていたらしく、父様が復活したという話も耳に入っていなかった。

目の前にいる美形さんが神様と知ってシュヴァルツが奇声を上げるまであと数秒。

私も神様のたまごだってことを知って驚き、失神しちゃうまで、あと数分――

二人の父親との生活が始まった

気絶しちゃったシュヴァルツは速やかに運ばれていった。

ゆっくり休んでね。

「にしても、一々説明して驚かれるのは面倒だな」

「説明しているのは貴方じゃなくて我だが……」

「おいゼビス、ヒヨコが我の子であるということを周知しておけ」

「承知しました」

魔王の呟きを無視して父様はゼビスさんに指示を出す。そして行動の早いゼビスさんは早速人を遣わせていた。

スルーされた魔王が、ピクリと頬を引きつらせる。

「おい――」

「魔王」

魔王が何か言おうとした（たぶん文句）のを父様が遮った。

「我は、我が子の名前が『ヒヨコ』なのにまだ納得しておらぬ」

「……」

魔王は何かを言おうと開いた口を、ゆっくりと閉じた。『ヒヨコ』になっちゃったのは魔王のうっかりミスだもんね。

父様は根に持ってるし、魔王は私の名前がヒヨコになったことに引け目を感じているようだ。

大人しく引き下がった魔王を見て父様は満足そうに息を吐いた。

「うむ。ところでヒヨコ、ヒヨコはいつもどこで寝ているんだ？」

「ん～？　まおーのまくら《枕元》もととか、かごとか、まおーがくれたおうちとか」

「ほう、魔王にべったりだな」

「ふふん、まおーとヒヨコはなかよしさんだからね！」

父様に向けて胸を張る。

でも、なんでそんなこと聞いてきたんだろう。

「なんでそんなことさくの？」

「ん？　我も今日からヒヨコと一緒に寝るからな」

「なにっ⁉」

誰よりも先に反応をしたのは魔王だった。

「断る。却下だ」

「なぜ子と添い寝するのにお前の許可がいるのだ」

「我の癒やしの時間を邪魔しようとしているからだ」

バチバチと睨み合う二人。

仲良くしてって言ったのに……。

これが犬猿の仲ってやつなのかもしれない。

「はぁ、仕方ない。ヒヨコと二人でねんねは諦めよう」

「ねんね……？」

父様の口からあまり似つかわしくない言葉が出たけど、みんなはスルーしてる。

ヒヨコがおかしいの……？

「我もヒヨコと一緒にお前の寝床に邪魔をする」

「はぁ⁉　断固断る！」

珍しく魔王が声を荒らげた。

そんなに父様との添い寝が嫌か。ヒヨコは割と嬉しいけど。憧れの川の字ができるかもしれないし。

魔王にわくわくとした顔を向ける。

「うっ……ヒヨコ、そんな顔をしても駄目だ。我にも譲れないことがある」

「え〜」

ヒヨコのおねだりに魔王が折れないなんて……！

ちょっとびっくり。

「まあまあ魔王、我とて人の姿でお前と添い寝する気はない。誰がそんな気色悪いことするか」

「じゃあどうするのだ」

「こうする」

言い終わるや否や、父様の姿が変わった。

「ふふん、これでどうだ」

ぽこんと音を立てて父様が変化したのは、ニワトリだった。

「わぁ！　とうさまかわいい!!」

「ふふん、そうであろうそうであろう」

白くてもさっとした胸を張る父様。

ニワトリだけど、なんだかぬいぐるみみたいだ。あんまりリアリティがない。

「とうさま、へんげしっぱい？」

「そんなわけなかろう。あまりリアルなニワトリに変化するとかわいくないからあえてぬいぐるみクオリティなんだ」

「ほうほう」

ドヤ顔の父様がその場でクルリと回る。

「我はこの姿でヒヨコと添い寝することにするから安心しろ」

「……それならそうと最初に言え」

魔王的にこの父様はセーフらしい。動物好きだもんね。

うずうず
うずうず
「……ヒヨコ、我慢しなくていいから父様の胸に飛び込んできなさい」

「わーい！」

ヒヨコはもこんと父様の胸に飛び込んだ。

うわぁ、ふわふわ！

父様の胸毛にスリスリする。

「一気に微笑ましい光景になりましたねぇ。陛下もこれならイライラしないんじゃないですか？」

「ああ」

ゼビスさんの言葉に魔王が首肯する。

そこで、父様がサラリと重大発言を落とした。

「まあ、ヒヨコと添い寝するのは我が寝たいだけじゃなくて必要なことだからなのだがな。あの女が育児放棄をしたおかげでヒヨコは神として不安定な状態だから、なるべくくっついて神力を譲渡しておきたいのだ」

そう言って父様がピッタリとくっついてくる。

あ、確かに言われてみれば父様から力の源みたいなのが流れ込んでくる感じがする。

魔王に教えてあげようと思って顔を上げたら、魔王がプルプルと振動してた。完全に怒ってるね。

「――っだから、そういうことは先に言え！」

「……コケッ？」

ニワトリの真似をして逃れようとした父様は、この後魔王にこってり絞られていた。


話が纏まったところで、もう寝る時間なので私達は寝室に向かうことにした。

「ぴ！　ぴぴっ！」

「ははは、楽しそうだな我が子よ」

「うん！　たのしい！」

私は今、ニワトリになった父様の背中に乗っている。父様が歩くたびに揺れるんだけど、たったそれだけのことなのに楽しい。

父様の羽毛はふわふわだし。

ヒヨコ、ちょ～ごきげん！

親に肩車とかおんぶされてる子を見る度に羨ましいな～と思ってたけど、今その夢が叶った気がする。……見た目は全然違うけど。

「……癒されるな……」

私達を見て魔王がボソリと呟く。魔王、動物好きだもんね。

この姿の父様となら喧嘩する気はなさそうだ。父様がずっとニワトリ姿なら仲良くできるかな
……？

私を乗せた父様がテコテコと歩き、魔王のベッドの下まで到着した。

「ヒヨコ、ちゃんと父に掴まっていろよ」

「は〜い」

べったりと父様の背中にしがみつく。すると、父様は真っ白い羽を広げ、その場で飛び上がった。

「ぴぃ⁉」

「よっと」

父様は私を背中に乗せたまま、ひょいっとベッドの上に着地する。

なにこれ楽しい。もう一回やってくれないかな。

「デュセルバート様、ヒヨコを興奮させないでくれ。もう寝る時間なのだから、寝付けなくなると困る」

「む、それは困るな。子どもの睡眠は何よりも大切だというのに」

素直に反省する父様。

「ぐ……」

ぬいぐるみみたいな父様に魔王は強く出られないみたい。しょんぼりする父様を見てちょっと良心が痛んだような顔をしている。

「いや、その、なんだ、責めたわけではない」

「うむ、我は悪くないからな」

けろっと顔を上げて開き直る父様。

魔王ちょろちょろだね。

「む」

「まあまあ魔王、そうすぐにムッとするな。イライラしているといい睡眠はとれないぞ」

魔王をイライラさせたのは父様なのに……。

無意識に魔王を煽りまくる父様は、我が物顔でベッドの上を歩いていく。そして魔王の枕の上に足を畳んで座り込んだ。

「ふむ、中々の寝心地」

「そりゃまおーのまくらだもん」

高級品に決まってる。

「ここはいい寝床だ。ヒヨコもおいで」

「おい、それは我の枕だ。貴方とヒヨコの寝床は別にある」

「まあまあ、固いことを言うな」

それは父様が言うセリフじゃないんじゃないかな？

私が立ち尽くしていると、父様がテコテコと寄ってきた。そして両翼で私を抱きかかえ、魔王の枕に戻っていく。

ひよこを抱きかかえるニワトリなんて、傍から見たら中々奇妙な光景だろう。魔王もガン見してた。のんびり見てないで今のうちに枕取り返しちゃえばいいのに。

案の定、父様は再び魔王の枕の上に戻っていった。そしてぽすんと私を降ろす。

最高級の枕は衝撃を最低限に抑え、ふわりと私を包み込んでくれた。

「おお……」

すごい。たかいまくらすごい。

どうりで父様がどかないわけだ。ついつい体がくつろぎ体勢に入っちゃう。

そんな私を見て父様がうんうんと頷く。

「うんうん、ヒヨコも気に入ったようだな」

そう言うと、父様は私の上にのしっと乗ってきた。父様の腹毛に埋もれる形になるけど、全然重たくない。むしろぬくぬくで快適だ。

「ほれ、せっかく真ん中を空けてやったのだから魔王も寝転がれ」

そうそう、父様も一応気を遣ったのか端の方に私を降ろしたのだ。

枕は大きいし、魔王が真ん中に頭を置いても十分なスペースがある。

「……」

若干納得していなさそうな顔をしつつも、魔王は枕に頭をのせて寝転んだ。

私も父様のふわふわ腹毛からぴょっこり顔を出す。

「……かわいいな」

「ぴぴっ」

魔王にうりうりと頭を撫でられる。

ごくらくごくらく。

少し寂しそうな顔をした父様が私を見下ろす。

「ヒヨコが卵だった頃に目覚められていればこうして温めてやれたのかもしれないな……」

「とうさま、しんみりしてるとこわるいけど、ヒヨコ、たまごのじだい《時代》ないよ」

「……」

黙る父様。

ヒヨコはなんてったって、人間からひよこに進化を遂げた神様見習いだからね！

「――まあ細かいことは気にするな。よい子はもう寝る時間だぞ」

「ぴっ」

もふんと父様の腹毛に全身を埋めようとしたところで、父様の腹毛の下から魔王にズルリと摘まみ出される。

「な、なに？　まおー」

「もう寝ようと言いたいところだが、その前に確認すべきことがあるな、ヒヨコ？」

魔王に真っ直ぐ見据えられ、ヒヨコは縮こまる。

「え、え～っと、なにかな。ヒヨコ、こころあたりない」

そろりと視線を逸らすけど、話は逸らされてくれなかった。

「ヒヨコが負っていた傷の説明をしてもらおうか」

そう言って魔王は、獲物を追い詰める捕食者のような笑みを浮かべた。

「……ぴぃ」

魔王の圧に負け、ぴーちくぱーちく全てを吐いたヒヨコです。

最後まで話を聞き終えると、魔王ははぁ～～～と深く息を吐いた。

怒られるかな？　と魔王を見上げると、思いの外優しい瞳が私を見下ろしていた。

「もう済んだことだからうるさいことは言わぬ。ただ、ヒヨコは傷付いたことを隠すのは止めてくれ。

……フェニックスには感謝しないとな」

「うん」

かなり即効性の毒だったから、自力で解毒しようとしても魔法の発動が間に合ったかどうかも分からないし、フェニックスの加護があってよかった。

魔王からほんの少しの小言をもらい、私達は今度こそ寝ることにした。

「魔王、お前も我のふわ毛に触ってもいいぞ」

「……では遠慮なく」

もふんと魔王が父様の胸毛に顔を埋める。

急にきたからびっくりしたのか、父様の体がビクリとする。

「……魔王、お前ほんとうに動物が好きなのだな」

「ああ」

そう答えた魔王の声音は、どこか満足そうな響きを帯びていた。

「あれだけ我と寝るのを嫌がっていたのに、調子のいい奴め……」

しばらくすると、父様の胸毛に顔を埋めたままの魔王から規則正しい寝息が聞こえてきた。

ヒヨコよりも先に魔王が寝ちゃうなんて！　父様の胸毛おそろしい！

珍しい魔王の寝息を聞いてたらヒヨコも眠くなってきちゃった……。

そして私も、あっという間にすぴょすぴょと寝息を立て始めた。

ヒヨコが寝た後、一人と一羽にくっつかれたニワトリがポツリと呟く。

「我の子は一人のはずなのだがな……。まあ、魔族も我の子どものようなものか……」

そして、ニワトリの姿をした神も、どこか満足そうに瞳を閉じた――


翌朝、目を開けると、目の前にニワトリの顔があった。

ヒヨコ、普通に混乱する。

「おはようヒヨコ。よく眠っていたな」

「あ、とうさま」

そうだそうだ、このニワトリは父様だった。ヒヨコってばついにどこかのニワトリに連れ去られちゃったのかと思ったよ。魔王が隣で寝てるんだからそんなこと起こるはずないのに。

すると、父様がまだ若干寝ぼけてる私を見詰めてくる。

「ふむ、中々かわいい寝ぐせだな」

「でしょ」

ひよこといっても私は元人間、無意識に人間の寝方になって寝返りも打っちゃう。よって、普通に寝ぐせができるのだ。黄色くてふわふわの毛がぽさっとなっている。ボサひよこだ。

「かわいいぞ。どれ、父が毛繕いをしてやろうか？　よく分からんが出来る気がする」

「父様無理しないで」

父様、ほんとはニワトリじゃないんだから毛繕いのやり方なんて分かんないでしょう。

「ヒヨコ、まおーになおしてもらう」

「うむ、おいで」

既に起きて準備を済ませていた魔王は、ちびブラシを持って私を待ち構えていた。

テコテコ歩いて行き、魔王に頭を差し出す。

「おねがいします」

「うむ」

すると、極上の力加減でふわふわブラシが頭に当てられる。

起きたばっかなのにまたねむくなっちゃう……。

ヒヨコってば猫じゃないけどゴロゴロ喉が鳴っちゃいそうだ。

うっとりしていると、父様が真顔で近付いて来た。

「なんだ。言っておくがデュセルバート様にこの役目を渡すつもりはないぞ」

「いや、その役目はいらぬ。いらぬから、我もブラッシングしてくれ」

真面目な顔で父様が言い放った。

父様、もう気分はニワトリなのかな……。

父様の意外なお願いに魔王が少し狼狽《うろた》える。

「あ、ああ、ヒヨコの後でよければ」

「うん、頼んだぞ」

待てるニワトリの父様は、その場でもっちりと座った。急かしもせずに待つようだ。

そして、魔王は私のブラッシングをし終えると父様のブラッシングに取り掛かった。

魔王の極上のブラシ捌きが父様を襲う。

「あ～、そこそこ、きもち～」

「……デュセルバート様、口調が素に戻ってるぞ」

「ハッ！」

父様がバッとこちらを見た。

ヒヨコ、ばっちり見てますよ。聞いてますよ。

「とうさま、むりしなくていいよ？」

「む、無理などしておらぬ。ほら魔王、続きを頼む」

「はぁ」

魔王は溜息を吐きつつ、父様のブラッシングをしてあげてた。


「ヒヨコ、ついてる」

「あ、まおーありがとう」

魔王が私のほっぺについたケチャップを拭いてくれる。ちなみに、今日の朝食はオムライス。むしゃむしゃオムライスを食べてると、父様がギョッとして二度見してきた。

ヒヨコは本物のひよこじゃないんだから共食いじゃないのに。

ヒヨコ、オムライス大好き。

父様はなぜか気が引けたのか、「我は卵料理はいい……」と避けてた、その代わりに照り焼きチキンサンドを料理長に頼んでたけど。

あんまりにもスムーズに注文するもんだからこれには魔王がギョッとしてた。

「――ヒヨコ、おはようございます」

「ゼビスさんおはよ～。ここ来るのめずらしいね」

「デュセルバート様に用がありましたので」

食堂で朝ご飯を食べていると、ゼビスさんがやってきた。ゼビスさんがここまで来るなんて珍しい。

「デュセルバート様、民を安心させるために一度大々的に姿を見せてほしいのですが……」

「うむ、いいぞ。この姿でいいか？」

父様が白い翼を広げる。

……意外とニワトリの姿気に入ったんだね。

「いいわけないでしょう。近々デュセルバート様復活の式典を開きますが、その時は必ず人型をとってもらいます」

「……まあいいだろう。仕方がないな」

父様は渋々そう答え、サンドイッチの最後の一口を食べた。

「それでは、今から衣装の採寸とデザインを選んでもらいますよ」

「え」

ゼビスさんが父様をガシッと掴むと、父様を連れ去っていった。

そしてゼビスさんと父様が部屋を出て、食堂の扉が閉まる直前――

「え～、我もっと娘といたいんですけど～。ゼビスは相変わらず鬼だな～」

かなり気の抜けた声が聞こえてきたのは、気のせいかな……？

「ねぇまおー、とうさまはやっぱりあれがす《素》？」

「……」

魔王は黙秘だ。やさしいね。私に本来の話し方を隠したがってる父様の意思を尊重してあげてるんだ。

「ヒヨコ、とうさまにいげんなんてもとめてないのに……」

自分のお父さんなんてもういないと思ってたし、会うことなんて絶対にできないと思ってたからいてくれるだけで嬉しいのに。

というか、ニワトリになってる時点で威厳《いげん》もなにもないと思うんだけど、父様的にそれとこれは別なのかな。

そんなことを考えながらデザートのミニミニプリンに嘴を伸ばす。

「おいしいか？」

「ん～、おいひ～」

ヒヨコ、クリームくらい柔らかいプリンが好きなんだよね。

料理長力作のプリンを味わいながら食べている私を、魔王が慈愛の眼差しで見守っていた。

そんな穏やかな時間を、扉を乱暴に開ける音が切り裂いた。

バンッ！！！

「ヒヨコ！　ヒヨコも式典に出るぞ‼」

「ぴぴっ⁉」

びっくりして毛が逆立つ。体もちょっと浮いた。

何事かとおめめをまんまるにして固まっていると、魔王が両手で私を包み、逆立った毛を直してくれた。ありがとね。

扉から入ってきたのは人型の父様だった。

テンション高めに入ってきた父様は、びっくりして固まる私を見ると途端に狼狽え始める。

「ああ、すまないヒヨコ、父様が驚かせてしまったな」

魔王の手の上にちょこんと座る私を父様の指が撫でる。

……なんか、こっちの父様にまだ慣れてないからまじまじと見ちゃう。イケメンさん過ぎて周りが輝いて見えちゃったりなんかするもんね。

私が黙っていると、父様がかがんで私の顔を覗き込んできた。

「すまないヒヨコ。怒ったか？」

「ぴ？　ううん！　ぜんぜんおこってないよ‼」

「よかった」

ホッとしたのか、父様がふわりと微笑んだ。

おぉ……人知を超えた美貌の微笑みは攻撃力が高いね。ヒヨコ、ときめきを超えてびっくりしちゃった。

「……相変わらず無駄に整った顔だな」

「いやお前には言われたくないが」

ボソリと呟いた魔王に父様がツッコむ。まあ、どっちもどっちだよね。

そこで、魔王が話題の軌道修正をはかった。

「——それで、ヒヨコも式典に出るとはどういうことだ？」

「あ、そうだそうだ、ヒヨコも一緒に式典に出ないかと誘いに来たんだ」

父様が再び私に目線を向けた。

「しきてん？」

「ああ、どうせならヒヨコが我の娘ということも一緒に周知してしまおうと思ってな。それならばヒヨコ用の衣装も仕立てた方がいいと思って急いで戻ってきたのだ」

父様はいいことを思いついただろう、と言わんばかりのドヤ顔だ。

「したてる……？　ヒヨコなのに？」

そう言うと、父様はフッと笑って私を魔王の手から取り上げた。

「ヒヨコ、お前は気付いていないかもしれぬが、お前はもう魔法で擬態せずとも人型を取れるぞ」

「え？」

「勇者を吹っ飛ばしてヒヨコの中の何かも吹っ切れたのかもしれんな。どれ、父が手伝ってやろう」

トンッ、と父様が人差し指で私の背中を触った。

瞬間――

「ぴっ？」

ぽんっと音を立て、私の姿が変わった。

自分の手を見れば、黄色い毛の代わりに五本の指が生えている。

父様を見れば、満足そうに私を見下ろしてうんうん頷いていた。

「やはりできたな。かわいいぞヒヨコ」

父様がひょいっと私を抱き上げて自分の片腕に座らせた。

胸にかかった自分の髪が目に入る。

やっぱり黄色なんだね……。まごうことなきひよこカラーだ。

あ、そうだ、せっかく人型になれたんだから魔王にも褒めてもらおう。そう思って振り向くと、魔王が手で目元を覆っていた。

「……まおーどしたの」

「いや、ヒヨコが人型になれるようになって感極まっただけだ。問題ない」

あんまり表には出さなかったけど、魔王も実は気にしてくれてたのかな。

父様の肩をぺちぺち叩く。

「とうさまおろして」

「うむ」

父様から下り、私はてててっと魔王の許に向かった。そして魔王に向けて両手を突き出す。

「まおーだっこ」

「ん」

魔王が私の脇に手を回し、抱き上げてくれた。私も魔王の首に両腕を回してぎゅ～っと抱きつく。

「まおー、ありがとう」

いろんなありがとうを込めて魔王に抱きつく。すると。魔王はぽんぽんと私の背中を撫でてくれた。

「ああ」

「うむうむ、美しい光景だ。なぁ、ゼビス」

「ええ」

父様が目元をハンカチで拭っているゼビスさんに同意を求める。

……ゼビスさん、いつの間に来てたんだろう。全然気付かなかった。

感動の人化を終えた私は、再び父様の腕の中にいた。

「さて、話を元に戻そう。ヒヨコ、一緒に式典に出ないか？」

父様が聞いてきた。

「いいけど、そのかわりとうさまはヒヨコのまえでもす《素》のはなしかたしてね」

「へ？」

ヒヨコ、別に式典に出るの嫌じゃないけど交換条件を出してみる。

だって、父様普通に言ってても話し方直してくれなそうなんだもん。父親にずっと取り繕った話し方されるのもなんか寂しいし。

そう思って交換条件を切り出すと、父様は呆けた声を出し、こちらをまじまじと見つめてきた。

「う〜む、この際素の話し方と違うのがバレてるのはいいとしよう。だがヒヨコ、素の父様がどんなのでも幻滅しないか？」

「しないよ！」

「本当だな？」

「ほんと！」

父様、意外と疑り深い……。でも、私に幻滅されるのをそれだけ嫌がってるからだと思うと、ちょっと嬉しい。そんだけ愛されてるってことだもんね。

「ん〜」

父様がまだ悩んでる。いまいち踏み切れないみたいだ。

「とうさまおねが〜い」

父様を見上げつつ、ギュッと抱き着いておねだりする。

そのままお願いお願いすると、父様の顔がデレっと崩れた。

「も〜、うちの子は仕方ないな〜。この甘えんぼさんめ」

「おお」

一気に口調が崩れた父様にうりうりと頬同士を擦り合わせられる。あまりの変わりようにちょっとびっくりしちゃった。

クール系イケメンさんから優男に変身だ。威厳はゼロになったけど、ヒヨコはこっちの方が好きだな。

私が引かなかったことに、魔王達もどこかホッとした顔をしてる。

「ああ、やっぱりデュセルバート様はこっちの方がしっくりくるな」

「そうですね」

「いや〜、みんながせっかく黙っててくれたのにごめんね〜。娘のおねだりには敵わなかったよ」

あっけらかんと謝る父様。ゆるいね。さっきまでとの温度差がすごすぎてヒヨコ風邪ひいちゃいそう。

父様が私を持ち上げ、目線を合わせてくる。

「父様口調戻したよ？　ヒヨコも式典一緒に出てくれる？」

「うん！　もちろん！」

断る理由ないもんね。

「それじゃあさっそく式典用のドレスを仕立てよう！　今日はサイズ測ってデザイン決めるよ〜」

「あい！」

テンションの高い父様に、私も元気いっぱいに答える。

「よし、じゃあ行こう！　魔王とゼビスもついてきて！」

「ああ」

「はい」

私を抱っこしたままてってけてってけ廊下を走る父様を魔王とゼビスさんが追いかけてくる。

なんか、こういうの楽しいなぁ。父様に揺られたまま追いかけてくる二人を見てるだけでニコニコしちゃう。


そして、父様はある一室に到着した。

その部屋の中に入ると、いろんな衣装が散乱している。衣装選びの途中だったのかな。

「とうさまもいしょうえらぶ？」

「ん？　我はもう決めたよ？」

「デュセルバート様は片付けが苦手なんです」

苦笑いのゼビスさんが教えてくれた。

「まあまあ、それは後で片付けるよ」

あ、片付けられない人の典型的なセリフ言ってる。

さらっと片付けを後回しにした父様は、子ども用のカタログを取り出した。そして部屋の中にあった赤いソファーに寝そべる。

「我はヒヨコのドレス選んでるから、ゼビスはヒヨコのサイズ測って～」

「はいはい」

慣れてるのか、ゼビスさんは特に注意もせずメジャーを手に取った。

「ゼビスさんそれヒヨコにまきまきするの？」

「そうですよ」

「じゃれていい？」

「今はダメです。後でにしてください」

にべもなく断られ、手際よくサイズを測られる。

私がメジャーをまきまきされている間、父様と魔王は仲良くカタログを見ていた。そして何やら話し合っている。

「やっぱり我の髪と同じ銀のドレスなんてどうかな」

「子どもに銀色のドレスはどうなんだ？　もっとかわいらしい色の方がいいだろう。水色なんてどうだ」

「ドレスの型は――」

「髪飾りは――」

「靴は――」

とっくに採寸は終わってるけど、ヒヨコそっちのけで話はどんどん進んでいく。

まあ、ドレスのことなんて分かんないし勝手に決めてくれるならそれでいいんだけど……。

「え～、魔王センスなくない？」

「貴方だけには言われたくない。貴方の選ぶドレスはヒヨコの魅力を全部殺してる」

「それはこっちのセリフなんですけど〜」

バチバチと睨み合う二人。

……やっぱり、こうなるよね……。

喧嘩し始めた二人を横目に、私はゼビスさんが用意してくれたココアをすすった。

うん、おいしっ。


「やっぱりこのリボンは――」

「レースは――」

私がココアを飲み干しても、二人は飽きもせずに議論を続けている。それをぼんやりと見つめる私。

中々話が纏まらないねぇ。


「……」

手元にあるカップはすっかり空だ。だけど暇だし、なんとなく口寂しいので空のカップを口に運ぶ。

「お二方がこんなに衣装に拘《こだわ》りを見せるなんて初めてです。魔王も神も変わるものですね」

私の隣で書類仕事をしているゼビスさんが感慨深げに呟いた。本来なら魔王もお仕事をしてる時間なんだけど、それどころじゃないからってお仕事の開始時間を遅らせてる。

大丈夫なのかゼビスさんに聞いたら、「神様の衣装を決めるのはギリギリ魔王様の職務の範囲でしょう」と返ってきた。「それに、今仕事するように言っても無駄でしょうから」とも。冷静だね。

「ゼビスさんはあのぎろんに参加しないの？　ヒヨコのドレスいっしょにえらんでもいいよ」

「ふふふ、私が参加したら決まるまであと三日はかかりますけどいいんですか？　凝り性なので妥協はしませんよ」

「あ、やっぱいい。やめとく」

サクッと決めてくれるかと思ったら一番参加しちゃいけない人だった。

「はは、そんな顔しないでください。適任者はもう呼んでありますから」

「てきにんしゃ？」

はて？　一体誰を呼んだんだろう。

私には見当がつかなかったけど、適任者はその後すぐにやってきた。

「――お～、こりゃすげぇな」

ノックの後、部屋に入ってきたのはオルビスさんだった。

カタログや布見本、様々な衣装が散らばっている部屋を見て引いた顔をしている。よくこんなに散らかせたな、とでも言いたげな顔だ。

そしてオルビスさんがこちらを向いた。

「お、ほんとに人型になれたんだな。よかったな～ヒヨコ」

「ありがとー」

オルビスさんが私を高い高いし、そのままクルクル回る。楽しい。

そしてオルビスさんは回るのを止めると、目線の合う高さまで私を持ってきた。

「うんうん、やっぱ魔法で化けてる時よりも美人さんだなぁ」

「えへへ、ヒヨコうれしい」

オルビスさんは褒め上手だなぁ。

そして、オルビスさんがゼビスさんの方を向いた。

「んで爺ちゃん、なんで俺呼んだんだ？」

「ああ、いい加減あの一生終わりそうのない議論に終止符を打とうと思いまして。お前はセンスが良かったでしょう？　ササッと式典で着るヒヨコのドレスを決めてあげてください」

「ああ、それで呼ばれたのか」

得心がいったようにオルビスさんが頷く。

「オルビスさんおねが～い」

ヒヨコもいい加減待ちくたびれました。

「よし、待ってろよヒヨコ、俺が一番ヒヨコに似合うドレスを選んでやるからな」

私を下ろし、袖を捲《まく》って気合を入れるオルビスさん。

「オルビスさんがんばって」

「任せろ！」

私に向けて手を振り返すと、オルビスさんは白熱する二人の間に割って入った。

「うわっ、どうしてこんなことになってるんすか。デュセルバート様、子どもに銀はないことはないですけどもっといい色はありますよ。そして陛下、薄い水色はいいと思いますけど子どもにマーメイドラインはないです」

「「む」」

オルビスさんは二人を一刀両断。不満そうにする二人をよそにササッとドレスを選んでいく。

「――よし、これでどうだ？」

「みせて～」

よいしょっとオルビスさんの膝に乗り上げる。オルビスさんはいつの間にか自分でデザイン画を描いていた。カタログの中にピンとくるのがなかったらしい。

見やすいようにオルビスさんがスケッチブックを私の方に傾けてくれる。

「これだ」

「わぁ……！　かわい～！」

オルビスさんの描いたドレスは、ザ・お姫様って感じのかわいらしいドレスだった。

スカートはもちろんふんわりと広がっていて、大小さまざまなフリルがあしらわれている。袖口もフリルが広がっているタイプだ。胸元にはアクセントとなるような大きなリボンが付いている。つまりとてもかわいい。

「生地はこれにしよう」

オルビスさんが手に取ったのは、白い絹の生地だ。

「いいね！　ヒヨコだいまんぞく」

「おっし、じゃあこれで決定だな。父親～ズもこれでいいですか？」

「「……」」

父親～ズは無言でコクリと頷いた。文句の付け所がなかったんだろう。

ドレスのデザインが決まると、オルビスさんがササッと荷物を纏めた。

「――じゃあ俺はドレスの手配してくる。ついでにデュセルバート様の服も」

「オルビスさんありがとう。ヒヨコはなにかすることある？」

そう聞くと、オルビスさんはニカッと笑って私をクルンと振り返らせた。そこには、布が散らばった部屋の惨状と、不貞腐れた二人の大人がいる。

「ヒヨコは部屋のお片付けと、父親～ズのご機嫌を直してくれ」

それだけ言い残すと、オルビスさんは颯爽と去っていった。

部屋に残されたのは不貞腐れた父親二人と、我関せずで仕事をするゼビスさん。

……これ、ヒヨコが二人のご機嫌直さないといけないの……？

目の前には微妙にご機嫌斜めな二人。ヒヨコ、なにも悪いことしてないいんだけどな。

ちらりとゼビスさんを見るけど、助けてくれる気配はない。徹底的に我関せずを貫くらしい。

というか、魔王がこんなにへそを曲げるのも珍しい。父様に引っ張られてるのかな。父様が復活する前はこんなあからさまに不貞腐れてる魔王見たことなかったし。

にしても、ご機嫌を直すってどうすればいいんだろう。

ヒヨコは腕を組んで首を傾げる。

う～ん、とりあえず立ってるのも疲れたから座ろうかな。

ぴよぴよと赤いソファーの所まで歩いて行くけど、ヒヨコ一人で乗るにはちょっと座面が高い。

「まおーすわらせてー」

近くにいた魔王に助けを求める。すると、魔王は私の脇に手を差し込んで持ち上げ、自分がソファーに座った。

え？　なんで？　と思う間もなく魔王の膝の上に乗せられる。

「うむ」

急にご機嫌が直ったのか満足そうな声を出す魔王。機嫌直るの早いね。

「あ～！　魔王ずるい！　我もヒヨコ抱っこしたいんですけど!!」

魔王のご機嫌が直ったと思ったら父様の機嫌がさらに悪化した。なんてバランスのとりにくい父親達なんだろう。

「少し待て」

「え～、何秒？」

「せめて分単位で待て」

ぶすっと唇を尖らせた父様が魔王の隣に座る。

「魔王ばっかズルくない？」

ぶつくさ文句を言う父様の視線が机の上のマフィンにぶつかった。

「あ、ヒヨコ、父様がおやつを食べさせてあげるよ」

そう言って父様が私の口の前に包み紙を剥がしたマフィンを運んできた。

「はいあ～ん」

「あ～ん」

口の前においしそうなものを出されたらそりゃあかぶりつくよね。

むぐむぐと噛めば、香ばしい風味と甘味が口いっぱいに広がる。

「おいしい？」

「おいし～！」

父様の手から甘味を堪能していると、いつの間にか父様は満面の笑みになっていた。いつご機嫌が直ったんだろう。

「とうさま、いつごきげんなおったの？」

「ん？　ヒヨコがいれば父様はいつでもご機嫌だよ。ねぇ魔王？」

「ああ」

魔王がコクリと頷く。

ヒヨコがいるだけで上機嫌なんて、なんてお手軽な父親～ズなんだ。そんな嬉しいこと言われちゃったからヒヨコもご機嫌になっちゃう。

くふくふと笑ってると魔王に頭を撫でられた。

「ヒヨコはかわいいな」

「えへへ」

「ドレス楽しみだねぇ。悔しいけど彼のデザインはとてもヒヨコに似合いそうだったし」

記録媒体でも作ろうか、とデレデレした顔で言う父様。もう立派な親バカだね。


それからほのぼのとみんなでおやつを食べ終えると、それまでずっと無言で仕事をしていたゼビスさんが顔を上げた。そして苦笑いする。

「結局その二人の機嫌を直せるのはヒヨコしかいないんですよね」

「……」

いい話風に言ってるけど、さっき助けてくれなかったの忘れてないからね。そんなもっともらしいこと言ってもヒヨコは誤魔化されないよ。

ジトリとした目線を向けてもゼビスさんはどこ吹く風だ。

そしてゼビスさんが魔王に目を向けた。

「さて陛下、そろそろ仕事をしていただきますよ」

「……」

魔王がそっとゼビスさんから目を逸らす。でもきっと逃げられないよね。魔王は真面目だから逃げることはないと思うけど。

「デュセルバート様とヒヨコは、その辺に散らばってるものを片付けてください。特にデュセルバート様」

そうだよね、この部屋汚したのほとんど父様だもん。ヒヨコはあんまり汚くしてないはずだけど、父様のしたことだからヒヨコも手伝ってあげましょう。お腹も満たされたことだし。

それから、魔王はゼビスさんとお仕事、私と父様はお部屋のお片付けをした。人型だからお片付けもらくらくだったね。

一時間くらいでお片付けが終わり、暇になった私と父様は懐かしのあれをすることにした。

私と父様はそれぞれひよことニワトリになり、魔王とゼビスさんの書類の上端にそれぞれ乗った。

そう、文鎮代わりだ。

ここまでくれば、暇を持て余した私と父様が書類の上で寝てしまうことなど、言うまでもないだろう。

それから、式典の準備は驚くほどの速さで進められていった。急がないとホットな話題がクールになっちゃうから急いだんだって。

準備は魔王とかゼビスさん達が手配してくれたから、ヒヨコと父様がやらなきゃいけないことはなかった。のほほんと過ごしていただけだ。役に立たなくてごめんね。

そして、周囲だけが慌ただしい日々を過ごしていると、気付けば式典の日になっていた。

その日は準備があるからいつもより早く起こされる。

「ヒヨコ、起きろ」

「ん～、ひよこまだねむい……」

昨日はいつもよりも早くベッドに入ったけど、中々寝付けなかったから寝不足なのだ。だっていつもより二時間近く起きるの早いんだよ？

まだ起きたくなくてグズる。

「ひよこ、や～」

いやいやするように枕の上を転がり、父様のお腹の下に潜り込んだ。今は私も父様もひよことニワトリの姿だ。

父様のお腹の下はあったかくて、ますます眠くなっちゃう。

すると、頭上から困ったような声が聞こえてきた。

「ヒヨコ、おねむなのは分かるけど今日だけはがんばれない？　明日からはどんなにお寝坊しても父様達文句言わないから」

「ん～」

父様はもうおめめパッチリみたい。父様のおめかしは私よりも時間がかからないからもうちょっと寝っててもいいはずなんだけど、私に合わせてこの時間に起きてくれたのだ。それなのにグズるのもなんか申し訳なくて、私は重たい体を引きずって父様のお腹の下から這い出た。でもまだおめめは開かない。

「ヒヨコねむい～」

「よしよし、起きようとして偉いな」

魔王に頭を撫でられる。

「ほら、水を飲め」

「ん～」

冷たい水を数滴飲まされる。ひよこだからね、コップでグビグビは飲めないの。だから魔王がスポイトで冷たいお水を流し込んでくれる。

……うん、お水を飲んだら目が覚めてきた……気がする。

「……ヒヨコ、みずあびしてくるね」

「風呂に入ってくるのか。……大丈夫か？」

「うん」

心配そうな父親ズを置いてお風呂に向かう。今日はドレスを着るから人の姿だ。

二人とも心配そうだけど、さすがの私もお風呂の中で寝たりはしないよ。

そんなことを考えながらペタペタとお風呂場に向かった。

お風呂から上がる頃にはすっかり目が覚めた。

ぱっちりおめめで部屋に戻ると、そこにはメイドさん達がズラリと並んでいた。すごい圧。

「ヒヨコ様、わたくし達がヒヨコ様をおめかしさせていただきますね」

「必要なものは全て用意してありますのでお隣の部屋に移動いたしましょう」

ひょいっと真ん中にいたメイドさんに持ち上げられる。

「ま、まおー！　とうさま？」

ヒヨコが連行されようとしてるのに魔王と父様は完全に見送り体勢だ。せめてどっちかはついて来てほしいのに。

そんな私の思いも空しく、私はたった一人でメイドさん達の中に放り込まれた。

隣の部屋の椅子に座らされると、櫛《くし》とかドレスとかを持ったメイドさん達が迫って来る。

「さあヒヨコ様、少しの間我慢してくださいましね？」

「……ぴぃ」

無心でされるがままになっていると、おめかしが完了した。

ヒヨコ、着せ替え人形の気持ちが初めて分かったよ。

オルビスさんがデザインしてくれた白いドレスを着て、髪の毛もゆるめにまきまきしてもらった。

鏡を見てヒヨコも大満足の仕上がり。

完成までどのくらいの時間がかかったかは分からないけど、ヒヨコ的には半日くらいに感じた。

椅子に座って一息ついてると、一人のメイドさんに話し掛けられる。

「陛下方に見せに行きますか？」

「いく！」

準備だけでヘトヘトになっちゃったけどちゃんとメイドさん達にお礼を言い、自分の足で隣の部屋に向かう。

父様と魔王にかわいいかわいい言ってもらお。

そう思ったら気分も上向きになってきた。

魔王の部屋の扉を開ける。

「ふたりとも～、ヒヨコじゅんびできたよ～！」

かわいい靴を動かしてテテテッと中に入って行くと、父様と魔王が同時にこちらを見た。

「「！　かわいい！」」

二人の声が見事にハモる。

父様も魔王も綺麗な服に着替えていて、とってもかっこいい。

「ふたりもとってもかっこいいよ」

「いや、こんなにかわいいヒヨコと並んだら我らなんか霞んじゃうよ。ねえ魔王？」

「ああ、民の目はヒヨコに釘付けだな」

「ぴぴぴぴっ」

ふふふ、嬉しくてついつい喜びの鳴き声が漏れちゃった。今は人型なのに。

その後も十分くらい褒められ、この上なく上機嫌になったヒヨコは、それまでの疲れなんてすっかり忘れちゃった。

そして、いよいよ式典が始まる。

魔王城のテラスの下にはいろんな種類の魔族が集まっていた。それはもう、魔界にいる全員が集まったんじゃないかってくらい人がいる。

私はまだ姿を見せるわけにはいかないからカーテンの隙間からこっそり確認した。

「とうさま、ひとたくさん」

「うんうん、ヒヨコのかわいい姿をみんなに見てもらおうねぇ」

きっとみんなヒヨコにメロメロになっちゃうよ~と父様は上機嫌だ。ヒヨコを抱っこしてその場でくるくる回ってる。元気だね。ヒヨコは着替えてから式典が始まるまでの待ち時間でねむくなっちゃったけど。

父様の首に手を回して居眠りを試みるも、気付いた父様に起こされる。

「ヒヨコごめんね、もうちょっとがんばれる?」

「うん」

「あらいい子。でもおめめは瞑っちゃってるね」

よしよしと父様に後頭部を撫でられる。

だってねむいんだもん。

「まあ最悪寝ちゃったヒヨコを父様が抱っこしてお披露目すればなんとかなるか。ねえ魔王?」

「ああ、どうしても駄目なら無理しなくていい」

一足先にテラスに向かおうとしている魔王が振り返って言う。

……そう言われちゃうとがんばらなきゃって気になるよね。二人とも私に甘いんだから。

クワッと仰け反って目を見開くと、父様がびくっとした。

「めがさめました」

「……うん、それはよかった」

なんとも言えない顔をする父様。

「――じゃあ、我は一足先に行くぞ」

魔王はそう言って私を一撫でした後、テラスに向かった。

先に魔王が説明してから私達が出て行きお披露目をするという流れだ。

魔王が出ていくと大きな歓声が上がる。

そんな魔王の後ろ姿を見て、私はぎゅっと父様に抱き着いた。

「どうしたヒヨコ？　……みんなに受け入れてもらえるか不安？」

「うん……」

だってヒヨコ、元々敵対勢力側だったし。聖女時代の悪名も魔界で有名みたいだし。

「ふふ、そんなの杞憂だよ。魔界の神である父様のことを救ってくれたヒヨコのことを魔界の者が嫌がるわけないじゃないか。それに、お前の父様は魔界の者が信仰する神なんだよ？　我の娘だって信仰の対象になるに決まってるじゃないか」

ころころと笑う父様。

「――あ、呼ばれた。じゃあ行こうか」

「うん」

父様は私を抱っこしたままテラスに足を進める。

父様の姿が見えると同時に再び大きな歓声が上がった。それと同時に、父様が抱いている子どもは誰なんだとざわつく。今日は父様の復活式典としか言ってないから私のことは完全にサプライズだ。

父様が魔法で声を拡散させる。

『皆、今日は集まってくれてありがとう。ついでと言っては何だけど我の娘を紹介させてほしい』

おぉっ！　と場がざわつく。

『我の娘のヒヨコだ。やむを得ない事情があって元は人界で聖女をしてたけどみんな仲良くしてね』

どんな反応が返ってくるんだろう……と身構える。

だけど、次の瞬間――

オオオオオオオ‼‼

「⁉」

雄叫びのような歓声が上がった。

紛れもない、肯定的な反応だ。「デュセルバート様お子様ができたんですね！　おめでとうございます！」という声も聞こえてくる。

「ほらヒヨコ、みんなに手を振ってあげて」

「うん」

父様に促され、テラスの下に向けてぴよぴよと手を振る。すると、みんな示し合わせたように手を振り返してくれた。

「かわいい」「小さいなぁ」なんて話し声も聞こえてくる。

思わずにぱっと笑うと、下にいるみんなも笑顔になってくれる。それが嬉しくてまたいっぱい手を振っちゃう。

そんな私を父様と魔王が微笑まし気に見守っていた。

「よかったなヒヨコ」

「うん！　ヒヨコうれしい」

少し心配だったけど、式典は問題なく終了した。

「ひよこでろ〜ん」

式典が終わり、疲れ切った私は今、ソファーでゴロゴロ転がっている。

「つかれた〜。もうドレスぬいでいい？」

「ああ、いいぞ」

「やった〜」

魔王の許可を得て私はひよこの姿に戻る。するとあら不思議、一瞬でドレスが脱げちゃう。

「お、ヒヨコ頭いいね」

我もマネしよ、と言って父様がニワトリの姿になる。そしてサイズが合わなくなった洋服はペシャンと床に落ち、その下から父様がペタペタと這い出てきた。

「魔王、この後も何かあるの？」

「あるにはあるが、もうヒヨコは限界だろう。寝かせてやってくれ」

「分かった」

魔王に返事をして、父様は私を背中に乗せた。もこもこの羽毛が極上の寝心地。

「まおーはどこいくの？」

「今日は諸侯が集まっているから、食事会だ」

「おいしーものたべるの？　ヒヨコもいこっかな」

そう言うと、魔王が微笑んで私の頭を撫でた。

「ふ、疲れたのだろう。今行ったら確実に揉みくちゃにされるぞ。暇な老人が多いからな」

「そーそー、おいしいものは後でも食べられるからヒヨコは父様と休んでようね」

私をあやすように父様がゆっさゆっさと揺れる。

「でも、ヒヨコ、ごあいさつしなくていいの？」

「ふふ、ヒヨコはいい子だね。神に挨拶を強要する者なんて魔界にはいないよ。まだしばらくはいるだろうから、気が向いたらご挨拶してあげなさい」

「……は～い」

なるほど、魔界でも神様はちゃんと偉いんだ。

ヒヨコ、まだ神様見習いだけど父様とおんなじ扱いでいいのかな……？

首を傾げていると、魔王はいつの間にかいなくなってた。お食事会に行っちゃったんだろう。

「は～い、ヒヨコは父様とお昼寝だよ」

ベッドに連れて行かれ、お腹の下に敷かれる。敷かれるって言っても全然重くないけど。

「ねなきゃダメ？」

「おや？　眠かったんじゃないの？」

「う～ん、なんかめがさめてきちゃった」

「あらら、こりゃとんだ天邪鬼《あまのじゃく》さんだね」

寝られない時は無性に眠くなっちゃうけどいざ寝ろってなると急に眠気が覚めることあるよね。ヒヨコ、今まさにそれ。

「う～ん、別にいいけど、この時間より後に寝たら朝までいっちゃうでしょ？　そしたら夕飯食べ損ねちゃうから、父様は今のうちに寝ちゃった方がいいと思うなぁ」

意外と私の栄養管理には厳しい父様。寝ろ寝ろと私を腹毛の下にしまってくる。

「父様が毛繕いをしてあげるから寝な」

「ぴ～」

父様が嘴で私の毛をついばみ、毛繕いをしてくる。

うぅ……極上の腹毛と毛繕いのダブルパンチはずるいよ……。ヒヨコ、ねちゃう……。

ヒヨコが父様の寝かしつけに勝てるはずもなく、あっという間に眠りについてしまった。

◇◆◇

ヒヨコが眠りについた後、にわかに廊下が騒がしくなる。

そして、どこかくたびれた様子の魔王が部屋に入ってきた。

「魔王、何事？」

「……すまない。どうしてもヒヨコの顔が拝みたいと諸侯が聞かなくてな」

魔王も抵抗はしたのだろう、口にはせずとも顔が疲れている。

「目が悪いから顔が見えなかっただの、呑気に待ってたらいつ寿命が来るかわからないだのうるさくて……」

実際、力のある魔族ならばテラスにいたヒヨコの顔を見ることなど造作もないし、年よりとはいえ、あと五百年は軽く生きる。

要は、意外にも子どもや年寄りに優しい魔王に付け込んでいるのだ。

そんな魔王の性格を知っているデュセルバートは軽く溜息を吐く。

「はぁ、しょうがないな。見てもいいけど絶対に起こさないでよね。やっと寝たところなんだから」

「「「承知」」」

デュセルバートが言い終わるや否や、老人達が部屋の中に入ってきた。

『おお、すぴすぴ寝ておるわ』

『かわいいお子様ですのう』

『人型もひよこ姿もかわいいとは、将来有望ですなぁ』

ヒヨコを起こさないよう、ここまでの会話は全て念話で行われている。

『かわいいのう。あのゼビスがかわいがるわけだ』

『デュセルバート様、ぜひヒヨコ様にご挨拶させてください』

『ヒヨコがいいって言ったらいいよ』

デュセルバートはそう言うと、ヒヨコを見せるのはここまでと言わんばかりにすっぽりとヒヨコを腹毛の下にしまった。

ヒヨコも神殿がほしいです

「ぴぴ」

「おはようヒヨコ」

「おはよう」

起きると、既に起きていた父様と魔王に挨拶される。

「よく寝てたな。もうすぐ昼だぞ」

「なぬ」

父様のお腹の下から這いずり出して時計を確認する。

きれいな装飾の掛け時計を確認すると、もうすぐ正午に差し掛かろうとしていたところだった。

時間が分かると同時に、ヒヨコのお腹がぐぅ～と鳴った。

「ヒヨコ、おなかすいた」

寝てたから朝ご飯を食べ損ねてるし。

「それはいけない！　早くごはんにしよう！」

「そうだな」

父様と魔王が慌ただしく動き始める。

魔王が私を摘んで父様の背中に乗せる。すると、父様はバサバサと翼をはためかせて飛び立った。

ニワトリは飛べないはずだけど、それ以前に父様は神様なのでそんなことは関係ない。

「魔王先いってるよ～」

「分かった」

いつの間にか父様と魔王の連携がとれててヒヨコびっくり。

父様はスーッと飛び、あっという間に食堂に辿り着いた。食堂からは既にいい香りが漂ってきている。もうごはんができてるみたい。

待たせちゃったかな……。

父様は食堂に着くや否や人型になり、私をぴよっと机に置いた。

「はいヒヨコ、ごはん食べようね。ちゃんとお水も飲むんだよ」

「は～い」

父様に介助されてごはんを食べる。すると、後から魔王がやって来た。後ろにずらずらとおじいちゃん達を携えて。

「え？　もう来たの？　じじい達我慢ができなさすぎない？」

父様がうげっというような顔になる。

誰だろう。父様の知り合い？

ぴよっと首を傾げる。

「とうさま、あのひとたちだれ？」

「暇をもてあましてるじじい達だよ～」

そういって父様が私の口にハッシュドポテトをつっこんでくる。おいしい。

もっもっとハッシュドポテトを食べているとおじいちゃん達が近付いてきた。なんか、普通の魔族からは感じない圧を感じる。ゼビスさんが目の前にいる時みたいな感じ。

一番先頭にいたおじいちゃんがうやうやしく跪く。

「ヒヨコ様、我らにご挨拶をさせてください」

「ぴ？」

予想外に丁寧な対応をされたから動揺して父様を見上げる。すると、父様は微笑んで言った。

「彼らはヒヨコに挨拶をしたいらしい。よければいいよって言ってあげな？」

魔王を見ると、父様の言葉に同意するようにコクリと頷かれた。

そして私はおじいちゃん達に向き直る。

「いいよ」

「ありがとうございます。我らはもう残り少ない原種の種族、その長です。まあ、ただ長生きしているだけの爺ですな」

「ヒヨコです」

やけに鋭い牙を持っているおじいちゃんが指を差し出してきた。

握手かな？

そう思って私も右翼を差し出す。そしてちょこんと指先と羽を触れ合わせた。

「ホッホッホ、かわいいのう」

「おいズルいぞ。儂とも握手をしてくれ」

「我もじゃ」

ヒヨコの前におじいちゃん達の列ができる。

なんか、人気者になった気分。

食べかけのごはんのことなどすっかり忘れ、嬉しくなってみんなと握手しようとした。

「「こらヒヨコ、握手はごはんを食べ終わってからにしなさい」」

魔王と父様の声が被る。

「……は～い」

二人の顔が怖かったので、ヒヨコは大人しくごはんに戻りました。

料理長が作ってくれたごはんはとてもおいしかったです。


食事を終えた後、来てくれたおじいちゃん達みんなと握手をした。

「デュセルバート様にお子様ができたことはとても喜ばしいことですからな、我ら一同で贈り物を持って参りました」

そう言ったおじいちゃんの背後に何かの山が現れる。

「ぴ？」

目を凝らすと、なんだかカラフルでかわいらしい箱の山。

おじいちゃんがにこやかに言う。

「ヒヨコ様にはおいしいお菓子やかわいらしい洋服、おもちゃなどをもって参りました」

おじいちゃんからもう一度箱の山に視線を戻す。背の高い魔王を超えるほどの箱の山。

これ、全部ヒヨコの……？

——それは、子どもにとって夢のような光景で……。

「ピィィィィィィィ！！！！」

喜びのあまり、ヒヨコはコテンと後ろにひっくり返った。

「ひ、ヒヨコ、落ち着け」

ひっくり返った私を手のひらに乗せ、トントンと背中を撫でて落ち着かせる魔王。

「……子どもには刺激の強い光景だったな……」

苦笑した魔王が呟く。

「ホッホッホ、かわいらしいですなぁ」

私が魔王に宥《なだ》められていると、おじいちゃんの一人が父様に話し掛けた。

「デュセルバート様への贈り物は神殿の方に捧げておきました」

「ああ、ありがとうね」

父様がおじいちゃん達にお礼を言う。格段に偉い立場でもお礼を忘れないのはいいことだよね。

「ところで、なんでしんでん？」

贈り物なら直接渡せばいいのに。

「ああ、ヒヨコはまだ知らなかったね。神殿に捧げられた供物は直接我らの力になるんだよ」

「そうなの？」

魔王を見ると、コクリと頷かれた。ほんとのことみたい。

「もらったものは後で回収してありがたく使わせてもらうね」

「はい。こちらこそありがたき幸せです」

おじいちゃん達がうやうやしく頭を下げる。

「そうだ、丁度いい機会だし一旦神殿に帰ろうかな。魔王とヒヨコも来る？」

「いく！」

「我も行こう」

父様の神殿に行くのは三度目だ。なんか、神聖な空気が漂ってるいい場所だったことは覚えてる。ヒヨコ、あの雰囲気好き。

初めて行った時、なんだか懐かしい気配を感じた気がしたけど、あれは父様の気配だったんだね。

魔王が私の頭を撫でた。

「懐かしいな」

「そうだねぇ。あれからいろいろあったから……なんだかずいぶんまえのことみたい」

実際はそんなに前のことでもないのに。

「ヒヨコががんばったからな」

「ぴ！」

魔王がしみじみと私を褒めてくれる。魔王に褒められるのは何回でも嬉しい。

嬉しかったから魔王の肩に飛び乗り、ぴぴぴっと頬ずりしておいた。

そして私達は父様の神殿にやってきた。

相変わらず神聖で澄んだ空気が漂っている。心なしか息が吸いやすいし、なんか浄化されてる気がする。

駆け回りたいけど自重。

「――お、思ったよりも供物が多いね」

父様への貢物はあまりにも量が多く、もはや祭壇に乗りきっていなかった。祭壇だって決して小さいわけじゃないのに。

「おじいちゃんたちだけじゃなくて、みんなきてくれたんだね」

「そうだね。ありがたいことだよ」

父様はそう言って愛おしそうに供物の山を見詰めた。神様にとって信者の存在ってどういうのなんだろう。ヒヨコ、まだ神様じゃないし信者さんもいないからわかんない。

でも――

「とうさま、いいな。うらやましい」

「え？」

「ヒヨコもしんでんほしい」

キラキラと大人二人を見上げる。

「ヒヨコにはまだ早いんじゃないか？」

「うんうん、父様も神殿を持つのはもうちょっと大きくなってからの方がいいと思うな」

「むぅ」

魔王と父様の二人に止められ、拗ねた私は頬を膨らませる。

「ヒヨコ、しんでんほしい」

「だぁ〜め。それはもうちょっと神様として成長してからね」

ヒヨコにあまあまの父様が珍しく頑な。びっくりして目がまんまるになった。

「まお～」

私はもう一人の保護者、魔王に泣きつく。

「う～ん、こればかりはデュセルバート様が駄目だと言うなら駄目だな」

いくらかわいいヒヨコのお願いでもそれはな、と魔王。

「ぴぃ～」

おねだりの通らなかった私はぺしゃんと潰れる。

でも、手に入らないとなるとますますほしくなるのがヒヨコの心理。

――あ、そうだ、おねだりするから断られるんだよ。自分で用意しちゃえばいいんだ。


魔王城に帰った後、私は二人に自分の神殿を見せた。

「ぴ！　これ、ヒヨコのしんでん」

ヒヨコの用意した神殿に心当たりたっぷりの魔王が目を見開く。そう、私が神殿に選んだのは前に
「これ……」

魔王からもらったひよこサイズの家だ。

その玄関には、ミミズが這ったような字で「ヒヨコのしんでん」と書かれた紙が貼ってある。というか私が貼ったんだけど。

お手本を見ながらがんばって書きました。えっへん。

「これヒヨコのしんでんにする！」

私は両翼を腰に当てて宣言する。

すると、魔王と父様が同時に口元を手で押さえた。

「か、かわいい。うちの子かわいすぎ！　魔王もそう思わない？」

「思う」

「ねえとうさま、これしんでんにしてもいい？」

首を傾げて父様に聞く。

「神殿ってそういうものじゃないんだけど……まあ、これくらいならいいか。ヒヨコがちゃんとした神様になったらもっと大きな神殿作ろうね」

「うん！」

かくして、ヒヨコは神殿（暫定）を手に入れました。

神殿を手に入れた私はうっきうきだ。

誰かに自慢したくなった私は、神殿ができたことを早速シュヴァルツに報告した。

「シュヴァルツ、ヒヨコのしんでんができたよ」

「おお、それはよかったですね。どこにあるんですか？」

「ここ」

「？」

首を傾げるシュヴァルツにヒヨコハウス――もとい、ヒヨコ神殿を見せた。

「これはヒヨコ様のお家じゃありませんでした？」

「ヒヨコのしんでんにしたの」

暫定だけど。

「そうなんですか。では、魔王様は嬉しかったでしょうね」

「そう？」

「そうですよ。自分がプレゼントした家が神殿に選ばれたんですから」

よしよしとシュヴァルツが頭を撫でてくれる。

シュヴァルツの私への態度は、敬いつつもひよことしてかわいがる形に落ち着いた。距離を取られちゃうかなって思ったけど、私が元聖女だってバレる前よりむしろ仲はいい。

「それじゃあ、ヒヨコ様へ贈り物をしたい時はこの神殿に捧げればいいんですか？」

「うん！　シュヴァルツなにかくれるの？　なに？」

「お祝いに何か用意するつもりではいましたよ。それが何かはまだ秘密です」

片目を閉じてシュヴァルツが微笑む。

「え〜」

気になる。

「ヒヨコ、はやくなにかささげられてみたい」

「あ、じゃあこれ捧げてみてもいいですか？　ちょうどヒヨコ様のおやつに買ってきたものですし」

そう言ってシュヴァルツが取り出したのはひよこを模したおやつの詰め合わせだ。ヒヨコが父様の子どもだって発表されてから雑貨屋やお菓子屋さんでひよこをモチーフにした商品が流行っているらしい。

一躍時のひよこだね。もちろん悪い気はしない。

ニワトリとひよこがセットになったぬいぐるみとか魔王の肩にひよこが乗ったメモ帳とかも発売されているらしい。そのうちゲットしにいこう。いつの間にかポーションの売り上げが貯まってたし。

思考が逸れたけど、初のお供え物をしてもらおう。

「シュヴァルツささげてみて！」

「はい」

ヒヨコ神殿に祭壇はついてないので、玄関部分にシュヴァルツがお菓子の入った袋を置く。そして手を組み、目を閉じた。

その瞬間、微かにだけど力が注がれるような、心地よい感覚を覚える。これが神様の力になるってことなのかな。まだ見習いだけど。

「ぴぴっ！」

「お、なんか元気になりましたね。……え？」

「ぴ!?」

話している途中でシュヴァルツがほんのりと光った。周りが明るいからか、かなり淡い光だけど。でも決して気のせいではない。

そして、その光はすぐにぽわっと消えてなくなった。

「――まおー!!　とうさま～!!」

ぴぴぴっとシュヴァルツを連れて二人のところまで走る。

すると、すぐに気付いた魔王が私を両手ですくい上げてくれた。

「どうした」

「しゅ、シュヴァルツがてんとうむしになった！」

「ヒヨコ様、それを言うなら蛍です。いえ、蛍にはなってないんですけど」

「それ！」

「……混乱しているようだな」

落ちついた魔王が言う。

ヒヨコとしたことが、蛍とてんとう虫を間違えちゃった。魔王の言ってる通り混乱してるみたい。

「一旦落ち着け」

そっちが先決だと思ったのか、魔王がニワトリ姿の父様の背中に私を乗せた。ふわふわ羽毛にぴよっと埋もれる私。

……落ち着く。

「こらこら寝るな。なにか話があったんじゃないのか？」

「――ハッ！」

落ち着き過ぎて寝ちゃうところだった。父様の毛は魔性だね。

このままじゃリラックスし過ぎて話せないから父様の背中を下りる。

「慌ててたけど何があったの？」

「シュヴァルツがひかったの！」

「ああ、それで蛍か」

納得する父様。

「シュヴァルツは急に光ったのか？　その前に何かしなかったか？」

魔王がシュヴァルツに聞く。

「ええと、ヒヨコ様の神殿にお菓子を供えたら光りました」

「ああ、そういうことか」

「なるほどねぇ」

「「?」」

魔王と父様はなにやら納得してるけど、私とシュヴァルツは揃って首を傾げる。

「どういうこと?」

「よかったねヒヨコ。シュヴァルツはヒヨコの信者になったんだよ。それも本物のね」

「ぴ?」

信者?

「心から神を崇拝する者が神殿で祈りを捧げた時は、信者として認められた証拠に淡く光るんだ。だから光ったってことはシュヴァルツはヒヨコの信者第一号になったってことだね」

「ヒヨコよかったね~」と父様が羽で私を撫でた。

魔王も穏やかな微笑みを浮かべて私を撫でる。

「おめでとうヒヨコ」

「まおーありがとう」

あ、そういえば肝心なシュヴァルツの反応を見てない。

そう思って私はシュヴァルツを見上げた。

「しゅ、シュヴァルツ……?」

シュヴァルツは目を見開いて固まっていた。

これは……どっちの反応だろう……。

こくりとツバを飲み込んでシュヴァルツの反応を待つ。

「――ぃやったああああああああ！！！」

「⁉」

大声と共に両こぶしを天に突き上げるシュヴァルツ。

「私がヒヨコ様の信者第一号ですか⁉」

「そうだね」

父様が穏やかに答える。

「ヒャッハー！！！」

「「「ひゃっはー？」」」

シュヴァルツらしからぬ奇声に三人そろって反応する。

その後、喜びが収まらないシュヴァルツは暫くの間奇行を繰り返していた。


自分はいいけど、父親達を傷付けるのは許せない

最近、なんか父様ズとシュヴァルツの表情が暗い。

でも落ち込んでるんじゃなくて、なんか静かに怒ってる感じ。

「みんなどうしたの？」

「「「……」」」

え？　無視された？　ヒヨコないちゃうんですけど。ぴぃ。

まあ、それは冗談で、きっとヒヨコには言いにくいことなのだろう。何かは分からないけど。適当に誤魔化してくれたらヒヨコも大人しく引き下がるけど、優しいみんなはそんなことはしたくないんだろう。気まずそうな表情でただこちらを見ている。

う～ん、これは一旦退散しようかな。みんな話しづらそうだし、ヒヨコがいるとそのことについても話せないだろうし。

よし、私は空気の読めるひよこだ。

「ヒヨコ、オルビスさんのところにあそびにいってくるね。シュヴァルツはおいてく」

「ん？　あ、ああ、気を付けて行くんだよ」

「行ってらっしゃいませ」

そうは言ってもいつもはついてくるシュヴァルツだけど、今日はついてこないようだ。

……なんとなく面白くない。


「──オルビスさん！」

「お～ヒヨコ、今日は人型なのか？　かわいいな～」

抱っこされて高い高いされる。

「えへへ」

――ハッ！　ちがう、和んでる場合じゃなかった。

「オルビスさんオルビスさん」

「ん？」

「さいきんまおーたちのごきげんがわるいんだけど、なにかしってる？」

そう聞くとオルビスさんはスッと私から視線を逸らした。絶対知ってるね。

ジトリとした目をするとオルビスさんは私を抱っこしたまま顔ごとそっぽ向いた。

「ヒヨコにいえないこと？」

「ん〜、言えなくはないけどあんまり言いたくないことだな」

「でもヒヨコきになる」

「え〜？　困ったなぁ」

みんなの様子からして、多分ヒヨコにとってはよくない情報なんだろう。でも子どもの好奇心を甘く見ないでほしい。

オルビスさんの顔をジッと見つめる。

「ヒヨコ、きになる」

「う……でもなぁ……」

「おしえてくれなかったら……どうしよ。ボコす？」

「物騒だな！」

でも、オルビスさんよりヒヨコの方が強いし。

「……はぁ、デュセルバート様達には俺が教えたって言わないでくれよ？」

「うん」

父様達にはオルビスさんのところに遊びに行くって言ってきちゃったけど。まあいっか。

「一部の魔族……ほんとに一部なんだが、ヒヨコの存在が気に食わないやつがいるらしく、この前陛下宛に抗議文が送られてきたんだ」

「なんて？」

「かいつまむと、半分は聖神の力から生まれたヒヨコのことが気に食わないみたいだな。あとは……いや、なんでもない」

「……」

気になる。でもこの先はほんとに言いたくなさそうだから聞かないでおく。

でも、まあ魔族のみんなは聖神のこと大嫌いだからね。気持ちは分からんでもない。父様は今はかわいがってくれるけど、別に父様が私を生み出したいと思って私が生まれたわけでもないしね。もしかしたらそんな感じのことも書いてあったのかもしれない。

「——つまり、ヒヨコのそんざいがきにくわないひとがいるってこと？」

「……」

無言は肯定だよね。

まあ、でも魔族は実力主義。

ヒヨコ、文句を言う人はぶちのめすだけ。

ヒヨコの存在が気に食わない人がいるっていうのはまあ、しょうがないかなって思う。ヒヨコは誰も殺さなかったけど元々敵側で聖女やってたし、敵の総大将である聖神が父様の核を使って勝手に生み出したのがヒヨコだし。

ヒヨコの存在に反発するのはまあしょうがない。排除しようとするのも問題ない。まあ抵抗するけど。

問題は、魔王や父様達の顔を曇らせたこと。

ヒヨコのことが大好きな魔王達に抗議文を出すなんて！　ヒヨコおこだよ!!

別に正々堂々と文句言いに来てくれたらヒヨコ相手するのに。負けないし父様達からも離れてあげないけど。

――と、いうことで。

「オルビスさん、こうぎぶんのさしだしにんわかる？」

「ん？」

首を傾げるオルビスさん。

――ヒヨコに文句があるみたいだから、ヒヨコから出向いてあげることにしよう。

「オルビスさんついてこなくても、ヒヨコつよいしまよわないよ？」

「ヒヨコが強いのも、多分目的地に一人で辿り着けるのも分かってる。それでもヒヨコは子どもだから、一人で出かけさせるのは心配なんだ。それに、保護者がいた方が後で怒られなさそうだろう？」

「たしかに」

オルビスさんの心配がくすぐったい。当たり前に心配されるってのもいいもんだね。

ぴぴっと飛んでオルビスさんの肩に乗る。

「お？　なんだ、甘えてくれんのか？」

「うん、つれてって」

うりうりと硬めの頬に頭をすりつける。ふわふわで気持ちいいでしょ。

「あはは、かわいいな」

「ぴぴ」

「……ヒヨコ、もしやりすぎだと思ったら止めるから、大人しく止まってくれよな？」

「ぴ……わかった」

オルビスさん、ヒヨコが大人しく話し合いで解決するとは思ってないのかな。まあ、どうせむりだろうけど。話し合いは父様達がとっくにやってそうだ。

もしかして、オルビスさんはヒヨコがやりすぎないように来てくれたのかな？

でもオルビスさんでは強制的にヒヨコを止めることはできないので念を押したのだろう。うん、ちゃんとヒヨコ止まりますよ。

まかせて、と黄色い羽で自分の胸を叩く。

「頼んだぞ。ところで、どうしてひよこの姿になったんだ？　実力行使なら人型の方がやりやすいだろ」

「ひよこのほうがせいしんてき《精神的》ダメージがおおきいかとおもって」

「わあ恐ろしいヒヨコ。肉体的ダメージだけじゃなくて精神的ダメージも与えにいくのか」

「ふふん」

もっと褒めてもいいのよ。

そんな話をしていると、いつの間にか目的地に着いたようだ。

王都からそこそこ離れた街にある屋敷。うん、割と小さめだけどちゃんとお屋敷だ。

抗議文を出したのは、なんと下級貴族の人だった。貴族の中での地位はそんなに高くないけど大分前から貴族に名を連ねているお家らしい。

抗議文は、このお家と仲のいい他の下級貴族の家も連名で出されていた。そんなに数も多くないので、今日は一軒一軒回るつもりだ。

門の前まで来ると、ヒヨコは一息つく。

そして拡声の魔法を使って言った。

『おもてでろやこらぁ！！！』

「おいどこでそんな言葉覚えた」

オルビスさんがビックリしたようにこちらを見てくる。だけど、それに私が何か返す前に、お屋敷の中がにわかに騒がしくなる。

そのまま暫く待っていると、中から三人の青年が出てきた。いいところのお坊ちゃんらしく三人が三人とも小綺麗な格好をしている。まだそこまで年齢がいってないのか、みんなどこかあどけなさの残った面差しだ。

「お、ヒヨコ運がいいな。この後カチコミ入れようとしてたとこの坊ちゃんたちも揃ってんぞ。行く手間が省けたな」

「いっせきにちょうだね」

日頃の行いがいいからかもしれない。

私の姿を認めた三人はクワッと目を見開いた。そしてダダダッとこちらに向かってくる。それを見てオルビスさんが「逃げないのか。度胸だけはあるな……」と呟いた。

先頭の青髪がヒヨコのことを指さして言う。

「お前！　あの腐れ神の子か！！！」

「くされがみ……」

もしかしなくても聖神のことだよね……。

母（認めてない）がそんな風に呼ばれてるのはなんだか奇妙な気持ちだ。別に、あの神《ひと》に情なんて特にはないけど。

「お前あの女の手先だろ！　デュセルバート様の傍から排除してやる！」

「「そうだそうだ！」」

先頭の青髪の言葉に背後の二人が同調する。まさに取り巻きって感じの反応だ。

そこで、青髪達の視線がヒヨコの背後の人物に移る。ていうか、ヒヨコよりも遥かに大きいのによく今まで気付かなかったよね。

「――ヒッ！　お、オルビス様⁉」

「よお」

片手を上げるオルビスさん。

オルビスさんの挨拶に返事をすることもなく、青髪がギョロッとこちらを向いた。返事をしなかったというか、予想外のことに返事をする余裕もなかったんだろうけど。

「おいお前！　オルビス様を連れてくるなんて卑怯だぞ‼」

「ぴ？」

素で疑問の鳴き声が漏れる。

何が卑怯なんだろう。むしろ唯一の思いやりと言っても過言じゃないのに。ヒヨコのストッパーだぞ。

オルビスさんも疑問符を頭の上に浮かべていたけど、すぐ何かに気付いたようで納得した顔になる。

「ああ。俺は別にお前らに何かをしに来たわけじゃないから安心しろ。陛下やデュセルバート様に命令された時はそりゃあ別だがな」

ああ、私がオルビスさんに泣きついたと思われたのか。ヒヨコに頼まれてオルビスさんが自分達を懲らしめに来たと思ったんだね。

でも、なんでそんな勘違いするんだろう？

すると、オルビスさんがボソリと呟いた。

「……そういえば、末端は聖女と交戦させるのは避けてたな。弱いから。それでヒヨコの実力を甘く見ているのか」

「なるほど」

結局みんな生きて帰ってるし、噂程強くないと思われたのかもしれない。

青髪が再度オルビスさんに確認する。

「──じゃあ、オルビス様は手出しされないんですね!?」

「ああ、俺は手出ししない。やばそうになったら止めには入るけどな」

その言葉を聞いて青髪達の顔が不満そうな表情に変わった。今そんな顔をしたこと、後で地に額をつけてオルビスさんに謝りたくなるよ。

だって、「お前達がやばそうだったら止めに入ってやるからな」ってことだもん。

「よし、じゃあやるぞお前達！」

「「ああ！」」

そうして三人が一斉に魔法を放ってきた――

――ので、羽の一振りで全部消した。


「……へ？」

ポカンとする青髪達。

次の魔法を放つのも忘れちゃってるけど、ヒヨコはそんなのを待つほど優しくない。

「ひよこきーっく！！！」

呆けた顔の青髪達に魔法を乗せて威力たっぷりのひよこキックをお見舞いする。

「「「ぐはぁっ！！！」」」

三人が綺麗に吹っ飛んだところで、オルビスさんストップが入った。

「むぅ、まだいっ《一》ぱつ《発》しかおみまいしてない」

「もう戦闘不能だから諦めてくれ。ほら、あんな遠くまで飛んで行っちゃっただろ」

オルビスさんが指差した先を見てみると、かろうじて見えるくらいの距離で三人が伸びていた。

確かに、気絶してるのでこれ以上はオーバーキルだ。

ということは――

「ヒヨコ、しょうり!!」

右翼を上げて勝者のポーズをした後、ぴよぴよと勝利の舞を踊る。

そんな私をオルビスさんが掬い取って両手の上に乗せた。オルビスさんの目は、のびている三人を見ているようでどこか遠くを見ている。

私はオルビスさんを見上げて首を傾げた。

「ぴぴ？」

「予想通りというかなんというか、あっさり伸《の》されたな……」

「ヒヨコ、つよいもん」

「そうだな。だが、よくちゃんと止まれたな。偉いぞ」

「えへへ」

人差し指でうりうりと眉間の辺りを撫でられる。もっと撫でて。

撫でられるのが気持ちよくて黄色いぽさ毛がふわっと膨らむ。

「――にしてもヒヨコ、事前に聞かなかった俺も悪いんだが、あいつらをボコしてどうするんだ？　多少ボコしたくらいじゃ思想は変わらなさそうだが」

「ん～」

確かに、考えてなかった。

自分じゃ気付いてなかったけど、ヒヨコも頭に血が上ってたのかもしれない。

「……これからおはなしあいする？」

「順序が完全に逆だな」

ハハハハッとオルビスさんが笑う。オルビスさんも魔族だから、話し合いよりも強さに重きを置いているんだろう。負けたのが悪いって思考だ。

「じゃあ あいつらが起きたらお話し合いしような。……いつ起きるかは分からないが……」

再びオルビスさんが三人衆に視線をやった。

う～ん、ヒヨコわりと思いっきり蹴っちゃったからなぁ。起きるのはまだ先かも。


「——ん……」

三人が目を覚ましたのはほぼ同時だった。

青髪が起きそうな気配を感じたのでヒヨコ、目の前で待機します。

「……ん、っいってぇ……ってわあああああああああああ！！！」

「ぴぴぴぴっ！」

眼前にふよふよと浮いていた私を見た青髪は、仰向けになったまま手足を上手に使い勢いよく後ずさって行った。おもしろい。

イタズラが成功した私はご満悦だ。胸毛も心なしかふわっと膨らんだ気がする。

ぴよぴよと笑う私をオルビスさんが呆れたように見ていた。

「子どもか。……いや子どもだったな。年相応の行動か」

「うんうん」

ヒヨコ、まだ子どもです。

オルビスさんと軽い会話を交わしている間に、残りの二人が青髪のところに駆けつけていた。腰を抜かしているらしい青髪に二人が手を差し伸べる。

「大丈夫ですか？」

「ああ……」

その様子を見ていると、心の底から悪い人達ではないんだなと思う。ヒヨコが言うのもなんだけど、話せば分かりそうだ。

ヒヨコが許せなかったのは、自分への悪意じゃなくて父様達を傷付けたことだからね。

私は青髪達に向き合った。

「ヒヨコ、はなしあう」

「は？」

「おまえたち、ヒヨコとはなしあう」

「あ、はい」

多少怯えた様子の青髪達は快く話し合いに応じてくれた。

そしてその後、私達は穏便にお話し合いをしました。


——結果。

「たのもー‼‼」

今日も青髪達がヒヨコに挑みにやって来た。うんうん、やっぱり文句は正々堂々言わなきゃ。

襲い掛かってきた三人を魔法で吹っ飛ばす。

吹っ飛ばされた三人はべしょりと地面に倒れ伏した。

黄色い羽で特に汗もかいていない額を拭う。

「ふぅ、きょうもヒヨコのかち！」

「ヒヨコに勝てる日なんてこないでしょ。ヒヨコはれっきとした我の子なんだから」

後ろから父様が私を抱き上げた。その顔にはもう憂いの色は見られない。

ヒヨコは、青髪達とある約束をしたのだ。もし青髪達が私と正々堂々戦って勝てたら、父様や魔王の前に私は姿を見せないと。その代わり、青髪達が負けたら一回ごとに私においしいスイーツを差し出す。

根が素直らしい青髪達はその条件を飲んだ。そして、戦った後にスイーツを買いにいくのは肉体的に厳しいからと、最近では事前にケーキなどを買ってから来ている。もはや普通に手土産だよね。

「こっちで処理しようと思ってたのに、ヒヨコが自分で解決しちゃったねぇ。さすが我の子」

「ふふふん」

まあ、たとえ不意打ちされたとしてもヒヨコが青髪達に負けることはないからね。

父様がニコニコと笑ったまま言う。

「それに、ヒヨコも適度に運動に付き合ってくれるおもちゃができてよかったね」

「……」

父様らしからぬブラックな発言にギョッとして顔を見上げるけど、父様はなんてことはないようにニコニコとした顔のままだった。

……青髪達をおもちゃと言い切った父様は、やっぱりまだ少し怒っているのかもしれない。

きゃんきゃん喚く人達を見てたら、ペットがほしくなっちゃった

「ねぇねぇあおかみ」

「だから！　僕の名前は青髪じゃなくて――」

「あおかみ」

「はい」

シュンとする青髪。

青髪達は今日もヒヨコにボコされて、ついさっき目が覚めたところだ。そしてヒヨコは今日も青髪達からお菓子を巻き上げた。

やっほ～い。

地べたに座り込んでいた青髪達もよいしょっと立ち上がり、ヒヨコと同じ席に着いてくる。最近では自分達の分のおやつも持参するようになったのだ。

この人達、ヒヨコのこと排除しようとしてたよね？

魔王達に抗議文を送った三人が、今やヒヨコと仲良くお茶するまでになった。いつの間に懐かれたのか不思議。これが物語とかでよくある敵が味方になるってやつかな？　にしては強敵感が足りないけど。

どこに何があるかも心得たもので、今はカップに紅茶を注いでいる。お茶っ葉も青髪達が持参した

ものだ。

みんなが席に着いて落ち着いたところで私はもう一度話を切り出した。

「ねぇねぇあおかみ」

「なんだ？」

「ヒヨコ、ペットがほしい」

「ペット？　なんで急に……」

「……」

何度でも立ち向かってくる青髪達がわんちゃんみたいだからとは、流石のヒヨコでも言えない。

「ヒヨコ、もくひする」

「なんとなくいい理由でないのは察した」

三人の目がスッと死んだ。ヒヨコに何回もボコされたからか、みんな自衛が上手くなったよね。色んな意味で。ちょっと前の三人だったら嬉々として墓穴を掘ってたもん。

「魔王様やデュセルバート様ならいくらでも用意してくれるんじゃないのか？」

青髪の手下の緑髪が言う。

「う〜ん、とうさまにいったら『え⁉　ペット⁉　父様じゃダメなの⁉』って」

「えぇ……」

「ね、とうさま」

「うん」

「「「うわっ！！！」」」

突如現れた父様に三人がビックリして仰け反る。

今日はニワトリ姿の父様だ。私は人型で椅子に座っているので、父様を膝の上に抱える。もさふわっとしてていい感じだ。

崇拝する父様の登場に三人の瞳がキラキラする。

「でもとうさまはペットじゃないじゃん」

「そうだけど。ヒヨコに動物のお世話はまだ早いでしょ」

「シュヴァルツがおせわする」

「最初っから人任せにする気だったのね。流石我の子。でもシュヴァルツにお世話を任せるのはどうなの？　あの子結構なおっちょこちょいじゃない」

「たしかに」

うっかりミスが多いというか、不器用なんだよね。あんまり弱い動物だとシュヴァルツのうっかりミスで死んじゃいそう……。

最悪の事態が思い浮かんで、ぶるりと震える。

……自分でお世話した方がマシかもしれない。

「ヒヨコ、やっぱりじぶんでおせわしようかな……」

「それがいいと思うよ。ちゃんとしたペットのお世話はまだ無理だろうからまずは昆虫とか飼ってみたら？　魔王も昆虫とかならいいって言ってたよ」

「うん！　そうする！」

ヒヨコ、虫も大丈夫だもん。

早速森に虫を採りに行くためにシュヴァルツを呼びに行く。

丸っとした父様を頭に乗せてテテテッとシュヴァルツに駆け寄った。

「ヒヨコ様どうしましたか？」

「シュヴァルツ！　むしとりにいこ！」

「虫……ですか……？」

シュヴァルツの顔がサァっと青くなった。

あ、ヒヨコ分かっちゃった。これ虫が苦手な人の反応だ。

「わ、分かりました！　ヒヨコ様のためとあらばっ‼」

「やっぱいいや。シュヴァルツはおるすばんしてて」

声が上ずってるし全身がプルプルと震えている。こんなシュヴァルツを連れて行くほどヒヨコは鬼じゃないよ。

来なくていいよと言うと、シュヴァルツはあからさまにホッとしてた。

「――仕方ない、君達、荷物持ちとしてついて来たまえ」

「「は、はい！！！」」

父様が声を掛けたのは青髪達だった。

父様のことが大好きな青髪達は良いお返事をした後、嬉々として森に行く準備を始める。

よし、かっこいい虫を捕まえるぞ！！！

――あ、そういえばヒヨコ、部屋で虫を飼うつもりだけどシュヴァルツ大丈夫かな？

……まあいっか。

ペットを捕まえに行くことにしたので、きちんと保護者である魔王に報告をします。ヒヨコは学べる子なのだ。

てててっと魔王に駆け寄っていく。

「まお～！　ヒヨコむしつかまえにいってくる！」

「ああ、ちゃんと行き先が言えて偉いな。気を付けて行ってくるんだぞ」

そう言って魔王が麦わら帽子を被せてくる。ヒヨコの頭のサイズにぴったりだ。いつ用意したんだろ……。

そんな魔王を父様が半眼で見る。

「魔王って意外と形から入るタイプだよね。ヒヨコ限定かもしれないけど」

「かわいいだろ」

「うんかわいい」

魔王が顎の下で麦わら帽子についている紐を結んでくれた。

「じゃあいってきます！」

「行ってらっしゃい」

魔王はお仕事があるのでお留守番だ。

いつの間にか魔王が用意していた虫かごとか虫取り網エトセトラを三人が持ってくれたので、私は手ぶらだ。片手で父様と手を繋ぎ歩き出す。

暫く歩くと、目的地の森に到着した。

木々が生い茂っていて道が影になっているので涼しい。

ある程度森の中を歩いたところで父様が青髪から虫取り網を受け取り、私に差し出した。

「はいヒヨコ、好きな虫をとっておいで」

「は～い。とうさまは？」

「父様はここでふよふよ浮いてるから、何かあったら呼んでね～」

そう言って父様はその場で浮き、空中で横になり足を組んだ。完全にくつろぎ体勢だ。

ここから見てるから行っといで～とひらひら手を振られる。

父様……あんまり虫取りに興味ないんだね……。

ヒヨコってば察しちゃいました。

ふふん、待っててね父様、父様の興味をかき立てられるようなかっこいい虫をヒヨコが採ってくるからね!!

気合を入れ、私はバビュンッと駆け出した。

「あ、ヒヨコ、一応この三人連れてって……って、もう行っちゃったねぇ……」

「――ん？」

父様の声が聞こえた気がするけど……気のせいかな……？　まあいっか。

びゅんびゅんと木々の間を縫って走り、虫を探す。

……おかしい。虫がすぐに逃げる。

視界の端に昆虫らしき影が見えたと思ったら、すぐにいなくなってしまうのだ。

バンッと足場にした木から鳥が素早く飛び立ったのを見て気付く。

「あ、もっとしずかにちかづかないといけないのか」

にゃんこみたいにひっそりと獲物に近付かないと……。

私はスッと草陰に隠れた。

気配を消し、ヒヨコのお眼鏡にかなう虫が来るのを待つ。

「――あ」

そして、どのくらい待ったかは分からないけど、ついによさげな獲物が現れた。

息を潜め、虫取り網を構える。

大丈夫、ヒヨコはできるひよこ。

獲物が近付いて来るのを待ち、私は思いっきり虫取り網を振りかぶった――


「――お、ヒヨコお帰り。かっこいい虫は捕まえられた？」

「うん！　とうさまみてみて!!」

首から提げた虫かごを父様に差し出す。

青髪達もちょっと興味があったのか、父様の横から虫かごを覗き込む。

「お～、かっこいいの捕まえられたねぇ」

「でしょでしょ！」

私が捕まえたのは、カブトムシみたいな虫だ。ただし長い角が三本生えており、鳥のような羽が背中から生えている。

こんな虫、人界じゃ見たことない。

父様に褒められて喜んでいると、緑髪がクワッと目を見開いた。

「これ！　絶滅危惧種じゃないですか!!」

「……ぴ？」

なんだって？

緑髪が再び虫かごの中を覗き込む。

「うん、やっぱり間違いない！」

「え、ヒヨコこれにがす？」

「ぇえ!?　ち、ちょっと待って。ええと、どうすればいいんだろ……。と、とにかく、一旦持ち帰って魔王様に指示を仰ぎましょう！」


それからは、目まぐるしい展開だった。

魔王の部屋に帰って話をするや否や、研究者みたいな人が呼ばれた。その人達に虫かごを渡すと颯爽と部屋を出ていってしまった。

「ヒヨコのペット……」

「ヒヨコのペットなのは変わらないが、世話はあやつらがやるとのことだ」

「……」

ヒヨコでも、魔王の言葉を額面通りに受け取るのは違うなって思うよ。

どうにも、あの虫はとても管理が難しい虫らしく、ちゃんとした環境を整えないとすぐに死んでしまうらしい。ヒヨコ、そんな知識なかったから逆によかったかもしれない。

飼い主は私ってことになっていて、いつでも見に来ていいよってことらしいし。

そんなことだから、早速次の日様子を見に行ってみた。

「……」

すごい……あの虫、ドーム状の広々とした温室に一匹で住んでる。エサもかなりいい蜜をもらってるみたいだし。

ドームの中に小さく見える虫を眺める。

「おまえ、ぜいたくなむしだったんだね……」

この家、ヒヨコハウスより全然広いよ……。


今日も温室の中でのびのびと暮らす自分のペットを見る。

「うらやましい……」

絶滅危惧種をいいことにすごい好待遇なんだけど。背中の羽もお高いブラシで丁寧に梳《と》かされちゃって。専門家のみんなもデレデレだ。そうしないと弱っちゃう生態っていうのもあるけど。

ペットが気持ちよさそうにブラッシングされてるのを見てたらヒヨコも羽がムズムズしてきた。

「……ぴぃ……」

ヒヨコはお城の廊下を激走した。ビュンビュンと風を切り、魔王の執務室へと向かう。

「まお〜!!　と一さま〜!!」

執務室の扉の下部分に作られたヒヨコ専用の出入り口をくぐり、魔王の執務室へと突入する。

すると、二人が同時にこちらを向いた。

「ヒヨコどうした」

「どうしたの？」

スッと父様が私を抱き上げる。

「ヒヨコ、ブラッシングしてほしい」

それだけで父様は全てを察したようで、ニヤリと笑う。

「はは～ん、あの絶滅危惧種の待遇を見て羨ましくなっちゃったんだね？」

「うん」

素直に頷く。

「いいでしょう！　父様がヒヨコをふわっふわのピッカピカにしてあげるよ！」

「おお！」

「魔王！　準備するよ！」

「あ、あぁ……」

魔王は戸惑いつつも立ち上がり、父様の言う通りに準備を始めた。

洗面器の中に温かいお湯が溜められ、その周りにはなんだか高そうな瓶が複数置かれている。

そして袖口を捲った父様が腰に手を当てて言った。

「さあ！　まずはお風呂からだよ！」

「ぴ！」

ひょいっと私を両手で掬い上げ、心地よい温度のお湯の中に私を入れる。

ふ〜、ごくらくごくらく。

魔王は大人しく父様のやることを見守っていた。なぜなら今作業が行われているのは魔王の執務机の上だからだ。

ごめんね魔王。

私をお湯に浸からせた父様は羽をまんべんなく濡らすように上からお湯をかけてくれる。もちろん頭にも。

「は〜い、もみほぐしますよ〜」

「ぴぃ」

父様が指先を巧みに使って頭とか背中を揉みほぐしてくれる。うっとりだ。

「ふぉ〜」

「ふっふっふ、ブラッシングじゃ魔王に勝てないから父様も色々練習したんだよ！」

父様はどこに熱意を使ってるんだろう……。

全身にお湯が染み渡ると、父様は瓶を一つ手に取った。

中に入ってるのはいい匂いのするシャンプーらしい。

もこもこと泡を立てられ、全身泡だらけになる。真っ白い泡ヒヨコの完成だ。

「ふっ」

「あはは、ヒヨコかわいいねぇ」

泡モコの私を見て二人が笑う。

その後はきれいに泡を流され、ふわふわのタオルでくるまれた。

ヒヨコ、もうねちゃいそう……。

うとうとと船を漕いでいると、父様が魔法でふわりと水気を取る。そして先程とは別の瓶を手に取り、中身を私に吹きかけた。

ふわりといい匂いが漂う。

「羽をさらさらにするスプレーだよ～。はい魔王、ヒヨコのブラッシングしてあげて」

「ああ」

魔王は父様からブラシを受け取り私の羽を梳き始めた。分業だね。

相変わらずお上手なお手並みですこと。

とても気持ちがよくて、ついついうたた寝をしてしまった。


次に目を覚ました時、ヒヨコは立派な毛玉になっていた。

黄色く柔らかな毛は空気を含んでふわりと膨らんでいる。

全身の羽がふわっと膨らんでいるため、全体的にまんまるだ。

鏡を見ると、そこには黄色い毛玉がいた。

びっくり。

「ヒヨコ美人さんになったねぇ」

「ああ、間違いなく美人さんだ」

二人の言葉を受けてもう一度鏡を見る。

……うん、やっぱり毛玉だ。

再び二人を見上げると、二人とも目尻を下げて私を見ていた。おべっかを使っている様子はない。

これが親バカフィルターか……。

今、再びのおでかけへ

ある日、魔王がヒヨコに聞いてきた。

「ヒヨコ、おでかけしたくはないか？」

「いきたい！」

私は反射的に右翼を上げて答えていた。

「おでかけってどこいくの？　ダンジョン？」

「どうしてそうバトル脳なんだ……。普通にお買い物だ。デュセルバート様と一緒に元気な姿を民に見せておいで」

「まおーはいかないの？」

「我は仕事がたまってるから行けない。代わりというわけではないがシュヴァルツを連れて行ってやれ」

「は～い」

我ながらいいお返事だ。

「あと、ひよこの姿だと色々と不便だから人型になって行くんだぞ。デュセルバート様もだ」

「え～、こっちの方が楽なのに」

私を背中に乗せた父様がぶつくさ言う。父様は今日も今日とてニワトリの姿だ。随分気に入ったらしい。

「街に出るならそっちの姿の方が不便だろう」

「それもそうだ。にしても、やっとヒヨコのための服が役に立つ時が来たね」

父様の言葉で思い出した。そういえばいつの間にかヒヨコ用クローゼットができててかわいいお洋服が溜まってたね。

魔法を使わなくても人型になれるようになったヒヨコだけど、基本的にはひよこの姿でいるから洋服を使う機会ないんだよね。

せっかくの機会だし、おめかししていこうかな。

ヒヨコだって女の子だから、かわいい格好をするのは好きだ。

「ヒヨコ、おめかしする！」

「おお！　じゃあさっそくお洋服を選びに行こう！」

「我も行く」

父様の言葉にぬっと魔王が立ち上がった。

「え、お前忙しいんじゃないの？」

「それとこれとは別だ」

「親バカかよ」

そして、私達は私のお洋服が仕舞ってある部屋に移動した。

「……」

部屋に入った瞬間、私はぽかんと口を開ける。

「なんかふえてる!!」

前に見た時はクローゼットの中だけだったのに、いつの間にか部屋全体にみっちりと洋服がハンガーにかけて並べられていた。お洋服屋さんみたい。

びっくりして魔王を見上げると、魔王がさらりと言い放つ。

「カタログを見てたらヒヨコに似合いそうな服がたくさんあってな。気付いたら注文してた」

「「おやばかぁ……」」

私と父様の声が被る。

「普通だろ。ヒヨコの衣装用にもう一部屋使ってもいいくらいだ」

あ、そうだ、魔王は普通に上流階級の人だった。上流階級どころか魔界の王様だったね。うっかり忘れてたよ。

「ヒヨコはどんな服がいいんだ？」

「う〜んとねぇ、かわいいのがいい！　フリフリついてるやつ！」

人界では聖女らしいシンプルな服しか支給されなかったから、実は子どもらしいかわいい服とか憧れてたのだ。普通に歩いてる子とかの服を見て羨ましいと思ってたのをよく覚えてる。

「そうだな、ヒヨコにはかわいらしい服がよく似合いそうだ」

ポンポンと頭を撫でられる。

暫くして魔王が持ってきたのは、薄ピンクのワンピースだった。要望通りにフリルもリボンもいっぱいついてる。

「かわいい！」

テンション爆上がりだ。

「着てみたら？」

「うん！」

人型になり、魔法でパパっとワンピースに袖を通す。フリフリで袖口が広がっているのがかわいい。

両手を広げて魔王と人型になった父様を見上げた。

「ど？」

「「かわいい!!」」

二人にむぎゅっと抱きしめられる。

「えへへ」

かわいい洋服を着たり、親に抱き締められたり、魔界に来てから小さい頃に憧れたことが全部叶っちゃってる。なんか、夢みたい。

ちょぴり滲んだ涙をバレないように魔王の肩口で拭い、私は顔を上げて二人に笑いかけた。

出かける前、魔王にちょいちょいちょいっと手招きされたので、ぴぴぴっと近寄っていく。

「ヒヨコ、小遣いをやろう」

「ほら、なくさないように首にかけていけ」

「やった～！」

そう言って魔王が何かを私の首に掛ける。

見下ろすと、ひよこの形をしたがま口財布だった。まるまると太って、今にもお金を吐き出しそう。

「なんか……ちょっとかわいそうなくらいふとってるね」

ひよこの形をしてるせいか、なんだか他人事とは思えない。

「ああ、お金を使って痩せさせてやってくれ」

「うん、まかせて！」

ヒヨコがこのがま口ひよこをダイエットさせてやんよ！

すると、人型の父様がこちらに歩いてきた。

「ヒヨコよかったね～。魔王、我のは？」

「貴方は既にいっぱい持ってるだろう」

「ぶ～」

ブーイングをしつつも、本気で言ってるわけじゃなかったのか父様は大人しく引き下がってた。

「シュヴァルツ～、じゅんびできてる～？」

「はい！　準備できてます！」

声を掛けると、こちらも普通の青年みたいな服を着たシュヴァルツが駆け寄って来る。

「もう行けますか？」

「いける！」

は〜いと右手を挙げてシュヴァルツに答える。

そして、私は振り返って魔王の方を見た。

「じゃあまおー、いってきます！」

「ああ、行ってらっしゃい。二人とはぐれるんじゃないぞ」

「は〜い」

父様と手を繋ぎ、後ろの魔王に手を振りながら歩き始める。

「――ヒヨコはお目当てのお店はあるの？」

「ひよこグッズかいたい！」

「あはは、自分モチーフのグッズを自分で買うの？」

「うん！」

楽しみ。父様と魔王とセットになってるグッズは絶対に買わないと。お部屋に飾るのだ。

できればヒヨコの神殿に飾るものも買いたいな。でも、あの小っちゃい家に入るもの売ってるかな
……。

右手で父様の手、左手でシュヴァルツの手を繋ぎ、ブンブン両腕を振りながら歩く。

両手を振ってテコテコと歩く。

歩く。

歩く……。

「……あきた」

口を尖らせて呟くと、父様が私の顔を覗き込んできた。

「どうしたのヒヨコ」

「あるくのあきた」

「あらら、飽きちゃったの。父様が抱っこする？」

「だっこする」

父様に両手を向けると、よいしょっと子ども抱きにしてくれた。

父様の左腕に座り、首に両腕を回して抱き着く。すると、父様の笑い声が耳元でダイレクトに聞こえてきた。

「ふふ、ヒヨコは甘えんぼさんだねぇ」

「うん、ヒヨコあまえんぼさんなの」

体力的に見れば街まで歩くのなんかわけない。前にはフェニックスの火山まで一人で行ったくらいだし。

だけど、甘えられる存在が身近にいるからか、ヒヨコは早々に歩くのに飽きてしまった。

人間時代は散々一人でがんばったんだから、これくらいのちょっとした我儘は許してほしい。

「ふんふん♪」

「なあに？　ヒヨコご機嫌だね。おでかけ楽しみなの？」

「うん。あと、とうさまにあまえられるのがうれしい」

「何このかわいい子。シュヴァルツ聞いた？　うちの子天使すぎない？」

「聞きました。ヒヨコ様は天使です」

違うよ。

そんな話をしつつ、途中で歩くのに飽きた私は父様に抱っこされたまま街に到着した。

「お〜、にぎわってるねぇ」

街は魔族で溢れかえっていた。イモ洗い状態とまではいかないけど、早歩きはできなさそうなレベル。はぐれたらもう二度とこの場では合流できなさそう。

父様に抱っこされててよかった。こんなに人が多いんだもん、街歩きに慣れていない私はすぐにはぐれそうだ。

でも、この辺にそんなに家あるかな？　そこそこおっきな住宅街でもないとこの人数は収容できなさそうだけど……。

首を傾げていると、シュヴァルツが私の疑問に答えてくれた。

「お二方の復活と誕生祝いで各地から人が集まっているんですよ」

「あ〜、なるほど」

式典でも信じられないくらいの魔族が集まってたもんねぇ。ついでに観光とかしてるのかな。

「とうさま、ふつうにあるいてたら、ひとあつまっちゃわない？」

この人数が一斉に集まってきたらお買い物どころじゃないと思うんだけど。

「ん？　ちゃんと認識阻害の魔法をかけてるから大丈夫だよ」

「おお、とうさますごい」

「ふふ、そうでしょそうでしょ」

ヒヨコに褒められると、父様は一気に上機嫌になった。

人波に揉まれながらシュヴァルツが言う。

「とりあえず、一旦どこかのお店に入りましょう」

「さんせ～!!」

「じゃあ、すぐそこの角にある店に入ろうか。そこでぬいぐるみとかも売ってたはずだよ」

父様の提案で、割とメルヘンな店構えのお土産屋さんに入った。

「――あ！　とうさま、シュヴァルツ！　あった！」

お店の一番目立つ特設コーナーにひよことニワトリがセットになったぬいぐるみが置かれていた。

大分デフォルメされていてとってもかわいい。

手に取ってみると、ふわふわのサラサラで触り心地もとってもよかった。

お値段はかわいくなかったけど、お目当ての品だったので早速購入。マジックバッグを持ってきたから最初っからかさばるものも買えちゃうよ。

ぬいぐるみを買っても、ひよこのがま口財布はまだ丸々と太っていた。


それから、近場のお店を何軒か回り、気になったものを購入する。

魔王とヒヨコ、そして父様が一緒にプリントされたクッションを買った後、ふと周りを見たらシュヴァルツがいなかった。

「とうさま、シュヴァルツどこ？」

「ん？　すぐそこに……いないね……」

もう一度キョロキョロと周りを見渡すけど、シュヴァルツの姿は見えない。

――もしかしてシュヴァルツ、迷子……？

「シュヴァルツ～！　シュヴァルツどこ～!!」

大声で呼んでみてもシュヴァルツからの返事はない。

依然として姿が見当たらない。

「シュヴァルツ、まいご……？」

「……そうみたいだねぇ」

まさか、ヒヨコを差し置いてシュヴァルツが迷子になるなんて。予想外だ。

私は父様の手をギュッと握り直した。自分まで迷子になるわけにはいかないからね。すると父様も同じ危機を感じたのか、つないだ手を離してスッと私を抱き上げた。

離れないぞっという意思を込めて父様の首元の服をギュッと掴む。

「さて、じゃあシュヴァルツを探してあげようか」

「うん。あ、ヒヨコさっきいいとこみつけたよ」

「いいとこ？」

「うん」

首を傾げる父様を誘導し、私達は目的の場所に移動した。

その建物の看板には『迷子預かり所』と書いてある。

「よびだしもしてますってかいてたから、シュヴァルツをよびだしてもらおう！」

「おお、ヒヨコは天才だね」

「ふふふん」

そして父様は私を抱っこしたまま人混みをかき分け、迷子預かり所へと向かった。

迷子預かり所は広くはないけど、中は子どもの気がまぎれるようにか明るい色の家具や壁紙が多く、おもちゃもたくさん置かれている。

中には子ども用の小さな椅子がいくつか置かれていて、迷子になったのか何人かの子どもなどが座っていた。などというのは、子どもじゃない人も混ざっていたからだ。

小さな椅子に似つかわしくない、すらりとした背の高い男と目が合う。

「ヒヨコ様！」

「シュヴァルツ〜!!」

「ちょっとちょっと、我もいるんだけど」

シュヴァルツがパァッと嬉しそうな顔になり、こちらに駆け寄ってきた。若干涙目になってる気がするのは指摘しないであげた方がいいよね……？

シュヴァルツが父様ごと私にひしと抱き着いてくる。不安だったんだね。そういえばシュヴァルツも魔界に来てからほとんど出歩いてなかったし、街慣れしてないもんね。

手を伸ばしてシュヴァルツの頭をよしよし撫でてあげる。

「お〜、よしよし、まいごこわかったね〜」

「いえ別に。冷静にここまできました」

「……」

後ろにいる係の人達の生暖かい目を見る限り、ウロウロしてるのを連行されたんだろう。だけど、ヒヨコは気遣いのできるひよこだから触れないであげる。

シュヴァルツが落ち着いた後、父様が口を開いた。

「さて、無事に合流できたけど二人ともどうする？　もう帰る？　それともせっかくだからごはん食べる？」

「ごはんたべる！」

「ごはん食べます！」

「お、元気だね。じゃあ行こうか」

そうして、父様に連れてこられたのは屋台が出ている一角だった。やっぱりとても混んでるけど、いい匂いがそこかしこから漂ってきて食欲をそそる。

「高級料理は城でも食べられるからね、たまにはこういうとこの方がいいでしょ。二人ともなに食べたい？　せっかくだし並んで買おう」

父様レベルだと並ばなくてもみんなが通してくれるのかもしれないけど、今日はお忍びだし、ちゃんと並ぶようだ。並ぶのも屋台の醍醐味ってことだよね。

幸い、魔法を駆使して料理をしてるからかそれほど待たずに品物を買うことができた。

私達が買ったのはポテトと唐揚げだ。

唐揚げをつまみ、一口食べる。

「ん！　おいひい!!」

あつあつで、味付けもしっかりしてておいしい。それに、こういう賑わった場所で食べるからより一層おいしく感じるのかもしれない。

シュヴァルツも瞳を輝かせてポテトを齧っていた。

「とうさま！　つぎはあれたべたい!!」

「じゃあ並びながら食べようか」

屋台飯はすごく楽しくて、いつもの倍くらい食べちゃった。ぺろりだ。

案外食べれちゃうもんだね。

「ふふ、ヒヨコいっぱい食べられて偉いね」

「うん！」

屋台飯、楽しい！

◇◆◇

我は出かけて行ったヒヨコ達を見送った。

——今は人が多いからヒヨコが迷子にならないといいんだが……。

そう心配する我は、ヒヨコではなく、シュヴァルツが迷子になることをまだ知らない。


三人の姿が見えなくなると我は踵を返した。

本当は我もヒヨコと一緒に出掛けたかった。だが、やらなくてはならないことがあるのだ。それもヒヨコがいない時に。

「——オルビス、三つ子」

「「「「ハッ」」」」

我が呼ぶと、一瞬で四人が現れる。

四人は、普段ヒヨコに向ける柔和な表情とは打って変わって真面目な面持ちをしている。そんな四人に我は語り掛けた。

「準備はできているか？」

「もちろんです。いつでも行けますよ」

オルビスが答える。

「そうか、じゃあ行こう。——人界に」

そして、我ら五人は人界に向かった。

今回、ヒヨコのお出かけに我が同行しなかったのにはきちんと理由がある。むしろ、そのためにヒヨコを外出させたと言っても過言ではない。

ヒヨコを出かけさせたのは、人界の後始末をつけるためだ。

「ヒヨコには全部内緒にするんですか？」

「ああ、ヒヨコはもう一生分苦しんだ。それこそ、一度死ぬ苦しみも味わったのだ。あの子を直接傷付けた下種のために、これ以上あの子の時間を割く必要などない」

「……愛ですねぇ」

オルビスがしみじみと呟く。

オルビスとしても、ヒヨコにはゼビスとの仲を修復してもらったという恩がある。恩がなくても、あのかわいいひよこが苦しむところは見たくないと思うのは当然だろう。

オルビスは人界の青い空を見上げた。

（今頃、ヒヨコはお出かけを楽しんでるんだろうな。待ってろよヒヨコ、兄ちゃん達がお前を苦しめたもの全部に天誅《てんちゅう》を下してやるからな……）

そして、我ら一行は人界の神殿に足を踏み入れた。

聖神のいなくなったそこには最早神々しい雰囲気など感じられない。ただの建物と化している。

神殿の大広間には人間の王とその周辺の高位貴族、教皇を含めた神殿の上層部、そして勇者パーティーが集まっていた。

といっても、集められたのは強制的にだが。我が来る前にと、気を利かせた魔族が集めておいたのだろう。優秀な部下を持つと楽だな。

「さて、お主らにはうちのヒヨコを散々利用し、傷つけてきた報いを受けてもらおう」

務めて鷹揚に、圧を感じさせるように言い放つ。

その場にいた人間は気圧され、跪かされたまま顔を上げることもできなかったが、その中でただ一人、恐れを知らないバカが声を上げた。

「あいつは神殿に拾われた、神殿の備品だろ！　有効に使ってなにがわりぃ！　出しゃばらず俺の言うことを大人しく聞いてりゃあよかったんだ!!」

バカ――勇者がそう咆《ほ》えて我に襲い掛かってきた。聖剣はヒヨコによって粉にされたので、手に魔法の炎を纏って。

その考えの足りなさに思わず舌打ちが漏れる。

「チッ――塵芥《ちりあくた》が」

「カハッ――！！！」

勇者が一瞬にして地にめり込んだ。

「実力差も分からぬ塵《ごみ》の介護をしてやっていた我が子のなんと心優しいことよ」

我は今、凍えるような瞳で勇者を見下ろしていることだろう。なぜなら、我は間違いなく激怒しているからだ。

こんな燃えるような感情は久しぶりだな。

「この塵のようなプライドの高い者には強制労働が有効かと思ったが、それでは生ぬるいな」

めり込んだ勇者のもとに歩み寄り、その後頭部に、トンッ、と人差し指を当てる。

「意識あるまま凍れ。動けず、眠れず、意識も失うことのできない氷の中で己の行動を悔いるがいい」

一瞬の後《のち》、勇者が巨大な氷に包まれる。

「もしそなたが心の底から自分の行動を悔い改めることが出来たのなら、その氷は溶けるだろう」

――まあ、そんな日は一生こないかもしれぬが。

そして我は他の人間の方へと向き直る。

「「ヒィッ……！」」

勇者の末路を見た他の者達の瞳には、先程まで宿っていた反抗の色はきれいさっぱりなくなっていた。あるのは純粋な恐怖心だけだ。

「ふむ、そなた達は凍らせる必要まではないようだな」

と言っても、無罪放免にする気もないのだが。

それから、これまで散々聖女――もといヒヨコを苦しめた神殿上層部は採掘場で強制労働となった。

そして、同じくヒヨコの状況を知っていたにもかかわらず利用した王とその周辺の者達は、これから魔族の傀儡《かいらい》となって政治を行うことになる。

純粋な力でも魔王に敵わない上に、国民に知られてはいけない弱みをかなり握られた王たちが我に逆らうことは、今後一切ないだろう。

「――魔王様、もうこちらは大分片付きましたし、魔界に帰られては？　そろそろヒヨコも帰宅する頃でしょう。魔王様に話したいこともいっぱいあるでしょうし、お出迎えしてあげてください」

「……そうだな。すまないが後は頼んだ」

「お任せください！」

ニカッと笑ってオルビスは我を送り出してくれた。なので、オルビスの言葉に甘え、我はヒヨコを出迎えるために一足早く魔界に帰ることにした。

ふむ、保育園に子どもを迎えに行く親のようだな。

子どもの出迎えなど自分には縁のないものだと思っていたが、長く生きていると何があるか分からぬな。

ヒヨコはお出かけを楽しめただろうか……。

そんなことを当たり前のように考えている自分にフッと笑いが漏れる。

――我ながら、父親業が随分と板に付いてきたものだな。

◇◆◇

魔王城に帰って来ると、玄関の前で魔王が待っていてくれた。

「まおーただいま～！」

てってこてってこと駆け寄り、両腕を広げて出迎えてくれた魔王の懐にダイブする。すると魔王がぎゅぅぅと私を抱きしめてくれた。

あったかい魔王の体温が私を包む。

「おかえり。おでかけは楽しかったか？」

「たのしかった！　まおーにもおみやげかってきたよ」

「それは嬉しいな。部屋に行ってから見せてくれるか？」

「うん！」

魔王はそのまま私を抱き上げて自分の腕に座らせる。

……ん？　なんか変なにおい。

嗅いだことはある気がするけど思い出せない。でも、なんかあんまりいい思い出のある匂いじゃない気がする……。

魔王の肩口に顔を埋めてスンスンと匂いを嗅ぐ。

「ど、どうした……？」

魔王がちょっと狼狽えてる。なんか、あれみたい。浮気を問い詰められる人みたい。

私のいたずら心がにゅっと顔を出した。

「どこのおんなとあそんでたのよ」

「……」

魔王がスッと真顔になった。

「コラ。全く、どこでそんな知識を得たんだ。場合によってはヒヨコにいらんことを吹き込んだ者にお灸を据えねばならないな」

「せいじょじだい《聖女時代》にしゅらば《修羅場》みたことある」

「まさかの実地だったか」

コクコクと頷く。

「しんかん《神官》がどっかのおんなのひとともめてた」

「「よりによって神官」」

魔王と父様の声が被った。

父様の後ろにいるシュヴァルツは苦い顔をしてる。上層部だけじゃなくて神官も割と腐ってる人いたもんね。シュヴァルツは真面目だから、そういう人達のことは当時も苦々しく思ってたのかもしれない。

魔王が私に向き直る。

「教育に悪いからそういうことはあんまり言わないようにしような」

「は～い」

ヒヨコ、別に赤ちゃんじゃないし教育も何もない気がするけど、素直に返事をしておいた。

「……」

私があんまり納得してないのが伝わったのか魔王が無言で見詰めてくる。

こういう時は逃げるに限るよね。

私は魔王の視線から逃げるように。その腕からぴょこんと下りた。

「ヒヨコ、先にお部屋行ってるね！」

シュヴァルツの腕を引き、ぴよぴよと小走りでその場から逃げる。

ささっと逃げた私は、魔王と父様がその後した会話の内容など知る由もなかった。

ヒヨコの足音が聞こえなくなると、デュセルバート様が口を開いた。

◇◆◇

「ちゃんと全部片付いた？」

「ああ、勢い余って勇者は氷漬けになったが後は予定通りだ」

「それはよかった。うちの子を一度殺してくれちゃった勇者だし、それでも甘い罰だと思うけどね」

そう言ってどこか遠くを見つめるデュセルバート様の瞳は、氷のように冷え切っている。

「人間が力を持っても碌なことがないって分かったし、暫くは神の恩恵なしで苦しめばいい」

自分を信仰する者達には優しいデュセルバート様だが、それ以外の者、しかも自分の娘を苦しめた者達に対する慈愛の心は持ち合わせていないだろう。

「それにしても、うちの子は鋭いね。まさか人間界の匂いを嗅ぎ分けるなんて」

魔界と人界を構成する要素には大なり小なり違いがある。大気の匂いにも違いがあるのだろう。それをヒヨコは嗅ぎ分けたというわけだ。

「ヒヨコには人間界のことはもう思い出させたくないし、着替えて人間界の匂いを消してからおいで」

それだけ言い残すとデュセルバート様は一足先にヒヨコの後を追っていった。

「……何も悪いことはしていないのだが……」

——決して疚《やま》しいことはしていない。なのに、なんだか悪いことをしたような気分になるのはなぜだろうか……。

◇◆◇

「あれ？　まおーきがえた？」

なんかさっきと洋服が違う気がする。

「ヒヨコに臭いって言われちゃったから魔王ってば傷付いて着替えてきたんだよ。父親心は繊細なんだから」

「え、まおーごめんね」

あれ？　でもヒヨコ臭いとは言ってない気がする。

でも父様がこう言ってるし、もしかしたら言っちゃってたのかな。

思い出そうとして首をコテンコテンと左右に傾げるけど、いまいち思い出せない。でも、魔王が傷付いちゃったなら謝らないとだよね。

魔王の腰辺りにギュッと抱き着き魔王を見上げる。

「まおーごめんね？」

「……別に傷付いていないから気にするな。それより、お土産を見せてくれるのだろう？　ヒヨコの楽しかった話を聞かせてくれ」

「うん！」

魔王が私を抱っこしてくれたから、魔王の首にギュッと抱き着いてほっぺをスリスリしておいた。

私の背後で父様が申し訳なさそうにしていたことなんて、全く気付かなかった。

ソファーに座った魔王の膝の上に座り、戦利品を次々と取り出す。

「これがとうさまとひよこのぬいぐるみ。これはひよこくっきー、これはひよこだいふく。まおーには、ひよこがかたにのったまおーのぬいぐるみをかってきたよ!!」

大分かわいらしくなった魔王とヒヨコのぬいぐるみをズイッと差し出す。値段はあんまりかわいくなかったけど、その分いい素材が使われているのか触り心地はふわっふわだ。思わず頬ずりしちゃうくらい。

う～ん、もちふわ。

ぬいぐるみを魔王に手渡す。

「ありがとうヒヨコ。これは部屋に飾ろう」

「うん。ほかのぬいぐるみもいっしょにかざる」

「ん？　そうだな、そうしよう」

うんうん、ぬいぐるみ一個だけじゃ可哀想だもんね。

「あはは、それじゃあ自分用のお土産でも魔王へのお土産でも変わらないじゃない。どうせ同じところに飾るんだから」

「あ、たしかに」

父様に指摘されて初めて気付いた。ヒヨコとしたことが。

「まあヒヨコに貰ったことには変わりないしな。食べ物系は一緒に食べさせてくれるんだろう？」

「もちろん！」

いそいそとひよこモチーフのお菓子を取り出す。

「――あ、そうだまおー、あまったおかねかえすね」

「いや、それは返さなくていい。小遣いとしてもっておけ」

「いいの？」

「ああ。元々使い切ってもいいと思って渡したものだ。好きに使え」

「……」

使い切ってもいいって……。ヒヨコ、結構思い切って色々買ったけど全然使いきれなかったよ……？

もしかして魔王、金銭感覚おかしいのかな……。

父様を見てみたけど、父様はなんのことか分からないように首を傾げた。

あ、ダメだ。父様も魔王側の人だ。

父様に同意を求めるのを諦め、シュヴァルツの方を見ると、「分かります」というように力強く頷かれた。うんうん、やっぱり魔王の金銭感覚は普通じゃないよね。

ヒヨコの感覚は間違ってなかった。

買ってきたお菓子をおやつにお茶をした後、魔王と父様と一緒にぬいぐるみを並べた。

結構いっぱい買ってきたから魔王の部屋の一角にぬいぐるみの山ができる。

うんうん、かわいいね。

ぬいぐるみの山の前で腕を組み、うんうんと頷く。ヒヨコは満足である。

……あ、でも魔王の部屋にこんなファンシーなコーナー作って大丈夫だったかな、威厳とか……。

まあいっか。本人がいいって言ってたし。

さて、ぬいぐるみの山ができたらやることは一つだよね。

「――ねえ魔王、ヒヨコ知らない？」

「我もさっきから探してるんだが見当たらないな」

「どこ行ったんだろう……」

「お二人とも……」

シュヴァルツが小声で二人を手招きする。

「？」

シュヴァルツのところに寄って行く二人。

そして、シュヴァルツは無言でぬいぐるみの山の一角を指さした。魔王とデュセルバートは指さされた先を視線で追う。

「！」

そこには、ぬいぐるみに埋もれるようにして寝ている、人型のヒヨコがいた。その両手は、買ってきたにわとりのぬいぐるみをしっかりと抱き込んでいる。

「……ん」

ヒヨコが身動ぎしたかと思えば、ポンッと音を立ててひよこの姿に変わる。無意識に変化《へんげ》したのだろう。

小さな黄色い毛玉はもぞもぞと動いて居心地のいい場所に納まると、再び穏やかな寝息を立て始めた。

『『かわいい!!』』

ヒヨコが起きないように小声で、二人はそう叫んだ。

エピローグ

魔王の部屋にファンシーな一角がある光景にもすっかり慣れた頃、人界の話を小耳に挟んだ。

そういえば、もうあんまり関心がなくてすっかり忘れてたけど、人界の方は聖神が成仏したせいで神様が不在になっていたんだったね。一応後継者は私だけど、まだまだ成熟していないので到底神として人界を治められるほどではない。

唐突に人界を治める神がいなくなったことで人界はかなり混乱したそうだ。

「ふ〜ん」

その話を聞いたヒヨコの感想は、たったの三文字だった。

だって、ヒヨコにはもう関係ないし。勇者に斬られた時点で人間だった私はもう死んでいるものだと思ってる。実際、私がただちょっと聖属性の魔法が上手いだけの人間だったら多分今ここにはいないだろうし。

「かみがいないとどんなことがおこるの？　じんかい消えちゃう？」

ニワトリ姿で私を頭に乗せている父様にそう尋ねる。

「神がいないことで人界が崩壊したりはしないよ。ただ、界が不安定になるから水や空気は悪くなるし、自然界の循環も上手くいかなくなるから動植物の育ちが悪くなる。作物の育ちが悪くなったら人間的には大ダメージだよね？」

「うん」

「それに、信仰対象が思っていたような素晴らしいものじゃなくて、しかも急にいなくなったとなれば民の心も不安定になる。人界は今荒れに荒れてるよ」

「そうなんだ」

どうにかしてあげたいとかいう思いは微塵もないけど、人間の中にはシュヴァルツみたいにまともな人や、何の罪もない赤ん坊とかもいるわけで――。そういう人達のことを思うと少し胸がもやっとする。

そんな私を魔王が切れ長の瞳でただ見詰めていた。

「まあ、我も一応神だし、このまま放置し続けるわけにもいかないんだよね。だから、そろそろ向こうも治めてこようと思う」

「ぴ？」

唐突な話題に驚く。

「魔界侵攻推進派は民の怒りを買って軒並み淘汰《とうた》されたし、国の中枢ももう魔王達が掌握してるし、そろそろいいかと思って」

父様達は聖神の指示の下、好き勝手やってた人間達に民の怒りが向き、勝手にそいつらが片付くのを待ってたらしい。「わざわざこっちが掃除してあげるのは違くない？」とのことだ。魔王もうんうんと頷いて同意している。

「もしかしたらヒヨコが将来、後を継いで人界を治めるかもしれないし」

そう言って父様が私にウインクをする。

遠い将来、私が神として十分なくらい成長する頃には今いる人間は全員入れ替わっているだろう。もしかしたら、その頃には人界を治めてもいいかもしれないと思っているかもしれない。元々そのために生まれてきたわけだし。

そして、結構重めの話題だったと思うんだけど父様は軽～く話を締めた。

「だからちょっくら人界行って人界も治めてきちゃうね。数日留守にするから、寂しいと思うけど魔王とお留守番しててね！」

父様は両翼を器用に使って私を抱っこすると、私のふわふわなおでこにチュンと嘴でキスを落とした。

「数日いなくなっちゃうけど、父様のこと忘れないでね!!」

「ヒヨコ、そこまであかちゃんじゃない」

というか、人界を治めてくるのって数日でできちゃうんだ。一か月どころか年単位でかかってもおかしくなさそうだけど……。

ちらりと魔王を見たら無言で首を振っていた。

なるほど、父様がすごすぎるんだね。普段はこんなゆるい感じだけど、数えきれないほど長い年月魔界を治めている神様だもんね。

別に侮ってたわけじゃないけど、改めて父様のすごさを知った気がする。

そして、話が終わると父様は早速出かけて行った。善は急げらしい。

「とうさまいってらっしゃい」

「行ってくるよぉ～……」

名残惜しそうにチラチラと後ろを振り返りながら父様は出かけていく。

なぜか、私よりも寂しそうにしている父様であった――

父様が出かけちゃったので、ヒヨコは魔王と仲良くお留守番だ。

魔王は執務机に座り、ペンを握っていない方の手で私をにぎにぎしている。こうすると仕事がはかどるらしい。

「まおーはとうさまについていかなくてよかったの？」

「ああ、ヒヨコ一人で留守番させるわけにはいかないだろう」

「……ヒヨコ、ひとりでもおるすばんできるよ？」

そう言うと、ちらりと私を見て魔王が薄く笑った。

「そうか？　自分では気付いてないようだがヒヨコは大分甘えん坊だぞ」

「そんなことないよ。ヒヨコ、ひとりでもおるすばんできる」

「昼間はいいかもしれないが、夜は一人で寝られないだろう」

「ねられるよ！」

魔界《こっち》に来る前は一人で寝てたし。……最近は魔王の枕元で父様に埋もれて寝てるけど。

「ヒヨコ、きょうはひとりでねる！」

確か、一応ヒヨコ用の部屋がどこかにあったはずだ。今日はそこで寝よう。ヒヨコ姿だったら特にベッドの準備とかもいらないし。でもひよこ用の籠ベッドだけは持っていこう。

魔王は、私の一人で寝るという言葉に片眉をクイッと上げた。

「我はヒヨコがいないと寂しいが、今日は一緒に寝てくれないのか？」

「うっ……うん」

なぜか私は意地になっていた。もう後には引いちゃいけないような気持ちになっていたのだ。

魔王は「そうか」と言って、それ以上強くは引き止めてこなかった。


そして夜。

自分の部屋の前で魔王に寝る前の挨拶をする。

「じゃあまおう、おやすみ！」

「ああ、おやすみ。寂しくなったらいつでも来ていいからな」

「だいじょうぶ！　ヒヨコひとりでねれるもん！」

「そうか」

魔王は私の小さな頭を指先で撫で、部屋のソファーの上に置かれた籠の中に私を置いた。

「じゃあおやすみヒヨコ」

「おやすみなさ～い」

もう一度私の頭を撫で、魔王は部屋を出て行った。

パタンと扉の閉まる音を最後に静寂が襲ってくる。

「……」

なんか、静か。

最近はいつもそばに誰かいたから、こんなに静かなのって久しぶりかも。

心なしかいつもより外は暗いしなんか肌寒い気がする。

話し相手もいないし、さっさと寝ちゃお。

そう思って、私は毛布の中に潜りこみ、目を閉じた。


――ねられない。

体感では一時間くらい経ったけど、全然眠れない。眠気が微塵もやってこない。

いつもならとっくに寝てる時間帯なのに……。

「まお～……」

癖で魔王の名前を呼んじゃったけど、そういえばここに魔王はいないんだった。

「………ぴぃ」

さびしい。


「うえええええええん！　まお～!!!!」

結局、私はぴぃぴぃ泣きながら魔王の部屋へと走った。

魔王が言った通り、私はいつの間にか甘えん坊になってたようだ。

私の悲痛な鳴き声を聞いた魔王は、寝てただろうけどすぐに起き、私を出迎えてくれた。

ぴょこんと跳ね、魔王の頬にひしと抱き着く。

「まお～……」

「よしよし、まだヒヨコに一人寝は早かったな」

ゆっくりと魔王が背中を撫でてくれる。それだけで眠気がやってきた。さっきまではあんなに眠れなかったのに。

「ぴぃ……」

「はは、眠そうだな。もう夜も遅い、お眠り」

「ぴ」

あったかい手のひらに包まれると、あっというまに私は眠りについた。

その日は、魔王の首元にべったりとくっついて朝まで眠っていた。


見事、一人ねんねに失敗したヒヨコです。

次の日の朝、出勤してきたシュヴァルツが私を見てぽかんと口を開く。

「ひ、ヒヨコ様？　どうしたんですか？」

「ヒヨコ、まおーにあまえてるの」

私は人型になり、魔王の膝の上にちんまり座っていた。人型の私も大分小さいので魔王の仕事の邪魔になるようなことはない。

むっつりとした顔で甘えていると言った私にシュヴァルツは混乱したようだ。視線で魔王に助けを求める。すると、魔王は苦笑いしてシュヴァルツに返した。

「昨日一人寝に失敗してからずっとこうなんだ。怖い思いをしたんだろうから、そっとしておいてやってくれ」

「は、はい……！」

魔王の配慮が心に沁みわたる。

一人ぼっちの暗闇が怖かったのもあるけど、一人寝ができなかったことに対してもちょこっとショックを受けているのだ。

ヒヨコ、しょぼ～ん。

そして朝から情緒が不安定な私はより魔王にしがみつきやすい人の姿になっているというわけだ。

ヒヨコ姿と同じ黄色い髪の毛を梳いてくれる魔王の手が優しくて、また涙が出そうになる。

「ぴぃ……」

「ああヒヨコ様！　おいたわしい……」

ヒヨコ信者のシュヴァルツは、こんなヒヨコを見ても不甲斐ないとは思わなかったようだ。

うぅ、ありがとねぇ。


メンタルが中々回復しないので、今日はセミの抜け殻のごとく魔王に引っ付いていようと思う。魔王も好きなだけ甘えなって言ってくれたし。

無理して一人で過ごそうとした結果が昨日の体たらくだから、もうヒヨコは同じ轍は踏まないよ！

今日は魔王にべったり引っ付いてるんだ!!

謎の決意をし、私は魔王のお腹部分のシャツをギュッと握りしめた。

その後も、魔王はさすがのベビーシッター力《りょく》を発揮していた。

ヒヨコがあくびをしたらひよこのイラストが沢山描かれたブランケットで私を包み、背中をぽんぽんして寝かしつけてくれ、起きたらしっかり水分補給をさせてくれる。

魔王の膝の寝心地もばっちりだ。高級布団のように上質な眠りを提供してくれる。

私が来る前は子守りなんてしたことなかっただろうけど、すっかり手慣れている魔王だった。

そんな魔王は抱っこも上手だ。

ヒヨコは魔王の腕に座る形の抱っこが一番好き。安定するし、魔王の首にぎゅっとしがみつくとあったかい。移動は全部これでいい気分。

魔王に出会ってからの私はほとんどひよこの姿で過ごしてたはずだけど、いつの間にこんな抱っこを習得したんだろう。陰でこっそり育児書でも読んだりしているんだろうか。ちょっと気になる。

シュヴァルツから連絡がいったのか、この日はみんなが優しくしてくれた。いつもヒヨコに挑んでくるあの三人までもが優しかった。

みんながみんな自分のことを気遣ってくれるのが伝わってくると、嬉しいのと同時にちょっと申し訳なくなる。

まっててね！　ヒヨコすぐに回復するから!!

そう決めた私はその後、ことさらに魔王にべったりとひっつき、見事、その日のうちにメンタルを回復させた。

ハグがストレスを解消するってほんとなんだね。


父様は、本当に数日で帰ってきた。

手を広げた父様が満面の笑みで駆け寄って来る。

「ヒヨコただいま～！」

「とうさまおかえりなさい!!」

私の目の前に来ると父様がしゃがんでくれたので、人型になっていた私はその首に手を回し、ぎゅむっと抱き着いた。

「ヒヨコ寂しくなかった？」

「ん〜、ちょっとだけ」

「おや」

私が素直にそう言ったことを父様は不思議に思ったようだ。ちらりと私の後に立っている魔王に視線を向けた。

問いかけるような父様の視線を受け、背後にいる魔王が苦笑する気配を感じる。

「父様がいない間になにかあったみたいだね？」

「うん。でもちょっとだけよ？」

「そうなの」

ヒヨコは上手く誤魔化せたつもりでいたけど、父様は後で魔王に自分のいなかった数日の出来事を聞いたらしい。そういえば魔王に口止めしてなかったね。別に父様にバレてもそこまで困らないし。

……ちょっと恥ずかしいだけで。

父様から向けられる生暖かい視線にひよこ姿に戻った私は頰を膨らませた。

「ふふ、ヒヨコはまだ赤ちゃんなんだから一人で寝られないことはそんなに恥ずかしいことじゃないよ。精神年齢というのは体に引っ張られるものだからね。だから我もいつまでもこんな感じなんだし」

「たしかに」

すごい説得力だ。

確かに何百年、何千年と生きてる父様ならヨボヨボのお爺ちゃんみたいな話し方してても無理ないもんね。だけど実際は見た目に見合った若々しい話し方をしている。中身もそれに比例して若々しいし。なんだ、じゃあヒヨコが甘えん坊なのもしょうがないんだね。このぴよぴよの赤ちゃんボディに精神が引っ張られてるんだ。

そう思ったら一人寝ができなかったことも、次の日魔王に甘えたこともそんなに恥ずかしいことじゃない気がしてくる。みんなの対応も赤ちゃんならこんなもんだよなって感じだったし。

「ふふ、安心した？」

「うん」

父様に両頬をぷにぷにされる。

「ところでデュセルバート様、人界の方はどのように？」

魔王が父様に聞く。

「ああ、問題なく掌握してきたよ。でもヒヨコへのお土産はいいのがなくて持ってこれなかったんだ。ごめんね？」

「ううん、とうさまがぶじにかえってきたならそれでいい」

「ぎゃんかわ」

ひょいっと両手で掬われ、頬同士をスリスリされる。

「はぁ、うちの子はなんてかわいいいんだろう。魔王もそう思わない？」

「ああ、ヒヨコはかわいい」

「えへへ」

ヒヨコうれぴっぴ。

「もうかんわい～んだから。今日は父様も一緒に寝てあげるからね、もう怖くないよ」

「ありがとう、とうさま」


その日は、魔王の枕元で数日振りにニワトリになった父様の胸毛に埋もれて寝ることにした。

父様の胸毛の下はとても心地良い温かさで、とてもしっくりきた。ここが帰って来るべき場所みたいな、そんな感じ。

父様の胸毛の下からぴょこっと顔だけを出し、父様を見上げる。

「とうさま、じんかいはほんとに……」

そこで、私は口を噤んだ。

話の途中で黙り込んだ私に、父様が微笑みかける。

「人界については、本当に問題ないよ。父様が万事、恙《つつが》なく整えてきたから。ヒヨコは父様の言葉が信じられない？」

「ううん、そうじゃない。でも、ほんとうはヒヨコがやらないといけなかったのに……」

「ふふ、なぁにヒヨコ、そんな寂しいこと言うの？　ねぇ魔王」

「ああ、素直じゃないことを言うのはこの口か？」

魔王の長い指が私のちっちゃい嘴をくすぐる。

「ヒヨコは言わば見習いなんだから、神としての義務はまだないよ」

「……でも、とうさまだってじんかいをおさめるぎむはないよ？」

「は～、つれないことを言うねぇ」

冗談めかして父様が項垂れる。

顔を上げると、父様が私に優しく語り掛けてきた。

「ヒヨコ、子どもの面倒をみるのは？」

「……おや？」

「そう。ヒヨコの親は誰？」

「まおーと父様」

「そうだよ。子どもの世話をするのも、子どものしたことの責任をとるのも、親である我らの役割なんだよ。そして、子どもの未来を守るのも」

そう言って父様が私に頬ずりする。

「そもそも人界を治めてやる筋合いなんかヒヨコにはないけど、将来は分からないでしょう？　ヒヨコの気が変わったその時のために我は今回人界に行ったんだよ。人間や義務なんかじゃない。ひとえにかわいい我が子のためだ」

「……」

「ふふ、まだ納得いかなそうな顔だね」

「ヒヨコは意外と強情だからな」

珍しくいたずらっぽい笑みを浮かべて魔王が言う。

すると、父様がニヤリと笑ってこちらを見た。

「これは我がどれだけヒヨコを愛しているかを分かってもらわないといけないようだね。我の愛はヒヨコのために核の奪還を決意するほどだよ。……あとは、ほんの少しの罪滅ぼしかな」

「？　どういうこと？」

なんのことだろう。

「あの女が我の核を使って次代の神を創り出したことには、ぼんやりとした意識の中で気付いていた。でも、核がない状態じゃあ意識がある時もまちまちだし、何もできなかった。ヒヨコのことを〝視る〟ことができるようになったのは、ヒヨコが魔界に来てからだよ」

そして、父様は穏やかな口調で語り続ける。

「たまに意識の浮上した日にはヒヨコの様子を視ていた。そこで、ようやく我はヒヨコに対して愛情を感じるようになっていったんだ。そして、ヒヨコが初めて神殿に来てくれた日、ポーションを供えてくれたよね？」

「うん」

正確には、祭壇に乗せたのは魔王だけど。まあ誤差の範囲だ。

「あのおかげで我は大分回復したんだ。意識もハッキリしたし、力も湧いてきた」

おお、ヒヨコのポーション、父様にも効いたのか。

「いやぁ、近くで見る我が子がかわいくて愛しくてしょうがなくてねぇ、一刻も早く会いたくなっちゃったんだ。それで意識のあるうちに魔王に神託をして、核を取り戻すように頼んだんだよ」

「……どうりで急な神託だと。それまでは魔界の子達に傷付いてほしくないから無理しなくてもいいとかなんとか言ってたくせに」

半眼で魔王がぼやいた。

「うん、どうせそのうち自滅するだろうから、その時までのんびり待とうかなと思ってたんだけどね。最大の脅威である聖女《ヒヨコ》もいないし、もういけるかなと思って」

そう言って父様が笑う。

「――つまり、ヒヨコのためにとうさまははやめのふっかつをけついしたってこと?」

その質問には魔王が頷いた。

「ああ、我や四天王、どんな魔族が説得してもゆっくりでいいと聞かなかったのに、ヒヨコのために重い腰を上げたんだ」

「近くでヒヨコを見たら愛おしさが溢れちゃったんだよね。間近で我が子の成長を見守りたいと思っちゃったんだ。でも、そのせいでヒヨコを危険な目にあわせたね」

それは聖神との戦闘のことを言ってるんだろう。

途中までは聖神も諦めムードだったし、私の命を差し出せと言ってくることは父様も想定外だったのかもしれない。そもそも私が核を取り返しに行くことも想定外だったかもしれないけど。

「まあ、その罪滅ぼしかつ、かわいい我が子の後顧の憂いを絶つって意味で、我が勝手に人界に行ったんだ。だから、ヒヨコが気にすることはな〜んにもないんだよ」

よしよしと羽で頭を撫でられる。

「もう大丈夫だから、ヒヨコは人界のことなんか気にせず健やかに育つ様子を父様に見せておくれ。我ってばそのために復活したようなもんだし」

「そうだぞヒヨコ。そもそも、聖女の時の年齢を合わせても、魔界ではまだまだ赤ちゃん同然だ。義務だのなんだのを考える赤ちゃんはいないだろう?」

魔王が私に視線を合わせて首を傾げる。

「うん……」

「子どもは子どもらしく、明日のイタズラのことでも考えておけばいい。魔界の一員らしく、百年かけてゆっくり育て」

「――うんっ！」

その日の夜は、一つも怖い思いをすることなく眠りについた。

ヒヨコ、もう父様と魔王がいないと寝られないや。

一人で寝られるようになるのは――百年後でいっか。

少なくともあと百年は、この二人に囲まれてのほほんと生きていこっと！

書き下ろし

黄色い毛玉は厨房のアイドル

俺は誉れ高き魔王城の料理長だ。

この地位に辿り着くまでに、血のにじむような努力をしてきたし、それはもう長い年月を費やした。だが、無駄に長い寿命のおかげで、もう料理長になるまでより料理長になってからの方が長くなってしまった。

俺達魔族の寿命は人間に比べて遥かに長い。だが、魔王様や原種に近い方々は、俺達普通の魔族では比較にならないほどの寿命をお持ちだ。

そんな魔王様達の長い生が退屈しないよう、少しの彩《いろど》りを添えるために俺達は食事に工夫を凝らす。だが、あまり代わり映えのしない俺達の長い日々に、ある日、とんでもない彩りが添えられることになる。彩りというか、色のついた鳥だが。

しょんぼりとした黄色い毛玉は、突然厨房に入ってきた。

「ぴぃ……」

本当なら部外者は摘まみ出すところだが、しょぼくれたひよこにそんなことができる者は、この場に一人もいなかった。

皆、食材となる屈強な動物を相手にする機会は多いが、完全に愛玩用の小動物の相手には慣れていないのだ。

可食部なんてなさそうなひよこは、小さな足を動かしてピヨピヨと調理場に入ってきたかと思えば、驚くべき跳躍力でぴょこんと台の上に飛び乗った。

そのまま、なんとなくひよこの動向を見守る俺達。料理をする手も完全に止まってしまっているが、許してほしい。

調理台に乗ったひよこは、小さい頭をしきりに動かしてキョロキョロと辺りを見回す。

なにを探してるんだ？　小腹でも空いてるんだろうか……。

というか、ひよこは何を食べるのだろうか……と俺が思考を巡らせ始めた時、ひよこの視線がある一点に固定された。

「ぴ」

見つけた、と言わんばかりに一鳴きすると、ひよこはテコテコと歩いていく――卵のケースのある方へ。

俺の頭の中は疑問符で埋め尽くされた。

長く生きているせいで、最近は物事に疑問を覚えることも少なかったから、久々の感覚だ。

俺達が固唾《かたず》を呑んで見守る中、ひよこは卵ケースの中に足を踏み入れ――開いていた箇所にクルンと収まった。ピッタリフィットだ。

……な、何がしたいんだこの毛玉は……。

子どもはなかなか奇抜な行動をするが、ひよこも同じようなものなのだろうか……。

とりあえず、部下に視線で合図を送って魔王様に伝令に行かせた。

そして、残った俺達はそのままひよこの様子を観察していた。

……ピクリとも動かないんだが大丈夫か？　ちゃんと息してるか？

卵とほぼ同じサイズのヒヨコは、小さくてまだ毛がポサポサしているから、ちゃんと呼吸をしているかも遠くからでは確認できない。

あ、今瞬きした。

よかった、ちゃんと生きてるみたいだ。にしても、動かないと本当に人形みたいだな。いや、大きさ的にはストラップか。

卵ケースに収まったひよこを暫《しばら》く観察していると、陛下がひよこを迎えに来た。

大分急いできたらしい。いつも泰然自若としている陛下には珍しく、慌てた様子で息を乱していた。

そして、普段は本心を覗かせない瞳がひよこを目にした途端、ホッとしたように温かみを帯びる。

「――ヒヨコ」

陛下が自分の手のひらよりも小さいひよこを卵ケースから摘まみ取る。

「ぴ……」

黄色い毛玉を摘まみ上げた陛下は、自分の手のひらの上にひよこを座らせた。足を伸ばして幼児のように座るひよこは大変可愛らしい。厨房の中の何人かが悶えたのが分かった。

ひよこのつぶらな瞳が陛下に向けられる。

「落ち込んでいるな」

「ぴ……」

陛下の言葉に、ひよこはしょんぼりとした様子で俯く。

まるで赤子が悲しんでいるようで、俺の心は痛んだ。

すると、陛下はひよこの名前を呼んで再び自分の方に視線を向けさせる。

「ヒヨコ」

「ぴ?」

「ヒヨコ、なにもやつらはお前のことを無視したわけではない。ただ単に言葉が分からなかっただけだ」

「ぴ？」

「我はお前の言っていることがなんとなく分かる。だが、他の者にはただのひよこの鳴き声にしか聞こえてない。我も失念していた」

話の内容から察するに、ひよこは自分の言葉が普通に通じると思っていたが、実際には陛下以外にはただの鳴き声にしか聞こえず、無視をされたと思って落ち込んでいた、と。

……可哀想だが、なんてかわいいんだ。

あまりの愛らしさに胸がギューッと締め付けられる。随分と久々の感情だ。

しょんぼりとした空気をどこかへ放り投げたひよこは、どうやら陛下と一緒に戻るようだ。

「ぴ！」

陛下の手の中からこちらを見て元気よく鳴くひよこ。

あのちっちぇ〜翼が動いているのは、もしかして手を振っているつもりなのだろうか。

俺の人差し指の第一関節程しかない翼を、一生懸命振っている。

……なんだか、無性に『生命』ってやつを感じる光景だった。

なんとなく、俺達も手を振り返してやると、ひよこはパァッと表情を輝かせてさらに翼を大きく振った。

鳥があんだけ翼をはためかせたら飛んで行っちまいそうなもんだが、ひよこは微塵も浮き上がらなかった。その小さくて丸い尻は陛下の手に乗ったままだ。

……大きくなれるように、うまいメシを食わせてやらないとだな。

久々に幼い生物を目にした俺達の心は一つだった。

◇◆◇

ひよこが元聖女だったと知っても、俺のヒヨコに対する気持ちは変わらなかった。調理場を任されているだけあり、直接聖女と相対する機会なんてなかったしな。

それに、聖女が魔族を殺さなかったことも知っていたし。

人間になど負けるはずがないと思っていた奴らは、聖女によって手も足もでないくらいボコされたことでトラウマになり、過剰に恐れているが、俺としてはそこまで悪い奴ではないと思っていた。

そんな聖女がヒヨコとして陛下の眷属となった今、健やかに育ってくれとしか思わない。どうやら聖女時代はたくさん辛い思いをしたようだから、こちらで思う存分羽を休めるといい。

度々調理場に遊びに来るようになったヒヨコを、俺は勝手に孫のようにかわいがっていた。ヒヨコ専用の卵パックも用意してしまうくらいだ。

長年のお勤めで貯まった貯金を、まさか特注の卵パックに使うことになるなど思ってもみなかった。

そして、それは俺の馴染みの細工師も同じだったらしい。

「居心地のいい卵パックを作ってくれ」

「…………は？」

俺の注文に、そいつは鳩が豆鉄砲を食らったような顔になる。

「おめぇ、料理のことを考えすぎてついに気でも触れたか？　卵の気持ちまで味わってみたくなっちまったのか？」

「お前は俺をなんだと思ってやがんだ」

「料理狂い」

「お前も性質は変わらないだろう。この細工狂いが」

「はっはっは、ちげぇねぇ」

豪快に笑ったそいつは、近くの棚から紙とペンを取り出した。

「んで？　その居心地のいい卵パックには、お前じゃなけりゃ何が入んだ？」

「ひよこだ」

「ん？」

「ひよこだ」

「……おめぇ、言葉が足りなすぎんぞ。一旦詳しく説明しやがれ」

昔馴染みの男は呆れ半分、怒り半分の表情で視線を手元の紙から俺に移した。

それから、陛下の眷属になったヒヨコが調理場に来るようになったことや、どうやら卵パックが気に入ったようなので、どうせならヒヨコの居心地のいい卵パックを作ってしまえと思ったことを説明した。

「……それを最初っから言えや。だが、おもしろそうな注文だ。いいぜ、作ってやるよ」

どうやら俺の注文は昔馴染みの興味を引いたらしく、翌日にはヒヨコ専用の卵パックが出来上がっていた。相変わらず仕事の早いやつだ。

木製のそれは、形は完全に卵パックだが、一つ一つの窪みの傾斜がなだらかだったり、底が平らになっていたりと、細部に工夫がなされている。

そして、卵のくぼみのそれぞれには、色とりどりのクッションが敷き詰められている。もちろん、ひよこ用の超ミニクッションだ。

ヒヨコ専用卵パックを手に入れるや否や、俺は早速それを厨房に設置した。

すると、卵パックを置いたその日にヒヨコが厨房に遊びに来た。

「ぴ、ぴ」

ご機嫌に鳴きながら机の上に飛び乗ったヒヨコが、俺の設置した卵パックに気付いて固まる。そして、「ぴぃ?」と首を傾げる。

卵パックをジッと見つめたヒヨコは、その周りをぴよぴよと歩きながら観察し始めた。

キョトン顔で卵パックを観察して回るヒヨコを、俺達は固唾を呑んで見守る。

ぐるっと一周見て回り、それが危険なものではないと判断したのだろう、ヒヨコは俺の置いた卵パックに足を踏み入れた。

おお……!

俺は手に汗握ってヒヨコの動向を見守る。

よいしょっと卵パックに乗り上げたヒヨコは、クッションが敷き詰められたくぼみの一つに自ら収まる。居心地はよかったらしく、ヒヨコはくぼみの中に収まると、そのまま出てくる気配はなかった。

「どうだ?　お気に召したか?」

「ぴ」

小さい頭をコクリと縦に振るヒヨコ。

うん、かわいい。

かわいい奴には美味いものを食わせてやらねぇとってことで、俺は特製アイスクリームをスプーンに取り、ヒヨコの口元まで運んでやった。

「ほら、アイスだ。食うか？」

「ぴ？」

首を傾げつつもちっちぇえ嘴でアイスクリームを一口つつくヒヨコ。

その口にアイスクリームが入った瞬間、ヒヨコの瞳がパァッと輝いた。

「ぴゅい⁉　ぴ！　ぴぴ‼」

言葉は分からんが、これだけ全身で表現をしてくれれば「おいしい！」と言っているのは分かる。

作り手としては嬉しい限りだ。珍しい鳴き声も出たしな。

ヒヨコはくつろぎ体勢を崩さないまま、スプーンの上のアイスクリームを食べていく。少しものぐさなんだよな、このひよこ。

アイスクリームが口に合ったのか、すごい勢いで最後にスプーンに少し残った分まで舐めとろうとしている。その嘴では無理があるんじゃないかと思うが、ヒヨコは真剣だ。

もうこれ以上は舐めとれないと悟ると、ヒヨコは俺の顔を見上げてきた。

「ぴ」

ジッと俺の目を見ておかわりを所望するヒヨコ。

「……いや、これ以上はお腹が冷えるから止めておけ。また明日な」

危ない危ない、ヒヨコのかわいさに、思わず乞われるままにアイスを与えてしまうところだった。

ヒヨコのお腹が痛くなると困るから、この辺にしておかないとな。

「ぴぃ……」

あからさまにしょんぼりするヒヨコ。

うっ、心が痛む。いや、だがここで折れてはいけない。これでヒヨコが腹を下したりしたら保護者である陛下に苦言を呈されるのが目に見えている。

そこで、かわいいヒヨコを横目に調理をしていた部下が、ヒヨコに声をかけた。

「ヒヨコ、甘いもんじゃないけどステーキの切れ端ならあるぞ。食べるか？」

「ぴぴ!!」

元気な鳴き声を上げるヒヨコ。これは肯定の返事以外のなにものでもないだろう。

「あはは、じゃあ今食べやすいように切ってやるな」

「ぴ！」

ヒヨコの小さい口だと、食べづらいものはたくさんある。だから、こちらで食べやすいように色々工夫してやる必要があるのだ。

いや、たとえ俺らがやらなくても、本物の親のようにヒヨコを庇護している陛下が食べやすいように切り分けたりするのだろうが、陛下の手を煩わせるわけにはいかない。

あのお方は魔族の憧れで、畏怖の対象なのだ。このヒヨコは呑気に陛下の襟の中で寝て涎を垂らしたりしているが。

まあ、ヒヨコは陛下の眷属だし、陛下もこのヒヨコのことは大層かわいがっているから問題ない。

俺はおいしそうにステーキを頬張っているヒヨコを見てそう思う。

「ぴ！　ぴゅぃ！」

ステーキの切れ端は、どんどんヒヨコの胃に吸い込まれていく。

……切れ端といってもヒヨコとそう変わらない大きさなんだが、一体、この小さい体のどこに入っていってるのだろうか。

謎だ。

だが、ステーキを食べるとさすがに満腹になったらしい。ヒヨコは少し膨れた腹を上にして卵パックの中に嵌《は》まった。

それから、眠くなったのかヒヨコがうとうとし始める。

そうだよな、腹がいっぱいになったら眠くなるもんだ。

腹を冷やさないように何か布でもかけてやろうかと考えていると、厨房の扉が開かれた。

「失礼するぞ。ここにヒヨコは来ているか？」

「陛下！」

「ああ、いい。皆楽にしてくれ」

現れたのは陛下だった。陛下は、礼をした俺達に声をかけ、頭を上げさせる。

多分、というかほぼ確実にヒヨコを迎えに来たのだろう。

「ヒヨコはこちらに」

「ああ、ありがとう。……」

陛下は、卵パックにスッポリと収まって寝ているヒヨコを見て少し固まった。この短い間にヒヨコはすっかり夢の世界に旅立ってしまったらしい。

「……ヒヨコは随分愛らしい寝床をもらったものだな」

陛下の眼差しが緩められる。

「そろそろ昼寝の時間だから迎えに来たのだが……気持ちよさそうに寝ているヒヨコを起こすのも忍びない。起きるまでここで面倒を見てもらってもよいか？」

「もちろんでっせ」

「感謝する」

そう、俺の目を見て言った陛下は、すっかり父親の顔をしていた。

——ああ、やっぱり長生きはするもんだな。こんな表情の陛下を見られる日がくるなんて。

ヒヨコが厨房に遊びにくるようになったことで、陛下と言葉を交わす機会も増えた。

そこで料理の感想ももらえるようになった俺達は、さらに料理の腕を上げることになる。

今度は、ヒヨコにパフェでも作ってやるかな。

パフェを見た時のヒヨコの反応が、俺は今から楽しみで仕方がなかった。

あとがき

この度は『聖女だけど闇堕ちしたらひよこになりました！』をお手に取っていただきありがとうございました！

既にお読みになった方は楽しんでいただけましたか？

また、これからお読みになる方は楽しんでいただけると幸いです。


せっかくの一巻ということなので、あとがきではこの物語ができたきっかけでも語らせていただこうと思います。

ズバリ、今作のテーマは『四コマ漫画感覚で読める小説』です。

とても気軽に楽しめる読み物を作ろうと思ったのがきっかけでこの作品が生まれました。

動物が主人公のほのぼのものを書こうというのは最初に決まっていたのですが、猫や狼はwebにあげている他作品で割と登場してくるので、何がいいかな……と考えていたところ、ひよこがぴよっと頭に浮かびました。

そこで、バチクソに強いひよこにしてやろうと思ってできたのが、闇堕ちした元聖女という設定です。

闇堕ちさせた理由は単純に、作者が勇者サイドよりも魔王サイドの方が好きだからです。

また、作者は白髪フェチなのでヒヨコのことも真っ白に染めてやろうと思いましたが、そこは自重しました。

無事、かわいいひよこ色のままです。

ヒヨコが少しでも皆様の癒しになってくれたら嬉しいです。


最後に。

この本を刊行するにあたって素敵なイラストを描いてくださった麻先みち先生、ＴＯブックスの編集様、すべての関係者の皆様、そしてこの本をお手に取ってくださった読者の皆様に感謝申し上げます。

本当にありがとうございます。


ヒヨコの物語は続いていきますので、これからも温かく見守っていただけたら嬉しいです！

次巻予告
ヒヨコ、お兄ちゃんをゲットする!?
ヒヨコ、とら《虎》しゃん《さん》ボコして兄貴にする！
雪野ゆきの
illust.
麻先みち
聖女だけど闇堕ちしたらひよこになりました！
2
2024年秋
発売予定!!

コミカライズ
企画進行中！
［漫画］白樫 楓
ヒヨコは我よりも
その獣がいいのか？
新しい家族が増えるかな？
ヒヨコ様、どうかお気をつけください
魔界騎士団を突然襲いに来たのは、
力試しが大好きな四天王・白虎。
元人界最強の聖女に勝負を挑む白虎に対し、
もふもふのとらしゃん《虎さん》にすっかり一目ぼれしたヒヨコは……？

出来損ないと呼ばれた元英雄は、実家から追放されたので好き勝手に生きることにした
THE BANISHED FORMER HERO LIVES AS HE PLEASES
テレ東・BSテレ東・AT-Xほかにて
TVアニメ絶賛放送中!

涼を襲うならず者は
教皇本人!?

本がなければ
作ればいい——
原作小説
（本編通巻全33巻）
第一部
兵士の娘
（全3巻）
第二部
神殿の
巫女見習い
（全4巻）
第三部
領主の養女
（全5巻）
第四部
貴族院の
自称図書委員
（全9巻）
決定!
ありがとう、本好き!
シリーズ累計
1000万部
突破!（電子書籍を含む）
アニメーション制作：WIT STUDIO
TOジュニア文庫
コミックス
第一部
本がないなら
作ればいい!
（漫画：鈴華）
第二部
本のためなら
巫女になる!
（漫画：鈴華）
第三部
領地に本を
広げよう!
（漫画：波野涼）
第四部
貴族院の
図書館を救いたい!
（漫画：勝木光）
第五部
女神の化身
（全12巻）

夢物語では終わらせない
ビブリア・ファンタジー
ふぁんぶっく
1～8巻
ドラマCD
1～10
ミニマイングッズ
椎名優描き下ろし
第三部「領主の養女」
アニメ化
本好きの
下剋上
司書になるためには
手段を選んでいられません
香月美夜
miya kazuki
イラスト：椎名 優
you shiina
Story
とある女子大生が転生したのは、識字率が低くて本が少ない世界の兵士の娘。いくら読みたくても周りに本なんてあるはずない。本がないならどうする？　作ってしまえばいいじゃない！
兵士の娘、神殿の巫女、領主の養女、王の養女——次第に立場が変わっても彼女の想いは変わらない。
本好きのための、本好きに捧ぐ、ビブリア・ファンタジー！
詳しくは原作公式HPへ
https://www.tobooks.jp/booklove

聖女だけど闇堕ちしたらひよこになりました！

2024年6月1日　第1刷発行

著　者　雪野ゆきの

発行者　本田武市

発行所　TOブックス
〒150-0002
東京都渋谷区渋谷三丁目1番1号　PMO渋谷Ⅱ　11階
TEL 0120-933-772（営業フリーダイヤル）
FAX 050-3156-0508

印刷・製本　中央精版印刷株式会社

ISBN978-4-86794-184-3

Printed in Japan